네 발 달린
법랑 욕조가 들은
기이하고
슬픈 이야기

Héritage
by Miguel Bonnefoy

네 발 달린
법랑 욕조가 들은
기이하고
슬픈 이야기

미겔 본푸아 장편소설

윤진 옮김

HÉRITAGE
Miguel Bonnefoy

복복서가

일러두기

1. 주석은 모두 옮긴이주다.
2. 본문 중 고딕체는 원서에서 이탤릭체나 대문자로 쓰인 부분이다.

뒷이야기를 아는 유일한 이,
셀바를 위해

과거를 기억할 줄 모르면
과거를 되풀이할 수밖에 없다.
—조지 산타야나

차례

라자르

제1차세계대전이 발발했다는 소식이 칠레에 전해졌을 때 라자르 롱소니에는 욕조에서 신문을 읽고 있었다. 그 무렵 그는 프랑스의 신문을 1만 2000킬로미터나 떨어진 먼 곳에서 레몬 껍질로 향을 낸 물속에 누워 매일 읽었다. 그리고 나중에, 마른*의 참호에서 두 동생과 폐 한쪽을 잃고 돌아왔을 때 그에게 레몬 냄새는 포탄 냄새와 하나였다.

---

* 마른강을 끼고 있는 프랑스 동북부 지역으로 제1차세계대전의 격전지였다.

롱소니에 가족사에 의하면 라자르의 아버지는 오래전 한 쪽 주머니에 30프랑을, 다른 쪽 주머니엔 포도나무 한 그루를 넣고 프랑스를 떠나왔다. 쥐라* 고원 지역의 롱스르소니에에서 태어난 그는 6헥타르의 포도밭을 일구었는데, 필록세라** 때문에 포도나무들이 말라죽으면서 파산 위기에 몰렸다. 4대를 이어 포도를 키워왔건만 몇 달 만에 남은 것이라고는 언덕 경사면 아래쪽 과수원의 죽은 뿌리들, 형편없는 압생트나 겨우 짜낼 만한 야생 풀이 전부였다. 결국 그는 석회질의 땅, 곡식이 자라고 삿갓버섯과 호두가 자라는 그 땅을 떠나, 르아브르***를 출발해서 캘리포니아로 향하는, 쇠로 만든 커다란 배에 올랐다. 파나마운하가 개통되기 전이어서 남아메리카 남단을 돌아가야 했다. 혼곶선****을 타고 바다를 건너는 40일 동안, 새장과 200명의 사람이 빼곡히 들어앉은 선창이 어찌나 시끄러운지 배가 파타고니아 해안에 이를 때

---

* 알프스 북쪽에 위치한 산맥. 부르고뉴프랑슈콩테에 속한 지역 이름이기도 하다.

** 포도나무뿌리진디.

*** 대서양에 면한 센강 하구의 도시.

**** 남아메리카대륙 최남단인 혼곶 주변은 빠른 해류와 유빙 때문에 항해에 위험이 따랐다. 19세기 중반부터 파나마운하가 건설되기 전까지 혼곶을 지나던 대형 범선들을 '혼곶선(cap-hornier)'이라고 불렀다.

까지 그는 한순간도 제대로 눈을 붙이지 못했다.

　어느 날 저녁 몽유병 환자처럼 침상들 사이를 돌아다니던 라자르의 아버지는 어둠 속에서 등나무 의자에 앉아 있는, 팔찌를 치렁치렁 여러 개 끼고 입술이 노랗고 이마에 별 문신을 한 노파를 보았다. 노파가 손짓으로 그를 불렀다.

　"잠을 못 자겠지?"

　그러더니 노파는 가슴팍에서 작은 초록색 돌멩이 하나를 꺼냈다. 마노 구슬보다 굵지 않은 돌에 반짝거리는 미세한 구멍들이 보였다.

　"3프랑 내." 노파가 말했다.

　라자르의 아버지가 돈을 내자, 노파는 돌을 거북 껍데기 위에 놓고 불을 붙이더니 그의 코밑에 대고 흔들었다. 갑자기 머리로 올라오는 연기를 맡자 그대로 정신을 잃을 것 같았다. 그날 밤 그는 깊은 잠에 빠져 거의 죽은 듯이 마흔일곱 시간을 내리 잤다. 꿈속에서 바다 생물들로 가득한 황금빛 포도밭을 돌아다녔다. 잠에서 깬 뒤에는 뱃속에 든 걸 전부 토해냈고, 몸이 천근만근으로 늘어져 침대에서 일어날 수가 없었다. 전날 노파가 들이마시게 한 연기 때문인지 아니면 선창의 새장들에서 풍기는 역한 냄새 때문인지, 그는 마젤란 해협을 지나는 동안 열에 들떠 헛소리를 했다. 대성당처럼 버티고 선 빙산들 사이를 지날 때는 회색 반점으로 얼룩진 자기 살갗이 부스러져 재로 변하는 환각을 보았다. 흑마술의 징후를 알고 있던 선장은 그 모습을 보자마자 전염병의 위험을 감지했다.

"황열병이다. 다음번 기항지에 내려두고 간다." 선장이 선언했다.

그렇게 라자르의 아버지는 칠레의 발파라이소*에 내렸다. 태평양전쟁**이 한창이던 시기에 지도 위 어디인지도 모르고 어떤 말을 쓰는지도 모르는 나라에 버려진 것이다. 배에서 내린 그는 무작정 사람들을 따라가 수산물 창고 앞에 늘어선 긴 줄에 합류했다. 줄을 계속 따라가자 세관 사무소가 나왔다. 이민국 직원이 배에서 내린 모든 승객에게 똑같은 두 가지 질문을 한 뒤 서류에 도장을 찍어주고 있었다. 첫번째 질문은 어디에서 왔느냐는 것일 테고, 두번째 질문은 어디로 가느냐고 묻는 게 분명했다. 드디어 차례가 왔을 때, 직원이 그에게 눈길 한 번 주지 않은 채 물었다.

"놈브레〔이름〕?"

---

* 칠레에서 가장 큰 항구도시.
** 1879년 초석이 많이 생산되는 아타카마사막 지대를 두고 칠레, 페루, 볼리비아 간에 벌어진 전쟁으로, 칠레가 승리했다.

라자르의 아버지는 스페인어를 전혀 몰랐지만 자기가 생각한 질문이 맞는다고 확신했고, 그래서 망설임 없이 대답했다.

"롱스르소니에."

직원은 무표정했다. 피로에 지친 손을 움직여 느릿느릿 받아 적기만 했다.

롱소니에.

"페차 데 나시미엔토[생일]?"

라자르의 아버지가 다시 대답했다.

"캘리포니아."

직원은 어깨를 한 번 으쓱한 뒤 아무 날짜나 적어서 그에게 서류를 건넸다. 쥐라의 포도밭을 떠나온 남자는 그렇게 롱소니에라는 새 이름을 얻었고, 그가 칠레에 도착한 5월 21일이 두번째 생일이 되었다. 그날 이후 그는 평생 단 한 번도 북쪽으로 가지 않았다. 아타카마사막이 버티고 있기도 했고, 샤먼들의 주술에 이미 겁을 먹었기 때문이다. 그는 코르디예라*의 언덕들을 바라보면서 이렇게 말하곤 했다.

"난 칠레에서 늘 캘리포니아를 생각했지."

---

* 좁고 길게 이어진 산맥 지형을 가리키는 용어. 칠레의 수도 산티아고는 남북으로 나란히 이어진 두 개의 코르디예라, 즉 안데스산맥과 해안 산맥 사이에 있다.

롱소니에는 고국과 정반대로 바뀐 계절들에, 한낮의 낮잠에, 그나마 프랑스어의 울림을 간직한 자신의 새 이름에 적응해갔다. 그는 지진의 징조를 감지하는 법을 익혔고, 곧 모든 일에, 심지어 불행이 닥칠 때도 신에게 감사할 수 있게 되었다. 몇 달 뒤에는, 물론 억양 때문에 살짝 표가 나긴 했지만, 'r' 소리를 강물 속 돌멩이처럼 굴려 마치 그곳에서 태어난 사람처럼 자연스러운 스페인어를 썼다. 황도대의 성좌들을 읽어 천체의 거리를 가늠하는 법을 이미 알았던 그는 별들의 대수학이 북반구만큼 분명하지 않은 남반구의 새로운 별자리를 해독할 수 있게 되었고, 그렇게 자신이 전과 전혀다른 세계에 정착했음을 깨달았다. 그곳은 퓨마와 남양삼나무의 세계, 돌 거인*과 버드나무와 콘도르가 사는 원시의 세계였다.

콘차이토로**의 포도 농장에 경작 책임자로 고용된 롱소니에는 라마를 사육하고 거위를 키우던 농장들에 보데가라 불리는 포도주 저장고를 만들었다. 허리띠에 늘어뜨린 검처럼 대륙에 매달린 듯한 좁고 긴 땅, 태양이 푸른빛을 띠는 그곳

---

* 칠레의 이스타섬에 있는 거대한 석상 '모아이'를 말한다.
** 산티아고 근교 피르케에 포도 농장을 소유한 칠레의 와인 회사.

코르디예라의 산자락에서, 프랑스의 늙은 포도나무들이 두 번째 젊음을 살아내기 위해 안간힘을 썼다. 롱소니에는 곧 현지 프랑스인 모임에 합류했다. 프랑스를 떠나 새 땅에 뿌리를 내리고 칠레인이 된 사람들, 능란한 유대로 결속되어 있으며 외국산 포도주 거래로 돈을 번 사람들이었다. 포도를 재배하는 농부일 뿐이었던 롱소니에도 미지의 땅으로 떠나와 어느새 포도 농장 여러 곳을 거느린 유능한 사업가가 되어 있었다. 전쟁, 필록세라, 민중 봉기, 독재 권력, 그 무엇도 그의 앞에 펼쳐진 부귀영화를 가로막지 못했다. 산티아고에 온 지 1년째 되던 날, 롱소니에는 쇠로 만든 커다란 배 위에서 불붙인 초록색 돌멩이를 그의 코밑에 들이대었던 집시 여인을 축복했다.

롱소니에는 대대로 보르도에 살면서 우산 장사를 해온 집안의 딸로 홀쭉하고 가녀린 몸에 빳빳한 빨강 머리를 가진 델핀 모리제와 결혼했다. 그녀가 들려준 얘기에 따르면, 모리제 가족은 프랑스에 가뭄이 이어지자 샌프란시스코로 이주를 결정했다. 캘리포니아에서 우산을 팔기로 한 것이다. 그들이 탄 배는 대서양을 건너고 브라질과 아르헨티나 연안을 따라 내려와 마젤란해협을 지난 뒤 기항지인 발파라이소에 닿았다. 그런데 바로 그날, 역사의 아이러니로, 발파라이소에 비가 내렸다. 결단력 있는 사람이었던 모리제 씨, 그러니까 델핀의 아버지는 부두에 내린 뒤 잘 봉인해서 실어온 커다란 여행가방들을 열었다. 그리고 한 시간 만에 가득 들어 있던 우산을 다 팔았다. 모리제 가족은 다시 배에 오르지 않았고, 산과 대양 사이에 끼어 있어 이슬비가 많이 내리는, 심지어 일부 지방은 50년 동안 비가 그친 적이 없다는 칠레에 정착하기로 했다.

예기치 못한 운명의 장난으로 이어진 부부는 산티아고에 살림을 차렸다. 눈이 녹으면 강물이 불어나는 마포초강에서 멀지 않은 산토도밍고 거리의 안달루시아 양식 주택이었다. 집 전면은 레몬나무 세 그루로 가려져 있었다. 하나같이 천장이 높은 방들에는 푼타아레나스*의 버들가지를 사용해 제정양식**으로 만든 가구를 들여놓았다. 12월이면 프랑스에 주문한 특산품이 도착해, 호박과 소고기 포피에트*** 상자들, 살아 있는 메추리가 들어 있는 새장들, 이미 털이 벗겨져 은쟁반에 놓인, 너무 멀리서 와 살이 질겨진 탓에 처음에는 잘 썰리지도 않는 꿩들이 집안을 가득 채웠다. 여자들은 그 재

---

* 마젤란해협에 위치한 세계 최남단 도시.
** 19세기 초 프랑스 제1제정 동안 유행하던 양식.
*** 얇게 저민 고기 안에 채소를 넣어 둥글게 만 프랑스 요리.

료들로 요리라기보다 마법에 가까운 기이한 실험을 펼쳤다. 프랑스식 식탁의 오랜 전통과 코르디예라산産 식물들이 한데 섞여 복도를 신비로운 냄새와 노란 연기로 가득 메웠다. 식탁에는 순대로 속을 채운 엠파나다*, 말벡 와인에 조린 닭고기, 파스텔 데 하이바**, 플랑드르산 치즈, 그리고 지독한 냄새 때문에 칠레인 하녀들이 병든 암소로 만든 게 분명하다고 여긴 사부아 치즈가 올라왔다.

아이들도 태어났다. 혈관 속에 라틴아메리카의 피라고는 단 한 방울도 흐르지 않는 그 아이들은 프랑스인들보다 더 진짜 프랑스인으로 자라났다. 붉은색 시트가 덮여 있고 아과르디엔테[화주]와 정체를 알 수 없는 약들의 냄새에 절어 있는 방에서 태어난 세 형제 가운데 라자르 롱소니에는 맏이였다. 세 아이는 마푸체*** 말을 쓰는 여자들에게 둘러싸여 있었지만 이들의 첫번째 언어는 프랑스어였다. 이주민의 삶 속에서도 놓치지 않은, 조국을 떠나오면서도 지켜낸 그 유산을 부모는 아이들에게 꼭 전해주려고 애썼다. 그들에게 프랑스어

---

* 밀가루를 반죽하여 안에 고기나 채소를 넣고 구운 스페인 전통요리.
** 게살을 넣어 만든 파이.
*** 칠레 중남부 아라우카니아와 아르헨티나의 파타고니아에 거주하는 아메리카대륙 원주민.

는 은밀한 피난처이자 계급의 암호요, 이전 삶의 유물인 동시에 승리의 징표였다. 라자르가 태어나던 날 오후에 집 앞의 레몬나무 아래서 세례식을 할 때는 집안사람 모두가 흰색 판초를 입고 열을 지어 정원을 행진했다. 첫아이의 탄생을 기리기 위해서 아버지 롱소니에는 그동안 모자 안에 흙을 담아 꽂아둔 채 지켜온 포도나무 그루를 다시 심었다.

"이제 우리가 정말로 뿌리를 내렸다." 그가 포도나무 주위의 흙을 다지면서 말했다.

라자르 롱소니에는 어려서부터 프랑스를 두고 마음껏 상상의 나래를 펼쳤다. 어린 라자르가 한 번도 가본 적 없는 그 땅을 상상하는 방식은, 아마도 서인도 편년사가*들이 '새로운 세계'를 상상하는 방식과 비슷했을 것이다. 라자르는 그렇게 먼 나라의 마법 같은 이야기로 이루어진 세계, 전쟁과 정치적 혼란이 끼어들지 못하는 세계 속에서 세이렌의 노래에 이끌리듯 프랑스를 꿈꾸면서 자라났다. 라자르에게 프랑스는 우아함이라는 기술을 멀리 밀고 나간 나라, 여행자들의 그 어떤 이야기로도 절대로 뛰어넘을 수 없는 위대한 제국이

---

* 스페인의 펠리페 2세가 남아메리카 지역의 영토와 관련한 자료를 기록하는 임무를 맡긴 역사가.

었다. 거리, 뿌리 뽑힘, 시간, 모든 것이 부모가 회한 속에 떠나온 그 땅을 더욱 아름다운 곳으로 만들었다. 라자르는 한 번도 본 적 없는 프랑스가 그립기까지 했다.

어느 날 독일어 억양을 가진 이웃 소년이 라자르에게 롱소니에라는 이름이 어디서 왔느냐고 물었다. 금발에 우아한 모습의 그는 스무 해 전 칠레로 이주하여 남쪽 지방에 정착한 뒤 아라우카니아의 척박한 땅을 일구어온 독일인들의 후예였다. 집으로 돌아오는 동안 라자르는 어서 부모님에게 물어볼 생각에 마음이 급했다. 그날 저녁, 이미 롱소니에라는 이름이 세관 직원의 오해에서 비롯했음을 알고 있던 아버지는 아들의 귀에 대고 이렇게 속삭였다.

"프랑스에 가면 삼촌을 만나게 될 거다. 삼촌이 다 얘기해 줄 거야."

"삼촌 이름이 뭔데요?"

"미셸 르네."

"어디 살아요?"

"여기." 아버지가 자기 가슴에 손가락 하나를 갖다대며 말했다.

롱소니에가에는 구대륙의 전통이 깊이 뿌리내리고 있었다. 그래서 8월에 '목욕' 습관이 생겨났을 때도 누구 하나 놀라지 않았다. 모든 것은 어느 날 오후 아버지 롱소니에가 집 안의 청결에 필요하다며 최신 욕조를 들여오면서 시작되었다. 청동제 사자 발 네 개가 떠받친 법랑 입힌 주철 욕조였다. 수도꼭지도 배수구도 없이, 마치 임신한 여자의 배처럼 생긴 욕조는 두 사람이 들어가 태아 자세로 나란히 누울 수 있을 만큼 컸다. 롱소니에의 아내는 놀라서 입을 다물지 못했고, 아이들은 큰 욕조를 보고 신이 났다. 아버지는 아들들에게 코끼리 상아로 만든 그 욕조가 증기기관과 사진기 이후 가장 매혹적인 발명품이라고 설명했다.

롱소니에는 욕조에 물을 채우기 위해 페르난디토 브라카몬테를 불렀다. 엘 아과테로, 그러니까 동네의 물장수로, 나중에 그의 아들 엑토르 브라카몬테가 롱소니에가의 후손들에게 더없이 중요한 역할을 하게 된다. 페르난디토는 나이에 비해 일찍 굽은 등이 마치 자작자무 가지 같았고, 물일 하는 사람답게 손이 무척 컸다. 그는 노새를 타고 뜨거운 물을 가득 채운 통들을 수레에 실어 끌면서 산티아고 곳곳을 돌아다녔고, 물통을 들고 계단을 올라가서 피곤한 몸짓으로 냄비에 물을 채워주곤 했다. 페르난디토가 말하길, 그의 형제들은 대륙 저편에, 그러니까 카리브해 지역에 살았다. 그는 자기가 맏이라고, 동생 세베로 브라카몬테는 사금을 채취하고, 또 한 동생은 산파블로델리몬성당을 복원하는 일을 하고, 리베르탈리아*의 유토피아주의자인 동생도 있으며, 또다른 동생은 바벨 브라카몬테라는 이름에 걸맞게 마라쿠초** 역사가라고 했다. 하지만 그렇게 형제가 많아도 어느 날 페르난디토가 물 운반차에 빠진 채로 발견되었을 때 그의 죽음에 마음을 쓰는 사람은 없는 것 같았다.

롱소니에는 욕조를 방 한가운데 놓았다. 식구들이 번갈아가며 모두 목욕을 해야 했기에 물이 너무 더러워지지 않도록 집 앞 나무에서 레몬을 따 욕조 안에 넣었다. 안에 누운 채로 신문을 읽을 수 있도록 대나무로 만든 선반도 걸쳐두었다.

1914년 8월에 제1차세계대전이 발발했다는 소식이 칠레까지 전해지던 날, 라자르 롱소니에는 바로 그 욕조에서 신문을 읽고 있었다. 프랑스보다 두 달 늦게 여러 종류의 신문이 같은 날 도착해서 수북이 쌓였다. 〈롬 앙셰네〉는 빌헬름 5세가

---

* 해적들이 인도양 마다가스카르섬에 세웠다고 전해지는 전설 속 무정부주의 식민지.
** 베네수엘라의 마라카이보에 사는 사람. 혹은 그 지역에서 사용되는 특수한 스페인어를 가리킨다.

러시아 차르에게 보낸 전보들을 실었고,* 〈뤼마니테〉는 조레스의 암살** 소식을 전했으며, 〈르 프티 파리지앵〉은 전체적인 전황을 보도했다. 그리고 가장 최근 날짜의 〈르 프티 주르날〉에는 독일이 프랑스에 선전포고를 했다는 소식이 위협적인 글씨의 큰 제목과 함께 실려 있었다.

"푸차〔이런〕." 라자르가 중얼거렸다.

프랑스가 침략당했다는 소식을 접한 라자르는 자기가 프랑스에서 얼마나 멀리 떨어져 있는지 절감했다. 그 순간 그의 마음속에, 불현듯, 멀리서 침략당한 프랑스에 대한 소속감이 솟구쳤다. 그는 벌떡 일어나 욕조 밖으로 나왔다. 거울에 비친 마르고 허약해서 누구 하나 해칠 수 없을 것 같은, 다시 말해 전투에 적합지 않은 몸이 보였지만, 라자르 롱소니에는 오히려 영웅심에 휩싸였다. 힘을 주어 몸의 근육을 부풀리자 소박한 자부심이 그의 심장에 불을 지폈다. 조상들의 숨결이 느껴지는 것 같았다. 약간의 의혹과 함께 두려움

---

* 1914년 6월 오스트리아-헝가리 제국의 황태자가 사라예보에서 세르비아의 민족주의자에게 암살된 후 유럽이 긴장 상태에 빠진 '7월 위기' 때, 7월 29일부터 독일 제3제국이 러시아에 선전포고를 한 8월 1일까지 사흘 동안 보낸 전보를 말한다.
** 프랑스가 독일과 전쟁을 하는 것에 반대한 사회주의자 장 조레스는 7월 31일, 민족주의자에게 암살당했다.

이 일렁이기도 했지만, 그는 운명에 복종해야 함을 깨달았다. 부모 역시 그런 운명에 복종해서 배에 오르지 않았던가.

라자르는 수건을 허리에 두른 뒤 신문을 들고 거실로 내려갔다. 그러곤 짙은 레몬향이 감도는 가운데 모여 있는 식구들 앞에서 주먹 쥔 손을 들어올리며 선언했다.

"프랑스를 위해 싸우러 갈래요."

태평양전쟁의 기억이 여전히 살아 있던 시기였다. 칠레가 페루로부터 빼앗아온 타크나-아리카* 때문에 국경분쟁이 끊이지 않았다. 페루 군대는 프랑스의 훈련을, 칠레 군대는 독일의 훈련을 받았기에, 코르디예라 산등성이에서 태어난 유럽 이민자의 자식들에게 알자스-로렌 분쟁은 타크나-아리카 분쟁을 떠올리게 했다. 롱소니에의 세 아들 라자르, 로베르, 샤를은 탁자 위에 프랑스 지도를 펴놓고, 자기들이 무엇을 보고 있는지 전혀 알지 못한 채로 부대의 이동을 꼼꼼히

---

* 1883년에 태평양전쟁의 승리로 칠레는 페루의 타라파카 지역을 병합했고, 타크나와 아리카 지역은 10년 뒤 국민투표로 결정하기로 했다. 이후 국민투표는 계속 미루어지고 갈등이 격화되었다(1928년에야 미국의 중재로 타크나는 페루의 영토로 남고 아리카는 칠레에 병합된다).

연구하기 시작했다. 그들은 삼촌인 미셸 르네가 이미 아르곤*의 들판에서 싸우고 있다고 확신했다. 롱소니에의 세 아들은 거실에서 바그너의 음악이 들리지 않게 했다. 그들은 등잔 불빛 아래서, 피스코** 잔을 들고서, 신나게 지도 위 강과 계곡과 도시와 마을의 이름을 열거했다. 며칠 만에 지도가 색색의 압정과 압핀과 작은 종이 깃발로 빼곡해졌다. 지도가 펼쳐져 있는 동안에는 절대 식탁을 차리지 말라는 명령에 하녀들은 어리둥절한 얼굴로 이들의 무언극을 지켜볼 뿐이었다. 어떻게 자기가 살지도 않는 곳을 위해 싸울 수 있는지, 집안의 그 누구도 이해하지 못했다.

하지만 전쟁 소식은 마치 누군가 바로 옆에서 부르기라도 하듯 요란하게 산티아고 전역에 울려퍼졌고, 얼마 안 가 모든 대화의 중심 화제가 되었다. 갑자기 다른 종류의 자유가, 선택의 자유, 조국의 자유가 사방에서 존재감을 과시하며 영광을 선포했다. 영사관과 대사관의 벽에는 총동원령 공고와 기금 모금 안내문이 붙었다. 특별판 신문이 앞다투어 발행되었고, 스페인어밖에 할 줄 모르는 젊은 여자들이 프랑스 군

---

* 아르덴, 마른, 뫼즈를 아우르는 프랑스 동북부 지역으로, 제1차세계대전의 격전지였다.
** 칠레와 페루에서 즐겨 마시는 포도 증류주.

모 모양의 초콜릿 상자를 만들었다. 칠레에 정착한 어느 프랑스 귀족은 전장에서 제일 먼저 공을 세워 훈장을 받는 칠레 출신 프랑스 병사에게 3000페소의 포상금을 주겠다고 나섰다. 산티아고 시내 주요 도로마다 지원자들이 긴 줄을 이루었고, 선박이 신병들로 속속 채워졌다. 신대륙에 정착한 이들의 아들들 혹은 손자들이 반듯하게 개킨 옷들 사이에 잉어 비늘로 만든 부적을 끼워넣은 가방을 들고, 자신만만한 얼굴로, 전선에 합류하기 위해 길을 떠났다.

너무도 매혹적이고 찬란한 광경이었다. 롱소니에 형제들은 함께하고 싶다는 타오르는 욕망에 저항할 수 없었다. 그들은 거대한 시류에 휩쓸렸다. 마침내 그해 10월, 알라메다 대로에서 환호하는 4000명의 군중 앞을 지나는 800명의 프랑스·칠레인 무리 중에 롱소니에 형제도 끼어 있었다. 그들은 마포초역에서 기차를 타고 발파라이소까지 간 다음 거기서 프랑스로 향하는 배에 오를 예정이었다. 그날 9.18 거리와 산이그나시오성당 사이에 있는 산빈센테데파울성당에서 미사가 거행되었고, 세 가지 색으로 장식된 화단 앞에서 군악대가 〈라 마르세예즈〉*를 소리 높여 연주했다. 전하는 얘기

---

* 프랑스의 국가. 화단의 세 가지 색은 프랑스 국기의 파란색, 흰색, 빨간색을

에 따르면, 그날 예비역 지원자가 너무 많아 북쪽으로 가는 급행열차 뒤에 특별칸 몇 량을 더 붙여야 했고, 늦게 도착한 젊은 지원병들은 나흘 동안 안데스의 산자락을 걸어넘어가 부에노스아이레스에서 배에 올랐다.

긴 항해였다. 라자르는 바다를 바라보며 불안과 경이로움이 뒤섞인 야릇한 기분에 젖었다. 로베르가 종일 선실에서 책을 읽고 샤를이 갑판에서 몸을 단련하는 동안, 라자르는 담배를 피우며 신병들 사이에 떠도는 소문에 귀를 기울였다. 지원병들은 아침마다 큰 소리로 군가와 영웅적인 행진곡을 불렀지만, 해가 지고 저녁이 되면 둘러앉아 전선에서 일어나는 일에 대한 끔찍한 이야기들을 주고받았다. 죽은 새들이 하늘에서 비처럼 쏟아진다고 했고, 흑열병에 걸리면 뱃속에 달팽이들이 자란다고도 했다. 독일군이 포로의 살갗에 칼로 자기 이름 첫 글자를 새긴다는 이야기, 푸앵티스 남작* 시대 이후로 사라졌던 질병들이 다시 나타났다는 이야기도 있었

말한다.

* 17세기 프랑스의 해군 제독으로, 카리브해에서 스페인의 함대를 무찔렀다.

다. 하지만 그때까지도 라자르에게 프랑스는 공상 속의 나라요, 이야기들로 세워진 건축물이었다. 40일 뒤 마침내 프랑스의 해안선이 눈에 들어왔을 때 비로소 그는 자기가 한 가지를 미처 생각하지 못했음을 깨달았다. 그러니까, 프랑스는 실제로 존재했던 것이다.

육지에 내릴 때 라자르는 줄무늬 벨벳 바지 차림에 창이 얇은 간편한 구두를 신고 아버지에게 물려받은 꽈배기 니트를 입고 있었다. 그렇게 칠레풍 복장으로 프랑스 땅에 첫발을 디딘 그는 그저 순진한 청년이었을 뿐, 앞으로 되어야만 하는 자부심 강한 군인과는 거리가 멀었다. 샤를은 선원복에 파란색 줄무늬 셔츠를 입고 머리에는 빨간 방울술이 달린 면모자를 썼다. 영광스러운 골족* 조상들을 따라 입술 위의 콧수염을 완벽한 좌우대칭으로 만든 뒤 양끝에 침 한 방울씩 묻혀가며 섬세하게 다듬기도 했다. 로베르는 턱시도 셔츠와 새틴 바지를 입고 은제 회중시계를 체인에 매달아 허리 위로 늘어뜨렸다. 그가 죽던 날 시계는 여전히 칠레 땅의 시각을 가리키고 있었다.

부두에 내린 롱소니에 형제들이 제일 처음 알게 된 것은

---

* 고대에 프랑스 지역에 살았던 켈트족.

그곳의 냄새가 발파라이소 항구와 거의 똑같다는 것이었다. 하지만 더 생각할 틈이 없었다. 그들은 곧바로 부대 지휘관 앞에 줄을 서야 했다. 제복으로 붉은색 바지와 단추가 두 줄 달린 외투형 겉옷, 각반, 그리고 가죽장화 한 켤레가 지급되었다. 이어 그들은 군용트럭에 올라탔다. 수많은 트럭이 옛날 아버지들이 기약 없이 떠난 바로 그 대륙에서 서로를 갈가리 찢기 위해 돌아온 아들들을 실어날랐다. 트럭 뒤칸에 양쪽으로 앉은 병사들 가운데 라자르가 책에서 읽었던 프랑스어를 재치 있고 잘 고른 단어로 말하는 사람은 아무도 없었다. 시정詩情과는 거리가 먼 명령들만 오갔고, 얼굴 한 번 본 적 없는 적을 향한 욕설이 난무했다. 저녁나절 마침내 병영지에 도착하여 두 조리병이 뼈가 가득 든 스튜를 데우고 있는 커다란 주철 냄비 앞에 줄을 섰을 때, 들려오는 말은 전부 브르타뉴 방언 혹은 프로방스 방언이었다. 한순간 라자르의 마음속에 다시 배에 오르고 싶다는, 떠나온 곳으로 돌아가고 싶다는 유혹이 일렁였다. 하지만 곧바로 스스로 한 약속을 떠올렸고, 조국에 대한 의무가 정말로 국경선 너머에도 존재한다면 그것은 바로 조상들의 나라를 지켜내는 것이리라 되새겼다.

처음에는 참호를 보강하는 일 때문에 너무 바빠서 칠레를 향한 그리움을 느낄 틈이 없었다. 통나무와 목책을 설치하고, 바닥에 십자형 판자들을 깔아야 했다. 라자르와 동생들은 철조망을 세우고 식량 보급품을 분배하며 1년을 보냈다. 방어선을 따라 포병대 사이로 이어진, 폭격당하는 긴 통로를 오가며 폭약 상자도 날라야 했다. 처음에는 군인의 품위를 지키려 애썼다. 깨끗한 샘이 보이면 물을 아껴가면서 씻었고, 비누도 조금 풀어 두 팔 위에 회색 거품을 냈다. 수염은 자르지 않았는데, 게으름 때문이 아니라 유행에 따라 '푸알뤼'*의 영예를 누리고 싶어서였다. 하지만 시간이 가면서 그들은 군인의 품위를 유지하기 위해 모욕적인 대가를 치러야했다. 10명씩 조를 이루어 진행되는 치욕적인 '이 잡기 훈련' 때문이었다. 들판에 서서 옷을 전부 벗어 끓는 물에 담근 뒤 발가벗은 채 숯검정을 섞은 유지油脂로 소총을 문질러 닦았다. 그런 다음 해지고 찢어진 초라한 군복을 다시 입었는데, 그 옷에서 풍기던 냄새는 나치가 위세를 떨치던 가장 암울한 시기까지 계속 라자르를 따라다니게 된다.

그즈음 부대 안에 누구든 적의 전선에 대한 정보를 알아

---

* 프랑스어로 '털이 많은'을 뜻하는 형용사 'poilu'는 제1차세계대전에 참전한 프랑스군을 지칭한다. 오랜 참호 생활로 수염을 제대로 깎을 수 없었던 상황 때문에 붙은 별명으로, 용감하고 남자답다는 뜻을 내포한다.

오는 사람에게 30프랑을 준다는 소문이 돌았다. 최악의 조건 속에서 배까지 곯아야 했던 병사들은 행운을 얻기 위해 혈안이 되었다. 구더기로 뒤덮인 시체 더미 위로 주저 없이 올라갔고, 짐승처럼 진흙 속을 기어 방마책放馬柵을 건넌 뒤 좁은 틈새로 들여다보며 날짜와 시간을, 공격의 징후를 포착하려 귀를 기울였다. 숙영지 멀리까지 살금살금 독일군 방어선을 따라가다가 숨겨진 감시초소에서 두려움과 추위로 떨기도 하고, 포탄이 떨어져 생긴 구덩이에 들어가 몸을 웅크린 채 며칠 밤을 보내기도 했다. 30프랑을 손에 넣는 데 성공한 사람은 단 한 명, 마노스크*에서 온 제일 나이 어린 오귀스탱 라투르뿐이었다. 그가 전한 바에 따르면, 어느 날 협곡에서 추락하여 목이 부러진 채 쓰러져 있던 독일군을 발견하고 주머니를 뒤졌다고 했다. 처음에는 독일어로 쓴 편지들, 독일 마르크 지폐 몇 장, 그리고 구멍 뚫린 작은 동전들밖에 보이지 않았는데, 허리띠 가죽 사이에 아마도 프랑스군의 시체에서 훔쳤을 30프랑이 세 번 정성스럽게 접힌 채 숨겨져 있었다고 했다. 오귀스탱 라투르는 자랑스럽게 지폐를 흔들며 되풀이해서 말했다.

---

*프랑스 알프스·프로방스 지방의 코뮌.

"프랑스의 돈을 돌려받은 거야."

그즈음 양측 참호 사이에서 우물이 하나 발견되었다. 서로 방어선을 치고 총구를 겨눈 적군끼리 어떻게 같이 그 우물을 이용하자고 합의하게 되었는지 라자르는 죽는 순간까지 알지 못했다. 정오가 다가오면 사격이 중지되고 먼저 프랑스 병사 하나가 참호 밖으로 나가서 양동이에 물을 채워 돌아왔다. 삼십 분 안에 끝내야 했다. 삼십 분 뒤에는 독일군 병사가 똑같이 했다. 양쪽 모두 물을 확보하고 나면 다시 사격이 시작되었다. 그렇게 살아남았고, 서로 죽이기 위해 살아남았다. 군대식으로 정확하게, 어느 한쪽도 약속을 어기는 일 없이, 매일 죽음의 무도회가 이어졌다. 전장의 기사도 규칙이 어찌나 엄격하게 준수되었는지, 병사들은 우물에 다녀오면서 전쟁이 시작된 뒤 2년 동안 한 번도 듣지 못했던 새의 노랫소리 혹은 방앗간의 절구 소리를 들을 수 있었다.

라자르 롱소니에가 자원해서 나간 날이었다. 그는 양 팔뚝에 양동이를 네 개 걸고, 수통 스무 개를 어깨에 걸치고, 설거지 물통 한 개를 손에 들었다. 그리고 이 통들을 전부 채우고 나면 제대로 돌아올 수 있을까 자문하면서 십 분을 걸어

우물에 도착했다. 오래된 테두리 돌에 옆면 돌들까지 전부 낡아버린 우물의 모습이 마치 새들이 다 날아가 텅 빈 새장처럼 처량해 보였다. 우물 옆에는 총알자국이 남은 대야 몇 개가 나뒹굴었고, 누군가 우물가 돌 위에 버려두고 간 군복 상의도 보였다.

라자르는 양동이의 손잡이에 밧줄을 묶고 바닥에 물이 닿아 찰랑대는 소리가 들릴 때까지 내려보냈다. 잠시 뒤 밧줄로 양동이를 당겨 올리고 있는데, 갑자기 앞쪽에 바위처럼 보이는 낯선 형체가 나타났다.

라자르는 고개를 들었다. 위장용 진흙을 잔뜩 바른 독일군 병사가 총을 겨누고 있었다. 겁에 질린 라자르는 밧줄을 놓쳤고 양동이가 우물 속으로 떨어졌다. 그는 곧바로 몸을 일으켜 도망치려 했지만, 그만 돌에 걸려서 비틀거리며 비명을 내질렀다.

"푸차!"

상대가 총을 쏠 줄 알았는데, 웬일인지 아무 일도 일어나지 않았다. 라자르는 천천히 눈을 뜨고 그를 향해 돌아섰다. 독일군이 한 걸음 다가왔다. 라자르는 뒷걸음질쳤다. 군복, 장화, 모자 때문에 더 나이들어 보이긴 했어도, 상대는 그와 같은 또래일 것 같았다. 독일군이 총구를 낮추며 물었다.

"에레스 칠레노[칠레인이야]?"

독일군은 이 문장을 완벽한 스페인어로, 분노한 콘도르들과 아라얀[도금양]들과 관목들과 가마우지들이, 유칼립투스 향기를 띤 강물이 어른대는 스페인어로 속삭이듯 말했다.

"시[응]." 라자르가 대답했다.

독일군이 안도의 표정을 지으며 다시 물었다.

"데 돈데 에레스[어디서 왔어]?"

"산티아고."

독일군이 미소를 지었다.

"요 탐비엔, 메 야모 헬무트 드리히만[나도, 난 헬무트 드리히만이야]."

그러고 보니 10년 전 라자르에게 롱소니에가 어디서 온 이름이냐고 물었던 산토도밍고 거리의 이웃이었다. 두 청년이 남아메리카 땅에서 같은 때 전쟁 소식을 들은 것이다. 헬무트 드리히만과 라자르 롱소니에는 똑같이 자신들이 사는 곳이 아닌 다른 나라, 다른 깃발을 지켜내기 위해 대양을 건너겠다는 유혹에 이끌려 떠나왔지만, 어느새 그 우물은 그들이 태어난 땅의 샘이 되었다.

"에스쿠차메[내 말 잘 들어]." 독일군이 말했다. "금요일 저녁에 기습공격을 할 거야. 그날 저녁에 어떻게든 아프다고 핑계 대고 밤새 의무반에 가 있어. 그러면 살아남을 수 있을 거야."

헬무트 드리히만이 앞뒤 재어보지도 않고 계획도 없이 단숨에 내뱉은 말이었다. 마치 자신에게 물이 있어서가 아니라 목마름이 무엇인지 알기 때문에 다른 이에게 물을 주는 사람과 같았다. 독일군이 천천히 모자를 벗었고, 그제야 상대의 얼굴이 분명히 보였다. 육중하고 불투명하고 밋밋한, 대리석처럼 아름다운, 고색창연한 낯빛이 옛 조각상의 은밀한 매력을 연상시키는 얼굴이었다. 라자르는 적의 대화를 엿들을 수 있으리라는, 한 소대가 숨어 있거나 기관총이 숨겨진 곳을 알게 될지 모른다는 기대를 품고 구덩이에서 잠을 자는 프랑스 병사들을 떠올렸다. 독일인이 은밀하게 알려준 정보의 가치를 가늠해보던 그는 문득 자신이 들은 말이 명확하면서도 부조리하다는 생각이 들었다. 역사의 진정한 차원에서 볼 때 그것은 위대하면서 비천했다.

그날 라자르는 자신의 후손들이 마주하게 될 기나긴 딜레마의 첫번째 고리와 마주했다. 의무반으로 도망쳐서 목숨을 건져야 할까? 상관에게 보고해서 동료들을 지켜야 할까? 그의 마음이 선택할 수 없다고 소리 없이 아우성쳤다. 프랑스군 진지로 돌아와 동료들과 눈길이 마주칠 때마다 그는 거짓말쟁이이자 배신자인 자기 정체가 들통날까봐 두려웠다.

라자르는 칠레에 대한 사랑으로 헬무트 드리히만이 알려

준 비밀을 지켜야 한다는 결론에 이르렀다. 그는 속임수와 고백 사이 불가능한 중간 지점을 상상해보았다. 그리고 자신의 선택을 확인해줄 단서를, 징표를 찾으려 애썼다. 하지만 피로에 찌든 동료들을 보는 순간 마음이 흔들리면서 모든 게 불명확해졌다. 무엇보다 밀짚을 침대 삼아 때가 꼬질꼬질한 담요를 덮고 잠든 샤를과 로베르를 보는 순간 수치심이 밀려오면서 이전의 결심이 무너져내렸다. 마음 깊은 곳에 자리잡은 동생들을 향한 진정한 사랑이 이미 택한 것과 다른 선택을 강요했다. 물론 그때 라자르는 알지 못했다. 그는 자신의 내면에 처음으로 상처가 막 벌어지고 있음을 깨닫지 못했다. 어쨌든 우물에서 돌아온 지 한 시간 뒤에, 라자르는 아주 조심스럽게 상관을 찾아가 독일군의 기습 계획을 알렸다. 30프랑의 포상금은 거절했다.

목요일 새벽에 라자르의 분대를 포함한 150명의 무장 병사들이 공격을 시작했고, 잠자다가 기습을 당한 독일군은 속수무책으로 당했다. 프랑스군은 적의 짚 매트 위에 수류탄을 던졌고, 식량 창고를 불태웠고, 포로들을 처형했다. 개들을 풀었고, 인질로 잡은 병사들을 총살했다. 그동안 독일군이 포탄을 너무 많이 쏜다고 비난하던 프랑스군이 그들과 똑같이 했다. 싸움에 패한 독일군 병사들이 진흙탕에 나뒹굴고 프랑스 병사들만 서 있게 되기까지 그리 오래 걸리지 않았다. 포연이 자욱한 들판에서 라자르는 헬무트 드리히만의 시체를 찾아 헤맸다. 시체마다 뒤집어보면서 인식표를 확인했고, 오로지 그 일에만 정신이 팔린 탓에 포탄이 가까이 날아오는 것도 눈치채지 못했다.

포탄은 겨우 1미터 떨어진 지점에서 굉음을 내며 터졌다. 훗날 산토도밍고의 집에서 죽음을 맞는 순간에 라자르는 그날 그 폭발의 순간을 끔찍할 정도로 분명하게 기억했다. 그는 옆 참호로 날아가 떨어지며 돌에 부딪쳐 갈비뼈가 부러졌다. 충격에 왼쪽 옆구리가 벌어져 구멍이 생겼다. 흙과 빗물에 덮인 채로 발견된 그의 몸에서 폐가 거의 드러나 있었을만큼 큰 구멍이었다. 정신을 잃기 전 라자르는 자기를 내려다보는 헬무트 드리히만의 얼굴을 본 것 같았다. 이어 그는 지극히 숭고한 심연 속으로 추락했다. 서른 해하고도 두 달이 흐른 뒤 헬무트 드리히만이 금빛 머리카락을 날리면서 진흙투성이 얼굴로 그의 죽음길을 안내하기 위해 거실로 찾아온 날까지, 라자르 롱소니에는 그때의 장면을 단 한 번도 떠올리지 않았다.

테레즈

추락한 라자르는 죽지 않았다. 후방에서 온 의사가 그의 상처에 소독제를 바를 때, 라자르 롱소니에는 여전히 의식이 없었다. 그뒤로 사흘 동안 그가 살아 있음을 증명하는 것은 오직 가슴의 경련뿐이었다. 통증 완화를 위해 장뇌유, 모르핀, 아편 주사를 써보았지만, 그 어떤 처방도 효과가 없었다. 비가 내리는 어느 화요일에 그는 폐엽절제술을 받은 첫 환자가 되었다. 하지만 현대 의학의 놀라운 자랑거리였던 그 수술이 정작 라자르에게는 모호한 느낌과 혼란스러운 기억으로만 남았다. 몇 주 동안 정신을 차리지 못하던 그가, 머리가 멍하고 눈꺼풀이 부풀어오른 상태로 마침내 깨어났다. 발코니가 네 개 딸린 3층짜리 집이 방마다 행복했던 가족의 흔적들을 간직한 채 병원으로 쓰이고 있었다.

라자르가 누운 방은, 열대지방에 사는 새들의 깃털 같은 원색으로 칠해진 창문에 판자를 대어 발코니로 나가지 못하게 막아둔 것으로 보아 아이들이 쓰던 방일 터였다. 그는 몸에 감긴 붕대를, 특히 왼쪽 어깨 부위의 흰색 붕대를 보았다. 문득 동생들 소식이 궁금했다. 샤를이 아라스* 부근에서 전사했다는 대답이 돌아왔다. 밤새도록 이어진 격렬하고 요란스러운 전투에서 열정을 불태우며 새벽까지 싸우다가 총검에 찔려 죽은 것이다. 로베르 역시 그 이튿날 한 손에 소총을 들고 다른 손에는 포도주병을 든 채 죽음을 맞았다고 했다. 조상들이 포도나무를 심었던 땅과 멀지 않은 곳의 독일군 참호에 거의 다다랐을 때 전차가 그의 몸 위를 지나갔다. 두꺼운 붕대로 양 옆구리를 감싼 채로 동생들의 소식을 들었을 때, 극심한 고통이 밀려왔다. 끔찍한 기침 발작 때문에 몸이 마구 들썩거렸고, 그러느라 머리가 침대 머리에 부딪쳤다. 몸이 떨리면서 경련도 일어났다. 라자르는 동아줄도 내벽도 없는 깊은 우물 같은 혼수상태의 암흑 속으로 다시금 추락했

---

* 프랑스 북부 파드칼레 지역의 도시로, 제1차세계대전의 격전지 중 하나였다.

다. 깨어나도 제정신이 아닐지 모른다고 의사들이 염려할 정도로 상태가 심각했다. 이후 길고 긴 세월 동안 라자르 롱소니에는 전쟁만 생각하면 병원에서 겪은 그날의 격렬한 폭풍우에 재차 휩쓸리곤 했다. 한참이 지나 몸이 회복되어 퇴원 허가를 받은 뒤에도 마음속에 이전의 가벼움이 되살아나지 않았다.

라자르는 스페인어를 할 줄 알았기에 회복기 동안 중대 본부에서 스페인어권 전사자들의 가족에게 보내는 애도 편지를 쓰게 되었다. 그가 낡은 타자기 앞에 앉아 제일 처음 쓴 편지는 바로 어머니에게 보내는 것이었다. 그런 뒤에는 절망한 누이에게, 위로할 길 없는 슬픔에 젖은 아내에게, 쓰러진 아버지에게, 그들의 아들과 남편과 형제가 얼마나 영광스러운 작전에 참여했는지 들려주는 편지를 썼다. 전사자들의 용기를 돋보이게 해줄 단어를 골랐고, 때로는 전사자가 남겼다면서 통렬한 시정으로 가득찬 숭고한 마지막 말을 만들어내기도 했다. 라자르는 천 통이 넘는 편지를 썼고, 다른 대륙으로 날아간 천 통의 편지는 천 개의 서랍 속으로 들어갔다. 반년이 지난 뒤에야 마치 기억의 파편처럼 도착하는 편지들도 있었다. 어머니들은 편지를 서랍 속 쿠에카* 스카프와 동판들 사이에 고이 간직해두었다. 수많은 편지가 좀벌레와 싸우고 망각과 싸우면서 다른 세대가 와서 읽어줄 때를 기다렸다.

라자르는 곧 호적대장을 열람할 수 있게 되었다. 그는 쥐라산맥과 멀지 않은 곳에 있었기에, 노랗게 변색된 시청과 군청의 문서들을 뒤져보면 어디서든 자신이 프랑스 땅에서 아는 단 한 사람, 칠레로 이주하기 이전의 가족의 기억을 간직하고 있을 그 사람의 기록을 찾을 수 있을 줄 알았다. 아버지에게 들은 미셸 르네라는 삼촌의 이름을 기억하고 찾아보았지만, 르네라는 성을 가진 사람은 어디에도 없었다. 심지어 롱소니에라는 성도 없었다. 몇 주 동안 끈질기게 뒤지던 라자르 롱소니에는 복잡한 가계도의 정글에서 길을 잃었고, 결국 이곳에 남은 것은 종이 시체들과 익명의 유령들뿐이라는 결론과 함께 찾기를 포기했다. 그렇게 그는 4년의 전쟁중 1년을 참호에서, 2년을 병원에서 보냈고, 마지막 1년을 군청 사무실에서 보냈다.

1918년 11월 11일, 프랑스의 모든 성당에서 종전을 알리는 종이 울렸다. 12월에 라자르는 남아메리카에서 온 수백 명의 청년들과 함께 프랑스 땅을 떠났다. 발파라이소로 돌아가는 배에 오르면서 그는 상처 입은 프랑스의 영혼이 이미

---

* 손을 잡고 원을 그리며 추는 칠레의 전통춤.

자기를 버렸다는 느낌을 받았다. 어릴 때 들은, 귀족을 받드는 하인들과 오리나무 울타리가 있는 목가적인 풍경은 어디에도 없이, 이제 그곳은 서글픈 병사들의 유령이 사는 땅이었다. 라자르는 배의 갑판에 서서 풍경을 바라보았다. 저멀리, 쓰러진 병사의 피로 비옥해지고 흙속에 묻힌 시신으로 푸르러진 계곡들이 눈에 들어왔고, 언덕처럼 쌓인 말 사체와 공동 묘혈의 주검이 만들어낸 비료로 양분을 얻는 기름진 땅이 보였다.

'저 나라는 또다른 전쟁을 받아들일 준비가 되어 있구나.' 라자르는 생각했다.

발파라이소 항구로 다가오는 라자르 롱소니에를 어머니가 부두에 서서 기다리고 있었다. 근심으로 주름이 깊게 팬 늙은 어머니에게 돌아온 아들은 떠나던 때보다 훨씬 파리하고 허약해 보였다. 어머니의 두 눈은 오랫동안 소리 없이 눈물 흘린 사람처럼 부어 있었다. 그녀는 부두에 선 채 세 아들이 그곳에서 프랑스로 가는 배에 오르던 날의 오후를 떠올렸다. 처음에는 동생들 없이 돌아온 아들을 알아보지 못했고, 몇 달 동안 그의 이름을 나머지 두 아들의 이름과 헷갈리곤 했다.

쉰두 살이 된 델핀은 달리아 같던 머리칼의 진홍빛을 잃었다. 그녀는 더없이 외로웠고, 마치 밀랍 조각상처럼 위태로운 여인이 되었다. 햇빛을 거의 보지 못한 탓에 미로 같은 푸른 정맥이 드러날 정도로 살갗이 하얘졌다. 두 아들의 사망 통지서를 받은 뒤로 그녀에겐 강박이 생겼다. 라자르가 돌아오기를 기다리는 동안, 집의 영혼을 정화시켜 전쟁을 즐기는 유령들이 들어오지 못하게 막아야 한다면서 하녀들에게 나무줄기와 기름으로 만든 검은 비누로 거실 벽을 닦아내게 했다. 이미 오래전부터 그녀는 고통을 호소하기보다 소리 없는 악몽으로 몽롱해진 채로 노화老化의 고원을, 뒤죽박죽된 희망들을, 텅 빈 시간의 주름들 사이를 헤매고 다녔다. 그러다 12월의 어느 날, 가족에게 닥친 불행이 무기에서 비롯했다는 확신에 이른 델핀은 금속으로 만들어진 모든 것에 두려움을 느끼기 시작했다. 그녀는 냄비, 경첩, 계단 난간을 전부 녹여서 반짝이는 보석으로 만들겠다고, 죽음과 관련된 모든 것을 생명의 세공품으로 바꾸어놓겠다고 다짐했다. 그래서 라자르가 훈장과 견장을 달고 월계수를 휘감은 여자가 부조로 새겨진 메달들을 목에 걸고 돌아왔을 때, 델핀은 그 모든 것을 집에 있던 금붙이와 함께 도가니에 집어넣었다. 그 어떤 훈장도 전쟁 연금도 자식들을 대신할 수 없다고 되풀이해 말하면서, 전부 녹여 반지로 만들었다. 그리고 그 반지들을 마지막 순간까지 손가락에서 빼지 않았다.

프랑스와 완전히 단절되고 싶지 않았던 라자르는 산티아고로 오는 신문을 모두 챙겨 읽었다. 신문을 한 장씩 넘겨보고 정기간행물을 사 읽으며 풍문 하나 놓치지 않았다. 그는 자신이 젊음을 희생한 행위가 한 세기 전 조국을 떠나온 선조들이 새로운 땅에 프랑스 포도주의 명성을 전한 것보다 프랑스를 위해 더 큰 일을 한 것이라고 확신했다. 그사이 세계대전은 칠레 사회를 무너뜨렸다. 농지 경작을 기대하기 어려워졌고, 공장들이 파산했고, 상품이 동났다. 수입하는 일도 전처럼 쉽지 않았고, 외국자본도 많이 빠져나갔다. 프랑스인들은 칠레의 거의 모든 도시에서 제1차세계대전 참전군인 연합 지부와 '퐁프 프랑스'*와 참전 용사 단체를 결성했다. 수시로 베르됭과 슈맹데담**을 들먹이고, 어떻게 살아남았는지 이야기하고, 훈장을 보여주고, '호랑이'***의 어록을 앞다투

---

* 칠레의 프랑스 이주민들이 화재를 진압하기 위해 19세기에 처음 만든 의용소방대.

** 베르됭과 슈맹데담 모두 제1차세계대전 서부전선의 최대 격전지였던 프랑스 북동부 지역들이다.

*** 프랑스의 정치가 조르주 클레망소를 말한다. 1906년 내무장관이 된 뒤 강경 정책을 시행하여 '호랑이'라는 별명으로 불렸고, 제1차세계대전 종전 협상

어 인용했다. 대농장을 경영하는 사람들은 명함에 자신이 얼마나 많은 영지를 소유하고 있는지 대신 전쟁에 나가 어떤 부상을 당했는지를 적어넣었다.

하지만 그런 강렬한 애국심이 라자르의 잃어버린 세월을 가려주지는 못했다. 라자르의 마음은 스물네 해 전 그가 태어나던 날 정원에 심은, 이제는 잎이 다 떨어지고 색도 우중충하고 역한 냄새가 나는 포도나무와 똑같았다. 나무의 수액은 더이상 열매를 맺지 못했다. 라자르의 눈앞에 묵시록의 환영이 어른거리기 시작했다. 갑자기 열이 나고 기침 발작이 시작되면서 온몸이 땀에 젖고 시트가 피에 젖었다. 머릿속에서 포탄이 터지는 소리, 총검이 부딪치는 소리, 개머리판을 휘두르는 소리, 로켓탄이 하늘로 날아오르는 소리가 요동쳤다. 폐 수술을 받던 때도 자주 떠올랐다. 그는 서정적인 흥분에 휩싸여 듣는 사람이 놀랄 정도로 정확하게 그때의 이야기를 늘어놓았다. 의무실의 송진 냄새나 회칠이 벗어진 벽 이야기처럼 사람들이 굳이 알 필요 없는 흉한 것들에 대해서도 시시콜콜 이야기했다. 의사들이 배를 갈랐다가 다시 꿰맨 뒤 잘라낸 폐를 보여주었는데, 폐가 아니라 심장 조각인 줄 알

에서 프랑스 정부의 온건파에 맞서 독일에 대한 강경한 요구 조건을 관철했다.

았다는 말까지 했다.

결국 프랑스인 의사들을 불러와야 했다. 그의 아버지에 따르면 그 지역에서 진짜 의사는 프랑스인 의사뿐이었다. 그렇게 파스퇴르 학교에서 교육받은 의사들과 약사들, 오귀스탱 카바네스*의 제자들, 오라스 비앙숑**을 자처하는 의학 문학의 신봉자들이 번갈아 라자르의 머리맡을 지켰다. 그들은 거실에 둘러앉아 따뜻한 커피를 마시면서 몇 시간이고 토론을 이어갔다. 누구는 여러 가지 약을 함께 써보자고 제안했고, 일부는 리마체에 최신 치료법을 시행하는 곳이 있으니 그곳에 보내보자고 했고, 또 누구는 당시 유명하던 쿠에 방식***을 써보자고 주장하기도 했다. 라자르는 그 어떤 치료법도 거부하지 않으며 주어진 지시 사항들을 경건하게 따랐고, 모든 식이요법을 받아들였다. 하지만 무엇을 해보아도 여전히 두통이 밀려오고, 관자놀이가 터질 듯이 아프고, 이마가 불타는 것 같고, 오른쪽 눈이 일그러졌다. 머릿속에서 마치 전쟁터에서 백 개의 포탄이 터지듯 뇌가 폭발하는 것 같았다. 기침도

---

* 프랑스의 의사로, 의학의 역사에 관한 선구적인 저서들을 썼다.
** 발자크의 '인간희극' 시리즈에 등장하는 의사.
*** 프랑스의 약사 에밀 쿠에가 주장한 방식으로, 병이 나을 수 있다는 자기암시에 의한 치료법을 말한다.

가라앉지 않았고, 열도 내리지 않았다. 모두가, 심지어 식구들조차 사람이 그런 상태로 어떻게 계속 살아 있을 수 있는지 놀라워할 정도였다. 라자르는 울면서 잠에서 깨어나곤 했다. 폐의 상처에서는 더이상 피가 나오지 않았지만, 두려움이 흘러나와 가슴을 벌겋게 적셨다. 모든 의욕을 잃은 그는 쇠약해진 근육에 창백한 얼굴로 다시 침대로 돌아갔고, 구멍난 양동이를 든 헬무트 드리히만이 침대 저편에서 자기를 쳐다보고 있는 것만 같은 끔찍한 느낌에 시달렸다.

포도밭에 새 묘목을 더 심기로 한 예순네 살의 아버지 롱소니에는 아들의 건강이 너무 걱정스러웠다. 그는 의학 발전이 사실상 실패였음을 인정하지 않을 수 없었다.

"의사로는 안 돼. 너한텐 마치*가 필요해."

그즈음 산티아고에 유명한 마치가 있었다. 마푸체족의 치료사 아우칸이었다. 그는 과학자를 싫어했고, 그럴수록 대중은 그에게 매료되었다. 롱소니에 가족의 역사에서 중요한 역할을 하게 될 이 이상한 남자는 티에라델푸에고**에서 태어났고, 아주 오래전부터 이어져 내려온 마법사와 마술사의 혈통

─────────

* 칠레 원주민 마푸체족의 샤먼.
** 남아메리카대륙 남단의 군도.

이라고 알려져 있었다. 그는 곳곳에 마을을 세우는 선교사들과 예수회 수도사들을 피해가며 아라우카니아를 걸어서 지나 산티아고까지 왔다고, 자연계의 의술이 치료하지 못하는 사람들에게 초자연의 의술을 베풀며 먹고 자는 걸 해결했다고들 했다. 아우칸의 미소에는 야릇한 악의가 담겨 있었다. 양쪽 손목에 고리 팔찌들을 끼고 있었고, 검지에는 그가 물고기의 위장에서 발견한 반지를 꼈다. 아우칸은 토착민들이 쓰는 핀으로 고정한 긴 흑발을 굵은 떡갈나무 같은 등 위로 늘어뜨렸다. 늘 왼쪽 어깨가 드러나는 판초에 방울 묶음이 장식된 굵은 은제 허리띠를 차고, 주름이 신발에 스치는 라마 모직 바지를 입었다. 미소를 지을 때면 치아가 푸르스름하게 반짝였으며, 말을 할 때면 어디 출신인지 짚어내기 어려운 신비스러운 억양이 실린 낯선 말들이 다른 곳에서 온 정도가 아니라 아예 다른 시간에서 온 것 같았고, 그것이 원래 있는 언어인지 즉석에서 만들어낸 언어인지 알기 힘들 정도였다.

거실을 지나 라자르에게 다가온 아우칸은 열 때문에 축 늘어진 채 헛소리를 하면서 헐떡이는 환자를 보고는 탁자 위에 탑처럼 쌓여 있는 약을 전부 창밖으로 던져버렸다. 이어 커튼을 치더니 마치 연극 대사를 읊듯이 장엄하게 말했다.

"사람은 병보다 약 때문에 죽는 것을!"

아우칸은 자신이 구전으로 익힌 치료법들과 예지몽, 연금술 연감에만 의지했다. 그는 라자르의 가슴에 남은 흉터를 조심스럽게 살펴보면서 손가락으로 주변을 한 번 훑은 뒤, 자신만의 비법을 사용해서 죽은 자들과 대화를 시작했다. 이어 식구들을 모두 모아 자신이 폐에 대해 아는 것을 들려주면서, 샤먼 의식만이 이 병을 치료할 수 있음을 라자르가 받아들이도록 설득해냈다.

"모든 게 다 과거에 있지요." 아우칸이 말했다. "우선 그대의 피안*들과, 그대 조상들의 영혼과 소통해야 합니다."

라자르는 미셸 르네라는, 이름만 들어본 프랑스의 삼촌에 대해 프랑스어로 무어라 더듬거렸다. 하지만 아우칸은 신경 쓰지 않는 것 같았다. 그는 방울을 흔들어대며 수탉과 교미한 적 없는 검은 암탉의 피와 약초를 함께 절구에 넣고 이겨 반죽을 만들었다. 이어 그 안에 머리카락 한 타래를 넣었고, 그렇게 완성된 미끈거리고 끈적이는 초록색 반죽을 라자르의 상처에 바르면서 주문을 외웠다. 아우칸은 라자르에게 그날 아침부터 오래된 암염소의 가죽으로 만든 옷을 입고 있으라고 했다. 안에 털을 댄 적갈색 재킷은 팔꿈치가 낡아 해진

---

* 마푸체족의 신앙에서 인간과 자연 현상을 지배하는 신.

채로, 설치류가 썩어가는 듯한 악취를 풍겼다. 그는 또 라자르에게 절대 옆구리를 만지지 말라고 했다. 라자르가 그런 어처구니없는 치료법을 받아들인 것은 죽지 않으려고 바둥거려봐야 헛일임을 이미 오래전에 깨달았기 때문이고, 어차피 죽음이 다가온다면 차라리 안으로부터 썩어가는 편이 나을지 모른다고 생각했기 때문이다. 그렇게 아우칸의 약초 반죽이 라자르의 상처에 놓인 지 일주일이 지났다. 열흘이 되자 시든 꽃 냄새가 풍기기 시작하더니 이내 역한 내장 냄새가 방안을 가득 채웠다. 약초 반죽은 시나몬 같은 갈색의 마른 껍질로 변해갔다. 냄새가 너무 지독해 누구도 산토도밍고 거리의 그 집에 들어오지 못했다. 동네에는 라자르가 전쟁에서 돌아올 때 마른강의 전갈들을 뱃속에 넣어 왔다는 소문이 돌았다. 어느 날 악취를 더이상 견디지 못한 델핀이 아들의 방으로 들어갔다.

"마법사론 안 돼. 너한테 필요한 건 여자야."

11월 말이 되어 날씨가 좋아지기 시작할 즈음, 롱소니에 가족은 이따금 피르케 들판으로 소풍을 나갔다. 산티아고에서 한 시간 정도 거리에 조용한 전원이 펼쳐진 그곳은 하늘 높이 날아다니는 맹금류의 날카로운 울음소리 외에는 사방이 고요했다. 어느 일요일, 소풍에 따라나선 라자르는 식구들이 모여 앉은 자리를 벗어나 초원의 건초 냄새를 맡으며 혼자 걸어다녔다. 그렇게 어깨에 암염소 가죽 재킷을 걸치고 높이 자란 풀들 사이를 정처 없이 돌아다니던 그는 멀리 수레를 둘러 세워놓고 향신료와 보석을 파는 상인들을 발견했다.

짙은 피부색에 손아귀 힘이 세고 민첩한, 두 눈이 화살촉처럼 생긴 젊은 남자들이 아라우카니아에서 가져온 여성용 장신구를 팔고 있었다. 그들은 문신으로 가득한 팔을 움직여 은광에서 만든 목걸이와 나시미엔토*의 광주리, 깃털로 만든 왕관, 구리 팔찌, 채색된 호리병박 들을 펼쳤다. 같이 있던 한 늙은 남자가 열어 보인 자그마한 우리 안에는 말벌로 배를 채운 흰색 도마뱀들이 나뭇잎 위에서 잠들어 있었다.

"뭘 사고 싶지?" 늙은 남자가 물었다.

"내가 사고 싶은 건 여행이에요." 라자르가 대답했다.

백인들이 내뱉는 엉뚱한 말에 익숙한 마푸체인들은 라자르의 말에 전혀 놀라지 않았다. 그들은 한 달 치 경비만 댈 수 있다면 무리에 끼워주겠다고 했다. 라자르는 전쟁에 나갈 때와 같은 열정으로 곧장 그 제안을 받아들였다. 그는 어머

---

* 칠레 중부 지역의 도시로 1603년 크리스마스이브에 세워졌다. '나시미엔토'는 스페인어로 성탄절을 뜻한다.

니가 걱정하지 않도록 서둘러 쪽지를 썼고, 무리의 한 아이에게 부탁해 소풍 나온 식구들에게 전하게 했다. 삼십 분 뒤 까슬한 모직 천을 어깨에 걸치고 맨다리를 드러낸 긴 머리의 메스티소* 아이가 다가오는 것을 본 델핀은 아들이 마른의 땅이 남긴 보이지 않는 상처를 치료하기 위해 어디론가 떠나기로 했음을 알아차렸다. 그녀는 둘러앉은 식구들 앞에서 단호한 글씨체로 쓰인 아들의 전갈을 큰 소리로 읽었다.

전 미래와 함께 떠납니다.

두번째이자 마지막이 될 라자르의 카혼델마이포** 여행은 3주 동안 이어졌다. 그는 사람들이 들고양이를 키우고 맨발로 과나코***를 사냥하며 사는 황량한 풍경들 속으로 내려갔다. 바위 위에 짐승들의 발굽이 번득이는 그곳에서 며칠이고 뾰족한 봉우리를 기어올랐다가 비탈을 내려왔고, 퓨마 잇몸 색깔의 석양이 펼쳐진 자주개자리밭을 가로질렀다. 봉우리마다 돌풍과 폭풍우를 이겨낸 거대한 십자가가 서 있었다. 그는

* 남아메리카의 유럽인과 인디오 혼혈을 이르는 말.
** 산티아고 인근 안데스산맥 남동부에 위치한 협곡 지역.
*** 남아메리카 산지에 서식하는 낙타과의 동물.

한동안 친칠라와 야생 토끼의 가죽을 거래했고, 아보카도 기름과 옥수수를 먹으면서 버텼다. 계곡에서는 풀을 씹으며 혀 아래 코카잎을 굴리는 우아소*들도 만났다. 원래는 가축을 지키는 사람들이었는데, 안장도 없이 말에 올라 도시를 돌아다니며 자신들이 만든 물건을 팔았다. 원주민들은 라자르에게 곤충의 이름을 마치 자기들이 실제로 만나본 사람인 양 하나하나 알려주었고, 황야에 가면 양털이 쇠보다 단단하다고, 그곳의 여자들은 일각돌고래로 변신할 수 있다고 했다.

멀리 가서 모든 것을 잊은 채 맑은 공기를 마시면서, 자신이 살아가는 땅을 끊임없이 발견하면서, 라자르의 폐에 남아 있던 상처가 서서히 아물어갔다. 때로는 광활하게 펼쳐지고 때로는 가시나무가 가득한, 군데군데 자줏빛 현무암 바위가 늘어선 메세타〔고원 대지〕는 아우칸이 약초로 만들어준 그 어떤 찜질포보다 효과적인 치료제가 되어주었다. 라자르는 자신의 상태가 많이 좋아졌음을 느끼고, 마침내 2주 뒤 일행과 헤어져 옛날 카스티야의 콩키스타도르**들이 했던 것처럼 코르디예라를 따라 올라가기로 했다. 12월 중순에는 클라리요강

---

* 칠레에서 말을 타고 다니면서 가축을 사육하던 사람들.
** '정복자'라는 뜻으로, 남아메리카를 정복한 스페인인을 말한다.

유역 협곡의 옛 푼도[농지]에서 열매가 풍성하게 열린 과수원을 찾아내, 벨기에 식민자들이 만들어놓은 관개수로와 채소밭의 자취가 남아 있는 그곳에 며칠 머물기도 했다.

어느 화요일, 라자르는 염소 가죽을 어깨에 걸치고 사과를 따고 있었다. 갑자기 등에 무언가 날아와 그를 넘어뜨렸고, 그의 양 견갑골 사이에 강력한 발톱이 박혔다. 라자르가 거세게 몸부림치자, 처음 맞닥뜨린 저항에 놀랐는지 새가 날갯짓을 하며 물러났다. 돌아보니 겨우 1미터 앞에 회색 독수리를 닮은 멋진 새, 안데스 지역에 서식하는 푸른 말똥가리 매 한 마리가 있었다. 하늘에서 내려다보다가 라자르가 걸친 염소 가죽 때문에 설치류로 착각하고 덮친 것이다. 라자르가 미처 반응하기도 전에 스페인어로 말하는 목소리가 들려왔다.

"미안해. 네가 여우인 줄 알았을 거야. 다치지 않았지?"

참호의 공포를 겪은 뒤로 라자르는 동작이 거칠었다. 그는 군인들끼리 말할 때처럼 기계적인 프랑스어로 대답했다.

"괜찮다!"

그런 다음 돌아서서 자기에게 말을 건넨 사람을 바라보았다. 놀랍게도 말똥가리 매의 주인은 마차에서 먹고 자며 고원 지역을 돌아다니는 남자가 아니었다. 그의 앞에 남자 옷을 입었지만 날씬하고 고운 선을 지닌 우아하고 부드러운 외모의 여자가 서 있었다. 흰 치아가 가지런했고, 머리에 쓴 크림색 펠트 모자의 그림자가 입술까지 섬세한 그림자를 드리웠다.

"에레스 프란세스〔프랑스인이야〕?" 여자가 물었다.

라자르가 낯을 붉혔다. 피가 두 뺨으로 몰려서 얼굴이 터질 것만 같았고, 뜨겁게 타오르는 그 느낌 때문에 낯빛이 더 붉어졌다.

"시."

여자가 한 손에 가죽장갑을 끼자 말똥가리 매가 그녀의 주먹에 내려와 앉았다.

"우리 가족도 프랑스에서 왔어." 여자가 말했다.

라자르는 그녀의 손이 가죽에 단련되어 못이 박인 두툼한 손이 아니라 섬세하게 만든 세공품처럼 고운 것에 놀랐다. 주근깨, 짙은 적갈색 머리칼, 슬픔인지 수줍음인지 알기 힘든 어떤 것이 어려 있는 검은 두 눈이 영락없는 남프랑스 여인의 모습이었다. 자그마한 코, 매끈한 이마, 뾰족한 턱은 프랑스를 위해 목숨을 바친 이들에게 수여되는 메달 속 월계관 쓴 여자 얼굴과 비슷해 보였다. 라자르는 그녀와 함께 들판을 걸었다. 안 그래도 머리를 지끈거리게 만드는 들판의 진한 냄새가 한낮의 열기 때문에 더 짙게 풍겨왔다. 라자르는 전쟁 이야기를 꺼냈다.

"쿠알 게라〔어느 전쟁〕?" 그녀가 물었다.

라자르는 대답하지 않았다. 여자는 다른 사람의 마음을 기쁘게 해주려 애쓰는 관대하고 친절한 사람 같았다. 라자르로서는 원주민 행상 마차를 따라나선 이후 처음으로 겪는 놀라운 경험이었다. 전쟁에 나가기 전 거울 앞에 서서 자기 모습을 바라본 날 이래, 그때만큼 누군가 앞에서 이토록 거북스러운 기분을 느낀 적이 없었다. 자신의 큰 손과 허약한 육체, 축 처져서 건들거리는 두 팔이 너무도 부끄러웠다. 이튿날 라자르는 작은 장미나무 언덕에 서서 주먹에 내려와 앉은 새에게 먹이를 주는 여자와 다시 마주쳤다. 라자르는 잠시 실망했다. 전날 그녀의 눈 속에서 분명히 보았던 섬세함을 더는 찾아볼 수 없었다. 그래도 그들은 함께 거닐었다. 그렇게 나흘 내리 만났고, 라자르는 그녀의 마음속에 들어갈 틈새를 찾아내려 애썼다.

그녀의 이름은 테레즈 라마르트였다. 책을 많이 읽으며 자란 라자르는 그 이름을 듣는 순간 비슷한 소리의 이름을 가진 누군가를, 프랑스 낭만주의 작가들의 비극에 영감을 주었다는 인물을 떠올렸다.* 테레즈는 열여덟 살로, 먼 조상들로

---

* 프랑스 낭만주의 문학 운동의 선구자로 여겨지는 시인 알퐁스 드 라마르틴

부터 상냥한 여성성과 자신감 있는 태도를 물려받았다. 머리카락을 정수리로 틀어올려 묶었고, 몸을 움직일 때마다 맹금류 냄새와 가죽끈 냄새가 퍼져나왔다. 당시만 해도 여자는 집 밖으로 나갈 때 폭이 넓고 레이스가 달린 검은색 망토를 머리에 써야 했고, 숄을 어깨에 걸쳐 그 큰 주름으로 엉덩이를 가려야 했다. 하지만 테레즈는 프랑스식 모자를 썼고, 자기가 하는 일과 대조를 이루는, 다시 말해 사냥꾼 복장에 어울리지 않는 우아한 장신구를 착용했다.

라자르는 여자에 대해 아는 게 없었으며, 여자의 마음을 얻는 방식에 관한 오랜 전통이 있다는 사실은 더더욱 알지 못했다. 그러니까 그는 테레즈의 환심을 사기 위해서가 아니라 무지 때문에, 다소 옛날식으로 어색하게 구애를 했다. 그가 어찌나 서툴게 굴었는지, 결국 어느 날 저녁 함께 백양목 뿌리에 걸터앉아 있던 테레즈가 먼저 라자르의 손을 잡았다. 그녀가 손에 힘을 주자 그 힘이 라자르의 마음속에 묻혀 있던 군인의 용기를 일깨웠다. 이후 테레즈는 그날 라자르의 발그스레한 눈꺼풀 아래 눈동자 속에서 조숙한 운명을 지닌 사람 특유의 흐릿한 베일을 보았던 순간을 늘 기억하게 된다.

을 말한다.

'이 사람은 오래 살지 못하겠구나.' 그날 테레즈는 마음속으로 생각했다.

가족이 피르케 들판으로 소풍 갔던 날로부터 채 한 달이 지나지 않았을 때, 라자르는 전보다 젊고 강해진 모습으로 산토도밍고 거리에 돌아왔다. 돌아온 아들이 쓰는 스페인어에는 마푸체족의 단어가 섞여 있었고, 마치 유목민처럼 수레를 타고 온 테레즈는 손가락에 갈대로 만든 반지를 끼고 있었다. 두 사람이 결혼을 약속한 사이임을 깨닫자 델핀의 얼굴이 기쁨으로 달아올랐다. 그녀는 경탄어린 흥분을 누르지 못한 채, 흔들의자에 앉아 있는 남편에게 소식을 전하러 달려갔다.

"대단하군!" 아버지 롱소니에도 감탄했다. "인디오들 틈에서 프랑스 여자를 얻어오다니!"

라자르와 테레즈는 12월 마지막 주에 혼례를 올렸다. 신부는 작은 코로 수를 놓아 장식한 푸른 새틴 드레스를 입었고, 길게 늘어뜨린 치맛자락을 여자아이 둘이서 들고 따라왔다. 산티아고와 인근 도시에 사는 프랑스 가족들이 전부 대성당에 초대되었다. 그들은 코르디예라의 산등성이에서 자신들이 생산한 것 중 가장 좋은 포도주가 담긴 상자와 커다란 흰색 단지들, 꽃을 길게 늘어뜨린 화관을 들고 와서 주교의 축성식에 함께했다. 양 두 마리가 제물로 바쳐져 정원에서 구워지고 잘게 썰려 보나르*풍 그림이 그려진 접시에 올라갔다. 혼례 행사는 색 바랜 쿠션 하나하나에 신혼부부의 이름 첫 철자 두 개가 겹쳐지도록 수놓인 산토도밍고 거리의 거실에서 끝났다.

자정쯤 테레즈가 방으로 올라갔다. 라자르가 들어가보니 누군가 목욕물을 받기라도 한 것처럼 방안에 수증기가 어려 있었다. 성냥을 켜자 희미한 어둠 속에서 꺼질 듯 말 듯 한 불길이 둥그렇게 타올랐다. 옷을 다 벗은 테레즈가 침대 한가운데 누워 넘치는 젊음과 오만한 아름다움을 발산하고 있었다. 여인의 벌거벗은 몸에 둥근 언덕과 뾰족한 봉우리와 협곡과 단층이 그리도 많으리라고 라자르는 단 한 번도 생각해보지 못했다. 테레즈는 사람들의 눈길을 벗어난 곳에서 순결함을 키워온 수줍은 매와 같았다. 라자르는 오직 자기의 포옹만을 기다리며 그녀가 스스로를 지켜낸 것이라 믿고 싶었다. 살갗에 닿은 테레즈의 피부가 마치 당밀액 속에 몇 시간 동안 적신 뒤 꿀향을 입힌 복숭아털처럼 보드라웠다. 하지만 라자르가 그녀의 얼굴을 끌어당기는 순간 강한 레몬향

---

* 후기인상파의 한 부류인 '나비파'의 전위적 미술을 이끈 피에르 보나르를 가리킨다.

이 퍼졌고, 그와 동시에 포화가 빗발치던 전투의 기억과 전쟁의 잔상이 되살아났다.

라자르는 멈칫하며 물러섰다. 갑자기 주먹을 꽉 쥘 때처럼 한순간 그의 몸이 닫혔다. 근육이 긴장하고 입이 일그러졌다. 라자르는 현기증을 느끼며 허둥지둥 테레즈에게 사과했다. 그는 결국 침대에서 일어나, 난감하고 거북스러운 몸짓으로 방안을 이리저리 오가기 시작했다. 그렇게 라자르는 자기 몸과 마음의 불완전한 상태를 드러내고 말았다.

그 순간 테레즈는 남편의 내면에 아물지 않은 침묵의 상처가 남아 있음을, 부주의한 동작, 예기치 못한 냄새, 걸맞지 않은 말 한마디가 그 상처를 헤집을 수 있음을 깨달았다. 그녀는 내밀한 상처의 아픔으로 가득찬 라자르의 서툰 침묵 속에서 그를 알아가기 시작했다. 전쟁의 끔찍한 고통과 불안을 직접 겪지는 않았지만, 그래도 라자르의 마음속 희생과 경외의 정신을 전부 알 수 있을 것 같았다.

테레즈는 라자르를 진정시키려고 수레국화와 고수를 뿌려놓은 욕조로 그를 데려갔다. 그의 폐에 남은 흉터를 달래기 위해 스폰지로 등을 문지르고 코코넛 기름으로 상체를 매만져주었다. 정성스럽고 세심하게 자신이 지닌 부드러운 피부로 남편의 꺼칠꺼칠한 피부를 보듬어주고 굳은 근육을 풀어준 뒤, 순수한 몸짓으로 팔을 뻗어 그의 두 다리 사이에 깊숙이 밀어넣었다. 그리고, 능숙한 손길로, 그가 더는 갖지 못할 줄 알았던 힘을 되찾게 해주었다. 그런 뒤에야 자기도 같이 물에 들어가, 마치 해초처럼, 남편의 가슴에 머리를 기대며 조심스럽게 그를 껴안았다. 그때 이미 테레즈는 다가올 수많은 밤들 속에, 내일부터 함께하게 될 쓰라린 고통과 깨달음 속에 몸을 웅크리기 시작했다.

과거 라자르를 헬무트 드리히만과 갈라놓았던 물이, 이번에는 처음으로 사랑을 알게 해준 여인과 그를 하나로 이어주었다. 라자르의 몸속에서 은밀하고 게걸스러운 욕구가 통제할 수 없는 급류처럼 공격적으로 솟구쳤다. 그렇게 라자르가 깨어나면서, 네 개의 사자 발이 지탱하는 욕조가 거세게 흔들렸다. 그날의 격정이 얼마나 대단했는지 집 현관을 밝히는 전구가 깜박거릴 정도였다. 이후 한 달 동안 이웃 사람들은 라자르와 마주칠 때마다 어색한 태도로 경의를 표했다. 테레즈의 힘으로 레몬향을 다시 즐길 수 있게 된 그날을, 주물 욕조 안에서 두 몸이 구슬픈 땀을 흘리며 뒤엉켜 있던 그날 밤을 라자르는 결코 잊지 못했다. 처음 롱소니에라는 이름을 얻은 이의 것이었던 그 욕조는, 그날 이후 다가올 세대를 받아들일 수 있을 만큼 큰 욕조가 되었다.

엘 마에스트로

1887년에 세트* 출신의 젊은 트럼펫 연주자 에티엔 라마르트는 고향 마을의 악대를 떠나 저멀리 세상 끝까지 음악을 연주하러 가보기로 했다. 그는 서른세 대의 관악기를 삼나무 상자들에 넣고 은제 못으로 봉했다. 창백한 얼굴빛에 짙은 머리카락을 가진, 스페인어라고는 한 마디도 할 줄 모르던 젊은 라마르트는 그렇게 발파라이소 항구에 내렸다. 플루트 열네 대, 색소폰 여덟 대, 클라리넷 여섯 대, 트럼펫 네 대, 그리고 어찌나 무거운지 짐을 내리던 사람들이 아마도 안에

---

* 남프랑스 지중해 연안 지역의 도시.

밀입국자가 숨어 있을 거라고 의심한 금속 상자 속 거대한 튜바 한 대와 함께였다. 눈먼 노새가 끄는 수레를 타고 사흘 동안 9리외*의 들판을 가로지르는 동안 그는 찌는 듯한 더위 속에서도 마치 자식을 보살피듯, 아름다운 마법의 주문을 낭송하듯, 악기를 정성껏 다루었다. 그렇게 라마르트는 마르가현縣, 토마토와 난초가 자라는 리마체 마을까지 왔다.

에티엔 라마르트는 안마당이 딸리고 바닥 타일에 오선지를 닮은 줄무늬가 그려진 집에 거처를 정했다. 그리고 이튿날 음악 기초를 가르치고 악단을 만들기 위해 지원자를 모으기 시작했다. 널빤지에 대충 뜻만 통하는 스페인어로 "음악학교"라고 써서 현관 포치 아래 못박아 단 뒤에 문을 열어두었다. 리마체에서 시적 정취를 품은 사람 모두가 그의 존재를 알 수 있도록, 에티엔 라마르트는 이후 예순일곱 해 동안 단 하루도 그 문을 닫지 않았다.

가구도 장식도 없이 겨우 먼지만 털어낸 거실에 며칠 만에 사람이 가득찼다. 빵 만드는 젊은 여자들이 플루트 소리 내는 법을 익혔고, 농부들이 클라리넷을 조율하는 법을 배웠으며, 세탁부들이 도무지 소리 나지 않는 목관악기를 붙들고

---

* 옛 거리 단위로, 1리외는 약 2킬로미터에 해당한다.

헌신적인 인내심을 발휘하며 음계 연습을 했다. 피아노도 산티아고에서 한 대 구해 왔다. 짐수레의 수박 바구니들 틈에 실려온 피아노는 모서리가 찌그러지고 다리도 없었다. 검은 건반도 두 개가 사라진 이 피아노를, 구두장이가 편상화 끈을 써서 조율했다. 깨진 하프 한 대, 지판과 손잡이가 허옇게 변한 시원찮은 바이올린 몇 대도 샀다. 라마르트가 열정과 헌신을 쏟아 모두 고쳐놓은 그 악기들은 주인이 죽은 뒤 성유물처럼 귀한 대접을 받게 된다.

곧 많은 사람이 열심히 수업에 참석했고 연습 때 연주자가 모자라는 일은 없었다. 마을의 경관들은 밤중에 난데없이 음악 소리가 들려도 제지하지 않았다. 그런 날이면 더없이 아름다운 선율이 울려퍼졌고, 남편 잃은 여자들이 쓰는 스카프를 덮어 소리를 죽인 트럼펫 소리가 새벽까지 이어졌다. 모두가 합주단을 위해 진심으로 노력한 덕분에, 석 달 뒤에는 외진 마을의 새로운 예술가들이 면사무소 앞에서 마치 군악대처럼 연주할 수 있게 되었다. 아직은 레퍼토리가 빈약했지만 리마체 역사상 처음으로, 강과 언덕에 사는 사람들이 지켜보는 앞에서 바로크음악이 연주되었다.

연주회가 큰 성공을 거두면서 에티엔 라마르트는 '엘 마에스트로'라는 별명을 얻었고, 순식간에 그 지역에서 가장 존경받는 인물이 되었다. 그는 계속 계획을 세웠고, 그의 집은 음악을 사랑하는 사람들의 성지가 되어갔다. 엘 마에스트로는 리마와 상파울루에서 악기들을 주문하고 교향악단을 결성했다. 이탈리아 오페라를 쉽게 편곡해, 지도에서 로마가 어디 있는지 짚어내지 못하는 사람들도 어려움 없이 연주할 수 있게 했다. 부엌에서 성악 수업을 열어 직접 노래를 가르치기도 했다. 1900년 12월, 새로운 세기의 도래를 축하하기 위해 외진 시골 마을의 관청 앞에서 양우리에 둘러싸여 펼쳐진 공연, 공동묘지 묘혈을 파는 인부들이 스무 장의 널빤지와 여덟 개의 드럼통으로 만든 무대 위에서 연주한 벨리니의 〈노르마〉는 수도 산티아고에서까지 화제가 되었다. 그 특별한 순간을 기념하여 추키카마타*의 구리로 만든 벨리니의 흉상도 세워졌다. 엘 마에스트로의 음악학교를 응시하는 근엄하고 무거운 흉상은 이후 50년 넘게 자리를 지키다가, 엘 마에스트로가 세상을 떠날 때 함께 땅에 묻힌다.

에티엔 라마르트는 칠레에 온 지 4년 만에 지역에서 가장 훌륭한 신랑감이 되었다. 그는 구두 공장 몇 곳을 운영하는 부유한 프랑스인 집안의 딸 미셸 물랭과 결혼했다. 그리고

---

* 칠레 북부 아타카마사막 지역에 위치한 세계 최대의 구리 광산.

다니엘과 테레즈가 태어났다. 두 딸은 오페라와 교향악의 세계에서 자라났고, 스페인어보다 음악 기초를 먼저 익힌 탓에 제일 처음 말한 단어가 계이름이었다. 다니엘은 색소폰을 배웠고, 목관악기에 그다지 재능이 없던 테레즈는 너무도 아름다운 목소리를 갈고닦았다. 아이는 여덟 살에 너무도 순수한, 모두의 입에 오르내릴 만큼 맑은 목소리로 악보도 없이 베르디와 푸치니의 곡을 노래했다.

그런데 11월 말경에 마을에 백일해가 돌았다. 평소 건강하던 테레즈였지만 곧 기침이 심해졌다. 테레즈의 부모는 고도가 높은 지역에서 맑은 공기를 마시면 나을 수 있을 거라는 마을 의사들의 권유에 따라 딸을 코르디예라의 산자락으로 보내기로 했다. 그렇게 화음과 연주회와 멀어진 테레즈는 베르디의 위대함과 벨리니의 오페라를 더이상 접할 수 없게 되었지만, 그 대신 새들의 침묵을, 새들의 달콤함 속삭임과 시끄러운 울음소리가 만드는 고요한 세계를, 또다른 노래가 흔들림 없는 법칙으로 울려퍼지는 결코 침범할 수 없는 세계를 발견했다.

열여섯 살이 되었을 때 테레즈는 한 농장에 가서 조류학을 배우기 시작했다. 클라리요강 연안 아주 높은 고도에 자리잡은, 세상과 이어주는 길이라고는 험한 도로와 노새꾼들이 다니는 길이 전부인 멜로코통 마을에 방을 구했다. 어느 날 코르디예라의 능선을 종주하는 등반대에 참여한 그녀는 밧줄에 의지해서 정상까지 올라갔다. 그런데 깎아지른 침봉이 늘어선 코르디예라의 정상에 눈이 없었다. 지난 몇 달 내내 내리쬔 햇볕 때문에 얼음 성이 전부 녹아버린 것이다. 안내인이 해발 4000미터에서 서식하는 식물군에 대해 설명하고 있는데, 갑자기 절벽 끝에서 무슨 소리가 들렸다. 안내인은 일행에게 멈추라는 신호를 했고, 이어 덤불 속에 몸을 숨기라고 손짓했다. 일행은 몸을 웅크린 채, 낭떠러지에 벽처럼 늘어선 바위 쪽으로 거의 기다시피 다가갔다. 그곳에서 테레즈는 바위 위에 드리운 나뭇잎 사이로 얼굴을 내밀었다. 그리고 새를 보았다.

거대한 콘도르 한 마리가 홀로 산 아래 심연을 내려다보고 있었다. 금속 같은 깃털을 외투처럼 둘렀고, 흰색 목깃 위 머리 쪽에는 깃털이 없었다. 두 눈 사이, 노란색과 연보라색의 단단한 살갗으로 된 볏은 마치 금을 그어놓은 듯한 나뭇결무늬 때문에 떡갈나무 껍질을 닮았고 끝부분이 비틀린 듯 휘어 있었다. 일행은 숨을 참고서 미동도 없이 그저 흑색의 침묵을, 제 소굴 주변을 어슬렁거리는 괴물처럼 둥지 주변을 돌아다니는 콘도르의 모습을 지켜보았다. 콘도르는 몸을 일으켜 오만하고 완벽한 눈길로 계곡을 내려다보았다. 그러다 혀차는 소리를 내더니 단번에 날개를 3.5미터 폭으로 활짝 펼쳤다. 이어 부리를 내리면서 가슴을 내미는 순간, 그 뱃속으로부터 깊은 동굴에서 나오는 듯한 소리가 심연으로 터져나왔다. 처음에는 바위가 쪼개지는 소리 같았고, 애달픈 노래 혹은 잘게 잘린 재채기 소리 같기도 했다. 나무가 뿌리째 뽑히며 내뱉은 듯한 거칠고 메마른 숨결과 함께 이어진 그 소리는 반경 몇 킬로미터까지 울려퍼졌다. 울음소리라기보다는 숭고하게 추한 코골이 소리에 가까웠고, 기이한 음악 같기도 했다. 잠시 뒤 절정을 지난 소리가 잦아들며 휘파람을 부는 듯한 짧고 예리한 음이 되었다. 그리고 다시 절대적인 고요가 찾아왔다.

콘도르 앞에서 느낀 그날의 강렬한 매혹은 10년 뒤 테레즈가 청동으로 만든 새 사육장 안에서 딸을 출산할 때 다시 한 번 그녀를 사로잡게 된다. 콘도르를 보면서 테레즈는 일종의 경고를 감지했다. 오페라가 만들어내려 애쓰는 모든 소리를 그 새는 이미 목구멍 깊숙이 품고 있다는 찬란하고도 초라한 발견이었다. 콘도르가 부르는 아리아에 비길 만한 것은 계곡이 첩첩이 펼쳐지는 몇 곳의 풍경, 몇몇 산, 기이한 지리학적 지형 몇 군데가 전부였다. 테레즈는 꿍꿍이를 모르며 순수한, 순진하게 덤벙대는 성격이었고, 사람들 앞에서 노래하는 법을 배우며 자라왔다. 하지만 그날 그녀는, 물론 그것이 얼마나 큰 변모였는지 당장에 깨닫지는 못했지만, 스스로 다른 사람이 되었다는 느낌을 받았다.

열여덟 살에 테레즈는 조류학에서 맹금류 조련으로 넘어갔다. 당시만 해도 맹금류 조련은 극소수 애호가들만이 하는 일이었다. 화창한 하늘 아래 메마른 평원에서 말똥가리매로 사냥하는 것은 철저하게 남자들의 몫이었다. 손이 새의 발톱을 닮았고 하늘을 나는 매의 모습에서 전조를 읽어낼 줄 아는 남자들, 자기들이 조련한 매가 다른 새를 잡는 광경을 자주 지켜본 탓에 우정이라는 부드러운 감정과 더 멀어진 그런 남자들 틈에 테레즈는 힘겹게 자리를 잡았다. 그녀는 새들이 더이상 시적 영감, 자유를 향한 꿈, 탈출의 약속을 상징하지 않는 새로운 세계에 들어섰다. 그 세계에서 새들은 갈고리처럼 굽은 부리를 가진, 두꺼비와 비슷하게 우는, 납을 휘게 할 수 있을 만큼 센 발톱을 가진 존재, 밤의 신화를 품은 존재였다.

그녀에게는 무척 힘든 시기였다. 패거리와 같이 움직이는 것이 버거웠고, 성별의 차이 때문에 부당한 일도 겪었다. 타고난 섬세한 얼굴은 이전과 다르지 않은 갈망을 품고 윤곽도 그대로였지만, 사냥법을 익히는 동안 마음속에서 솟구치는 반항심 때문에 표정이 전혀 달라져버렸다. 어찌어찌 스무 살에 맹금류 조련 자격증을 따내, 깃털 색이 연하고 가슴에 얼룩무늬가 있는 새를 길들이게 되었다. 100미터 떨어진 곳에 놓인 상팀 동전도 구별할 수 있을 만큼 시력이 좋은, 안데스의 푸른 말똥가리 매였다. 새의 깃털이 바위와 같은 색이어서 테레즈는 니오베*라는 이름을 붙여주었다. 그녀는 니오베의 발에 가는 끈을 묶은 뒤, 자기 팔을 아베야노〔개암나무〕의 가지처럼 쭉 뻗어서 능숙하게 새를 손목에 앉혔다. 매일 훈련을 시작하기 전에 매의 무게를 달았고, 먹이를 얼마나 먹었는지 기록했다. 어떤 훈련을 했는지, 매가 하늘을 날다가 얼마나 빨리 명령에 반응했는지도 적어두었다. 매가 스스럼없이 날아와 손목에 얹어둔 먹이를 먹게 된 뒤로 테레즈는 새를 데리고 덤불숲으로, 바람이 불어오는 고원으로, 목동들과 고독한 순례자들 외에는 아무도 지나다니지 않는 넓은 벌판으로 나갔다.

---

* 그리스신화에서 테베의 왕비로, 자식이 아폴론과 아르테미스 둘밖에 없는 티탄족 레토보다 아이를 많이 낳았다고 자랑하다가 신들의 분노를 샀다. 아폴론이 니오베의 아들들을, 아르테미스는 딸들을 모두 죽이자 슬픔을 이기지 못해 바위로 변했다.

한 달 뒤에는 니오베와 사냥을 나갔다. 멀리서 도망치는 먹이가 눈에 띄면 매는 마치 도약 직전의 치타처럼 근육이 팽팽해졌고, 목을 빳빳이 세운 채로 들판을 응시하며 주인의 가죽장갑에 구멍이 날 정도로 발톱에 힘을 주었다. 그러다가 허공을 뚫고 솟아올랐다. 테레즈의 매는 점점 멀리, 라우렐〔월계수〕과 관목의 꽃들로 뒤덮인, 이따금 여행자들의 텐트가 보이는 건조한 들판까지 날아갔다.

어느 날 멀리서 바람에 실려온 죽은 짐승의 냄새를 맡은 매가 정확히 알 수 없는 장소를 향해 본능적으로 날아갔다. 하늘 높이 날다가 마침내 수풀 사이에서 여우 털을 발견하고는 발톱을 앞으로 내밀면서 벼락같은 속도로 힘껏 급강하해 뒤에서 덮쳤다. 그런데 그것은 짐승이 아니라 염소 가죽으로 만든 재킷이었다.

매는 먹이가 자기보다 훨씬 큰 것을 보고 겁을 먹어 멈칫했다. 갑자기 공격을 당한 라자르 롱소니에는 비명을 질렀다. 서로 놀라서 한순간에 떨어졌다. 이어 테레즈가 급히 달려와서 외쳤다.

"미안해. 네가 여우인 줄 알았을 거야."

라자르와 테레즈는 며칠 뒤 다시 만났다. 이후 라자르는 결혼생활 내내 테레즈와 함께 욕조에 들어갈 때마다 아우칸이 자기 어깨에 염소 가죽을 걸쳐준 순간을 축복했다. 첫날밤이 지난 뒤 테레즈는 임신을 했다. 얼굴이 캐모마일 줄기 색깔이 되었고, 붉은색 돌배와 초클로〔옥수수 이삭〕 수프만 먹었으며, 배가 불러오자 살이 트지 않도록 알로에베라 젤을 발랐다. 테레즈는 건강하고 활기차게 지냈고, 임신 10주 차가 될 때까지 한 번도 입덧을 하지 않았다. 그녀는 가슴살이 트지 않도록 사탕수수즙도 발랐다. 좋은 젖이 나오도록 음식을 잘 골라 먹었고, 악운을 떨쳐주는 마법의 주문을 계속 외웠다. 테레즈는 결혼 이후 줄곧 남편의 미용과 건강을 챙겼다. 수염을 깎아주고, 욕조에 누워 폐의 통증이 가라앉도록 미지근한 물을 받아주었다. 이젠 라자르가 아내를 위해 목욕물을 받고, 목에 파우더를 발라주고, 은제 가위로 발톱을 잘라주었다.

라자르의 부모는 젊은 부부에게 공간이 필요하다는 걸 깨달았다. 그들은 산토도밍고의 집을 떠나 산타카롤리나로 갔다. 아무도 알아채지 못하게, 정말이지 조용하게 이사를 했다. 당시에는 아무도, 심지어 라자르마저도, 두 아들의 죽음으로 속이 뭉그러지고 끔찍한 슬픔에 짓눌린 어머니가 이미 다른 평행우주로 깊이 들어가버렸음을 눈치채지 못했다. 한참이 지나 어머니를 다시 볼 수 없으리라는 것을 깨달은 뒤에야 라자르는 부모가 산토도밍고의 집을 떠난 그때를 인생의 중요한 순간으로 꼽기 시작했다.

　6월의 어느 날 오후, 델핀의 마음속에 태풍이 일었다. 그녀는 평소와 다름없이 해가 지기 직전에 산책을 하러 산타카롤리나의 집을 나섰다. 챙이 넓은 부드러운 모자를 쓰고 메달을 녹여 만든 반지들을 낀 그녀는 버드나무가 벌거벗은 가지를 드리운 호수 쪽으로 향했다. 그날 문을 닫지 않고 창문도 전부 열어둔 채로 관개용 라군 쪽으로 걸어가는 그녀를 본 사람들이 있었다. 그런데 그녀는 물가에서 걸음을 멈추지 않고 같은 속도로 계속 걸었다. 물속에 점점 더 깊이 들어갔고, 마치 늪의 중심까지 다가가려는 듯 계속 나아가다가 마침내 완전히 잠겨버렸다. 사람들이 말하길, 델핀은 큰가래와 가래*의 아름다운 춤에 둘러싸여, 부드럽게 흔들리는 수초들에 몸을 내맡긴 채로 더는 숨을 쉴 수 없을 때까지, 폐 속에 황금빛 물고기 두 마리가 들어올 때까지 계속 걸었다. 몇 분 뒤, 마치 바닷물이 바다소의 몸속으로 들어가듯이 호수의 물 절

---

* 연못, 개울 등에서 많이 자라는 가래속 수초.

반이 델핀의 몸으로 들어갔다. 델핀의 시신은 다시 떠오르지 않았고, 결국 3명의 잠수부가 호수에 들어가 이미 몸을 삼키기 시작한 끈적이는 물에서 그녀의 몸을 떼어내야 했다.

숲 가장자리, 베고니아와 체리나무 잎사귀로 덮인 바위 곶 위에 무덤을 만들었다. 땅을 66센티미터 깊이로 팠다. 길이 1.8미터짜리 올리브나무 관에 델핀을 눕히고 이름을 새긴 동판을 관 뚜껑에 붙였다. 하지만 어두운 땅속에 누운 그녀의 몸은 물에 너무 많이 불어 있었다. 모공에서 젖은 풀의 냄새와 수초들과 물고기 비늘이 뒤범벅된 흙빛 기름이 흘러나왔다. 결국 이틀 만에 무덤이 물에 잠겼다. 진흙이 어찌나 많이 솟아나는지 주말이 되자 곶의 형체도 알아볼 수 없었다. 호스를 사용해 40리터의 물을 뽑아냈지만, 청동 반지 하나가 호스에 걸리는 바람에 중단할 수밖에 없었다.

아버지 롱소니에는 애절한 슬픔에 젖었고, 죽을 때까지 다른 아내를 맞지 않았다. 당시의 관습이나 의례 같은 것과 상관없이 조용히 아내 없는 삶을 받아들인 그는, 자기 자신의 영혼을 치유하기 위해, 7월 두번째 수요일에 아내의 모든 물건을 산토도밍고의 집으로 보냈다. 그렇게 델핀의 사망 소식이 집 입구에 쌓인 궤짝이며 여행가방들과 함께 산티아고에 전해졌다. 온갖 음식을 만들어 먹던 시절 이래 처음으로 많은 짐이 들이닥친 것이다. 그렇게 아홉 달 동안 산토도밍고의 방들은 주머니 가방, 용 모양 손잡이가 달린 상자, 화장용품을 넣는 옛날 가방, 도기로 만든 함, 낙타털로 만든 솔, 실크 레이스, 모자에 드리우는 자두색 베일 등으로 채워졌다. 전부 아름답게 포장된 그대로 거의 열어본 적 없는 상태였고, 시간과 좀벌레에 낡거나 손상된 것도 없었다. 임신한 지몇 개월이 지난 테레즈가 등나무 의자에 앉아 모조진주 허리띠를 두른 불룩한 배 위에 두 손을 얹고 짐 정리를 지휘했다. 그런데 그 짐들 중에 가장 소중하게, 높이, 잘 치워놓은 상자가 있었다. 나중에 라자르는 그해 겨울 램슨* 냄새가 진하게밴 그 소나무 상자에 담겨 온 것이 자신의 집에서 키운 첫번째 새였음을 떠올리게 된다.

장뇌와 인조 깃털로 감싸인 노란색 새장 안에는 그네 형태의 노란색 횃대를 포함하여 두 개의 횃대가 있었다. 새장이어찌나 무거운지 남자 둘이 같이 들어야 했다. 조심스럽게 열자 테레즈의 눈앞에 북방의 숲속에 사는 아름다운 새가 나타났다. 아마도 플랑드르의 바윌** 근처, 몽누아르 깊숙한 곳에

* 수선화과에 속하는 알뿌리 여러해살이 속씨식물로, 야생 마늘 혹은 산마늘이라고도 불린다.
** 벨기에 국경 플랑드르 지역의 도시. '바윌의 종루'라 불리는 유명한 시청 종

서, 눈 덮인 전나무와 처량한 종루들 사이에서 잡혔으리라.

"부엉이는 행운의 상징이야." 테레즈가 말했다.

부엉이의 깃털은 동방박사의 옷 같은 연보랏빛이었고, 가슴은 붉은색에 두 눈은 황금빛이었으며, 부리는 짧고 뾰족했다. 음울한 모습이 네덜란드 화가들과 닮아 보였다. 테레즈는 애정을 기울여 체계적으로 부엉이를 돌보았고, 라자르도 그녀를 도왔다. 그는 그때껏 독차지해온 아내의 관심을 빼앗긴 것이 서운해 시샘 어린 눈길을 보내면서 말없이 부엉이의 무게를 달았다. 테레즈는 새가 낯선 장소에 적응하지 못할 수도 있으니 곧바로 다른 곳으로 옮기기보다는 원래의 새장에서 살게 하는 편이 나으리라 생각했다. 그녀는 책에서 읽은 대로 음악을 틀어주었고, 낯선 환경 때문에 힘들지 않도록 벨기에 노래가 담긴 음반들도 샀다. 새에게 말할 때는 달콤한 기쁨이 담긴 목소리로 속삭였고, 모이에 영양제를 넣어주었으며, 한순간도 새를 혼자 두지 않았다. 동네에는 테레즈의 새가 전쟁터에서 왔다는 소문이 돌았다. 프랑스의 숲이 다 불타는 바람에 새들도 배에 올라 떠날 수밖에 없었다고

루 외에도 종루가 많다. 몽누아르(Mont noir)는 '검은 산'이라는 뜻으로 플랑드르의 구릉 중 하나다.

했다. 테레즈의 부엉이가 플랑드르 마녀들의 주술*에서 나왔다고, 혹은 스칸디나비아 신화 속의 새라고, 신생아들에게 해로운 병을 옮긴다고도 했다. 하지만 새는 그 어떤 소문에도 아랑곳 않고 아무런 동요 없이 굳건하게 가족의 일원으로 적응했다. 몸집이 계속 커졌고, 깃털이 자라났고, 무게가 늘었다. 한참 뒤, 정권을 잡은 독재 정부가 부엉이의 두 눈 사이에 총알을 박지만 않았더라면 분명 마지막에는 독수리의 모습이 되었을 것이다.

부엉이가 아무 문제 없이 적응하는 것을 보면서 테레즈는 다른 어떤 새들이 같이 지낼 수 있을지 꼼꼼히 따져가며 종種 목록을 만들었다. 자연사박물관에도 갔는데, 돌아올 때는 청딱다구리에게 어떤 먹이를 주어야 하는지, 수염오목눈이의 수염이 어떻게 생겼는지, 모란잉꼬가 얼마나 질투가 심한지, 딱새가 어느 정도 희귀한 새인지 등등 조류 문학에 심취해 있었다. 배가 점점 불러오는 중에도 그녀는 조금씩 새를 늘려갔다. 밀수품처럼 은밀히 세관을 통과한 새들이 롱소니에 가로 모여들었다. 항해중에 알을 낳아서 상자에 깔린 짚단

---

*플랑드르에서는 가톨릭과 프로테스탄티즘의 갈등으로 마녀재판이 많이 시행되었다. 부엉이는 마녀의 충직한 종으로 여겨졌다.

밑에 얼룩덜룩하고 푸르스름한 알들이 숨어 있기도 했다. 그럴 때면 알이 부화할 수 있도록 하녀들이 시트를 데워서 덮어준 뒤 집안 곳곳을 돌아다니며 놓을 자리를 찾았다. 얼마 지나지 않아 방들이 바다의 소금기로 부식된 새장으로 가득 찼다. 티티새, 발구지, 아름답게 노래하는 홍방울새, 등의 깃털 색이 다른 작은 까마귀, 들판의 종달새, 잿빛 왜가리가 새장 밖의 자유에 취해 날갯짓을 하며 어지럽게 날아다녔다.

한 달 뒤 산토도밍고의 집에는 사람보다 새가 더 많았고, 새똥 냄새 때문에 숨쉬기도 힘들었다. 벽에 부착된 외투걸이는 마치 검은색 음표처럼 줄지어 앉은 새들에 점령당했다. 새들은 천장 몇 센티미터 아래에 달아놓은 사료통에 올라앉아 어린 여학생들처럼 수다를 떨었고, 깃털을 헝클어트렸고, 캐스터네츠 같은 소리로 합창을 했다. 정수리에 모자를 쓰고 턱받이를 한 것 같은 검은머리방울새도 두 마리 있었는데, 한 짐꾸러미로 같이 와서는 집에서도 함께 계단 위를 날아다녔다. 이탈리아 귀부인을 닮은 구관조는 서가의 책들 사이에서 노래 불렀고, 뻐꾸기는 이미 석윳빛 깃털을 다른 새들의 둥지에 남기기 시작했다. 짝을 지은 문조가 나뭇가지를 물어와서 옷장 안에 개어둔 실크 옷 사이에 살림을 차리면서, 아기 새들이 지저귀는 작은 소리가 들려오기도 했다. 갤리선을 끄는 도형수처럼 다부지고 배에는 뒤집힌 V자가 그려진 십자매들은 정물화 속 질경이 이삭을 진짜인 줄 알고 쪼아댔다. 집안 어디에나, 욕실과 부엌에까지 해바라기씨며 땅콩이며 잘게 부순 호두가 담긴 사발이 놓였다. 심지어 개미 알과 좀나방 애벌레가 마치 도로의 방향 표지처럼 띄엄띄엄 늘어서 있는 것을 보고 라자르가 화를 내며 치웠다. 그들은 프랑스의 상징인 수탉도 한 마리 샀고, 땅바닥에서 불씨를 물고 둥지에 들어가 제 보금자리를 태워버린 까치를 불길에서 구해내어 데려오기도 했다.

곧 라자르의 인내심이 한계에 이르렀다. 어느 날 집에 돌아온 그는 새가 너무 많다는 것을 절감했다. 유리창마다 새똥이 가득했고 양탄자도 더러웠다. 더는 이대로 지낼 수 없었다.

"이 집에서 다 같이 살자면 각자 자기 공간이 필요하지."

라자르는 새 사육장을 짓기로 했다. 가까운 산티아고 교외로 나가서 재료를 모두 구해 왔다. 그는 안에 짚을 댄 커다란 나막신을 신고 캠릿* 외투를 걸친 뒤 목재를 잘랐다. 기둥을 세우고, 철망을 펼쳐 기둥들에 고정하고, 지붕을 씌우고, 볼

---

* 낙타털 혹은 염소털을 사용한 모직물.

트를 박았다.

그달이 끝나갈 무렵 정원 한가운데 새 사육장이 완성되었다. 쇠창살이 달린 작은 정자 형태로, 문은 하나만 내서 도롱뇽 모양의 자물쇠로 잠가두었다. 빛이 통하는 청동 지붕이 바람을 막아주고, 한가운데는 땅에서 솟아난 지하수가 대리석 수반을 채워 새들이 물을 마실 수 있었다. 라자르는 물이 자유롭게 흘러가게 만들었다. 흐르는 물소리가 좋았기 때문이다. 그에게는 풍요의 징표이자 일종의 과시였다. 라자르는 담비가 들어오지 못하도록 시멘트 바닥 위에 세운 4미터 높이의 새 사육장 안에 멧비둘기를 위한 버들가지 새장을 만들고 방울새들이 살 집도 만들었다. 카나리아가 부리를 갈 수 있도록 갑오징어의 뼈도 열 개쯤 창살에 매달아두었다.

테레즈는 새들을 옮기기 위한 계획을 세웠다. 그리고 일주일 만에 쉰 마리에 가까운 스물다섯 종의 새들을 전부 정원의 새 사육장으로 옮겼다. 그녀는 규칙적으로 새 사육장을 들락거리면서 새로운 집이 괜찮은지 살피고 먹이를 챙겼다. 한 손에 책을 들고서, 달걀과 오렌지를 섞어 막대 모양으로 굳힌 것을 새들에게 나누어주었다. 테레즈는 그렇게 이전에 클라리요강 유역의 시골에서 살 때와 똑같은 생활을 했다. 이틀 뒤 날씨가 맑은 오후였다. 그녀가 둥지들에 짚을 채우고 있을 때 뱃속에서 날카로운 통증이 밀려왔다. 테레즈는 그대로 새 사육장 안에 주저앉았다. 아이가 힘차게 움직이며, 그녀의 몸 깊숙한 곳에서 거세게 요동쳤다. 하지만 새장을 준비하고 집 안일을 하고 고단하게 채소밭을 일구며 단련된 테레즈의 육체는 이미 준비되어 있었다. 그녀는 새장의 문을 닫고 치마를 걷어올렸고, 놀라 휘둥그레진 십자매들의 눈길을 받으며 소나무 껍질로 된 바닥에 누워 출산을 준비했다.

곧 비명, 호흡, 수축이 이어졌고, 인근에 사는 모든 여자와 아이들이 모여들었다. 테레즈 롱소니에의 출산 순간만큼 많은 사람이 함께한 경우는 드물었다. 바닥에 누운 테레즈는 몸 밖으로 솟아나오려는, 눈에 보이지 않는 천사와 싸웠다. 불덩어리 같은 그 존재 때문에 힘을 다 빼앗긴 그녀는 참새들과 카나리아들의 기이하고 못생긴 눈동자를 바라보았다. 두 다리 사이로 찢김의 고통이 밀려왔다. 이어 흠뻑 젖은 머리가 불쾌한 냄새와 함께 모습을 드러냈다. 테레즈가 힘겨운 봉헌물을 세상에 바치는 순간, 새들은 태어난 아이가 자기 아이라도 되는 양 이름을 짓겠다고 앞다투어 나섰다. 마침내 피와 깃털로 뒤범벅이 된 둥근 형체가 테레즈의 몸밖으로 나와서, 머리가 바닥에 먼저 닿은 뒤 마치 새의 알처럼 굴렀다. 새장 속 새들의 요란스러운 비명과 함성의 합주가 펼쳐졌다. 독수리의 솜털과 비슷한 솜털에 뒤덮인 자그마한 얼굴이 청동 돔 지붕을 똑바로 쳐다볼 때, 테레즈의 부엉이가 장엄한 침묵으로 내려다보고 있었다. 작은 여자아이는 마치 둥지 속에 웅크리듯 온몸으로 어머니의 품에 파고들었고, 그 순간 테레즈의 가슴속에서 억누를 수 없는 애정이 솟구치면서 무언가 녹아내렸다. 갑작스러운 축복에 가슴이 뭉클해진 어머니는 아이를 들어올렸다. 그날 테레즈의 삶은 너무도 크게 바뀌었다. 그래서 이후 지난 일을 언급할 때마다 딸이 태어난 날을 기준 삼아 그 이전 혹은 이후라 말하곤 했다.

그렇게, 축일이던 어느 토요일 저녁 여덟시에 마르고가 태어났다. 태어나서 처음 본 것이 횃대에 앉은 쉰 마리의 새였던 아이는 새장에서가 아니면 잠을 자려 하지 않았다. 어머니는 해질녘이면 새 사육장에 들어가 가운데 놓인 등받이 없는 의자에 앉았고, 아이가 밤의 어둠에 젖을 때까지, 잠자리 떼와 황토색 나비떼에 감싸여 잠이 들 때까지 기다렸다. 당시 산티아고는 이미 만틸라*를 쓴 흐릿한 실루엣이며 여자들의 커다란 모자, 집 앞에 길게 매달아둔 석고 장식품 같은 시골의 모습이 거의 사라진 뒤였다. 산티아고는 이제 전차가

---

* 스페인이나 멕시코 등지에서 여자들이 착용하던, 어깨까지 내려오는 쓰개.

다니고 전선이 뻗어나가고 넓은 도로가 뚫린 국제적인 도시였다. 건물들이 탑처럼 솟아오르기 시작했고, 어제까지만 해도 농장과 가금사육장이 있던 교외 지역이 나무의 몸통을 감싼 껍질처럼 도시의 경계를 둘러쌌다. 부유한 사람들은 모네다와 아우구스티나스 거리에 자리잡았고,* 구불구불 이어지는 오솔길과 석호와 연주회용 정자를 만들어놓은 아르마스 광장을 거닐기 시작했다. 그야말로 번창 일로였다. 물질적으로 점점 풍요해졌고, 사회도 발전했다. 에스타도 거리의 카사 프란세자**는 파리풍의 거대한 간판과 함께 한 층을 증축하여 4층이 되었고, 우니온 센트랄 건물 앞에는 뤼미에르 극장이 들어섰다.

테레즈는 일요일마다 딸을 데리고 산타루시아 언덕을 산책했다. 마르고는 자라면서 다른 아이들과 잘 어울리려 들지 않았다. 단추 없는 놀이복 차림으로 뛰어다니지 않았고, 마

---

* 모네다는 칠레 대통령 관저인 모네다궁을 비롯하여 중요한 관공서들이 위치한 지역이고, 아우구스티나스는 산티아고의 중심 도로 중 하나이다.
** '프랑스 집'이라는 뜻으로, 19세기에 산티아고와 발파라이소에 세워진 대형 상점이다.

포초강의 갈대로 물을 마시지도 않았으며, 가시 돋친 작은 관목과 야생초 사이에 숨는 일도 없었다. 늘 차분하고 속내를 알 수 없어, 마치 비밀의 성채에 혼자 갇혀 있는 듯했다. 그 어떤 것에도 흥미나 호기심을 보이지 않았다. 언제나 레이스 장식이 달린 푸른색 깃이 목까지 올라오는 원피스를 입고, 어린아이들이 즐기는 놀이에 아무런 관심이 없는 창백하고 조심스러운 아이였다. 나이답지 않게 친구도 없이 혼자 몽상에 빠져 있기 일쑤였고, 온종일 한 마디도 하지 않고 지내기도 했다. 훗날 기상천외의 야망으로 눈부신 승리를 이루어 사람들을 매혹하게 될 징조는 전혀 찾아볼 수 없었다.

마르고는 롱소니에가의 조상들로부터 쥐라의 피를, 가을 빛 눈과 의연한 자태를 물려받았다. 그리고 내륙 사람들 특유의 과묵함을 온몸으로 구현했다. 라마르트가의 조상들로부터는 예기치 못한 순간 돌발적인 반항으로 사람을 놀라게 만드는 지중해적 성향을 물려받았다. 이렇게 두 가지 기질이 섞인 탓에, 아주 가끔 갑작스러운 즐거움, 순간적인 쾌락, 생생한 환희에 사로잡히기도 했지만, 그 순간은 마치 칼로 물을 베는 것처럼 얼마 가지 못했다. 혼자 몽상에 잠기기를 좋아하는 딸을 이해하는 어머니와 달리, 많은 사람들이 마르고가 성격이 차가운 아이라고 오해했다. 테레즈는 라자르를 치료할 때부터 식구들의 신임을 받아온 아우칸을 불렀다. 아우칸은 깡충대듯 가벼운 걸음으로 왔는데, 그 모습이 어찌나 젊고 신선하고 향기로우며 아이처럼 순수한지, 라자르가 그에게 마법 치료사들은 시간이 가도 나이를 먹지 않는가보다고 말했다.

"마법 치료사가 아니라 프시콜로지스트*지요." 아우칸이 말했다.

굳이 프랑스어 단어를 섞어 쓴 것은 그 단어가 아티스트와 비슷하게 들리기 때문이었다. 아우칸은 모직 케이프가 어깨 위로 내려오는 라마 가죽 옷을 입고 있었다. 들고 온 짐이라고는 공룡 뼈로 채운 작은 가죽 배낭이 전부였다. 그의 설명에 따르면, 그것은 7000만 년 전에 살았던, 몸무게가 15톤에 키가 12미터인 초식공룡의 뼈로, 최근 그가 파타고니아 남쪽을 뒤져서 찾아낸 것이었다.

"다이아몬드보다 비싼 뼈죠." 아우칸이 자랑스럽게 말했다.

그는 고고학적 유물을 거래하는 상인들이 분명 이런 공룡 뼈도 원할 거라 확신했고, 거래처를 구할 때까지 라자르 롱소니에의 집에 숨겨두는 게 가장 좋은 보관법이라고 생각했

---

* 형이상학적인 문제나 육체의 문제를 심리학적으로 접근하는 심리주의자.

다. 이 선사시대의 화석은 40년 뒤 우연히 그것을 발견한 한 젊은 간호사가 닭발로 착각할 때까지 비스킷 상자에 담긴 채 산토도밍고의 부엌 선반 위에 놓여 있게 된다.

귀한 뼈를 잘 맡긴 뒤 마음이 놓인 아우칸은 마르고의 맞은편에 앉았다. 아이는 등나무 안락의자에 앉아 엄지손가락을 빨면서 초점 없는 눈길로 그를 바라보았다. 자식이 있냐는 테레즈의 질문에 아우칸은 이렇게 대답했다.

"100명 있지요."

아우칸은 공룡 뼈 외에도 오직 마르고만을 위한 보물 하나를 가져왔다. 그리고 아마도 외워왔을 긴 이야기를 흐릿한 불빛 아래, 팔찌 짤랑거리는 소리와 함께, 마치 연설하듯 펼쳐나갔다. 눈 쌓인 봉우리들을 돌아다닌 일, 팜파스를 가로지른 일, 마푸체족의 터전인 신비스러운 길들과 겨울 숲에 간 일이 이어졌다. 그는 마푸체족이 이바두를 씹으면 땅으로부터 4미터 위 공중에 떠 있을 수 있다고도 했다.

"속임수가 있는 것 같아서 그 사람들 발밑이나 머리 위로 지팡이를 대어봤는데, 정말로 공중에 떠 있었답니다."

마르고가 흥분했다.

"정말 뜰 수 있어요?" 아이가 어머니를 바라보며 물었다.

"마치들 이야기야." 테레즈는 별일 아니라는 듯 손짓을 하면서 대답했다.

그러자 아우칸은 배낭에서 고사리 뿌리 비슷한, 단단하게 바싹 마른 작고 하얀 덩이줄기 하나를 꺼내 양손으로 문질렀다.

"이바두는 더 대단한 걸 할 수 있지."

그는 양 손바닥을 모으더니 조금 벌어진 틈새에 코를 대고 힘껏 숨을 들이마셨다. 그러자 그의 눈동자가 풀리고 볼이 창백해졌다.

"반지를 빌려주시겠어요?" 그가 테레즈에게 말했다.

테레즈에게서 반지를 받아든 아우칸은 눈썹을 찌푸린 채 정신을 집중하면서 천상의 힘을 소환했다. 이어 그가 두 손을 뗐는데, 반지는 떨어지지 않고 허공에 그대로 떠 있었다. 속임수를 쓰지 않는다는 것을 증명하기 위해 그가 반지 주위로 손가락을 돌리자 반지는 맵시 있게 빙글빙글 돌면서 가볍게 허공에서 움직였다. 몇 초 뒤 아우칸이 다시 두 손을 모았다. 그는 온 힘을 다 쏟았다는 듯 깊은 한숨을 내쉰 뒤 반지를 테레즈에게 돌려주었다. 그러고는 침묵을 이어갔다. 진리를 알려주기 위한 지혜롭고 경건한 침묵이었다.

"공중부양은 미래입니다."

마르고가 지금껏 누구에게도 보여준 적 없는 놀란 표정을 지으며 눈을 크게 떴다. 경탄하는 마르고의 눈길에 고무된 아우칸은 롱소니에 가족 앞에서 자기 고향에서 공중부양을 잘하는 추장들의 이름을 열거했고, 나시미엔토의 나이든 향토사학자들이 들려준 샤먼과 영매의 이름을 줄줄이 읊었다. 이 순간 자신이 마르고에게 평생 버리지 못할 집념을 선물하고 있다는 사실은 알지 못했다.

아우칸은 자기 동생인 우에누만 얘기도 했는데, 언젠가 제례를 올릴 때 사흘 동안 먹지도 않고 허공에 떠 있는 바람에 배가 고파서 쓰러질까봐 밧줄로 끌어내려야 했다는 것이었다. 루트라 레엔이라는 원주민 추장이 지면에서 50센티미터 높이에 떠 있는 것을 어느 선교사가 보았고, 결국 그 광경이 유럽의 어느 성당 스테인드글라스에 담기게 되었다는 얘기도 했다. 이어 이바두를 흡입한 뒤 아예 땅에서 보이지도 않을 만큼 높이 올라간 두 사냥꾼 얘기가 나왔는데, 그들은 몇 시간 뒤에야 떡갈나무 꼭대기에 넋 나간 얼굴로 앉아 있는 모습이 포착되었다고 했다. 아우칸은 엉터리 공중부양 이야기도 했다. 떠 있다고 착각하거나 황홀경에 빠진 척 흉내내는 사람들이 있고, 자석을 이용하는 가짜 공중부양도 있다는 것이었다. 공중부양의 가장 놀라운 예를 꼽자면, 뭐니뭐니해도 프란체스코 성자를 기리는 행진중에 일어난 사건을 빼놓을 수 없었다. 그러니까 행렬 가운데 샌들을 신고 거친 모직물 옷을 입은 사람 하나가 사람들 머리 위로 가볍게 떠오르더니 마치 타오르는 촛불처럼 곧바로 하늘로 올라가버렸다고 했다. 100명도 넘는 사람이 눈앞의 광경에 압도되어 바라보는 가운데, 그 어떤 도구나 물리적인 힘의 도움 없이, 그야말로 혼자서 성스러운 생물학에 맞선 그 사람은 수도사 주세페 다 코페르티노*였다.

"그가 바로 최초의 비행사죠." 아우칸이 말했다.

마르고가 몸을 떨었다. 생각할 새도 없이 입술 사이로 질문이 튀어나왔다.

"최초의 뭐라고요?"

젊은 사람답게 성급하게 내뱉은 이 말은 마르고에게 일종의 예언이 되었다. 그러니까 그날이 바로 소명의 시작이었다. 몇 년 뒤 아우칸은 그날 반지의 공중부양이 눈에 안 보일 만큼 가느다란 실과 손톱 끝에 얹어둔 밀랍 알갱이들, 그리고 그럴듯한 시나리오만 있으면 언제든 펼칠 수 있는 오래된 마술이었다고 털어놓을 수밖에 없었다. 그는 마술을 가르쳤다

---

* 이탈리아 남부 코페르티노 출신의 주세페(요셉)는 17세기 프란체스코 교단의 수도사였다. 공중부양과 탈혼 상태의 기적을 행하여 성인으로 축성되었다.

고 생각했지만, 사실은 마르고를 비행사의 길로 들여보냈다.

　아우칸과의 결정적인 만남 이후 마르고는 가슴속에 큰 열정을 품은 사람들의 징표라 할 수 있는, 강렬함과 결핍이 기이하게 뒤섞인 얼굴을 갖게 되었다. 밤이 되어 모두 잠자리에 들 즈음이면 마르고는 혼자 일어나 채색된 수련이 그려진 커튼을 젖힌 뒤 덧문을 열고 나이답지 않은 대담함으로 창밖으로 나섰다. 생쥐처럼 지붕 끝으로 살금살금 걸음을 옮기면서 다락방의 채광창 혹은 위층에 열어놓은 미늘창 덧문을 지나갔다. 들킬 위험이 큰 하녀들의 덧창 아래는 피했다. 높이에 취한 마르고는 짜릿한 현기증을 즐기기 위해 최대한 가장자리 쪽으로 걸었고, 추락의 공포를 느껴보기 위해 다리 하나를 허공에 내밀기도 했다. 마르고는 마포초강의 둑 위로 날아올라 도시 위에 떠 있는 자신을 상상했다. 허공에서 우아하고 민첩하게 회전하고, 성모승천대성당 주위를 돌아보고, 국립 미술관을 향해 낙하하거나 플로레스탈 공원의 나무 위로 올라가서 바케다노광장까지 날아갔다. 그렇게 상상의 비행기를 타고 주세페 다 코페르티노처럼 사람들과 성당 위를 떠다녔다.

마르고가 비행에 관해 처음 읽은 책은 외할아버지 에티엔 라마르트, 엘 마에스트로의 선물이었다. 솜만灣*에서 새들을 해부하며 내장 속에 숨겨진 비행의 신비를 알아내려 한 코드롱 형제**의 이야기였다. 평생 기상천외한 모험들에 끌렸던 할아버지처럼, 마르고 롱소니에 또한 금속으로 된 날개 한 번 보지 않고도 비행술에 대해 그 누구도 맞설 수 없는 지식을 갖게 되었다. 마르고가 열네 살 때, 어밀리아 에어하트가 여성 최초로 대서양 횡단 단독비행에 성공했다. 그날 이후 마르고는 서로서로 기록을 깨뜨려나가는 당대의 여성 비행사들에게 푹 빠졌다. 특히 모란솔니에***기를 몰고 무선장비도 없이 파리에서 사이공까지 1만 1000킬로미터를 비행한 마리즈 일스처럼 되고 싶었다. 이스트르****에서 이집트까지 횡단한 레나 베른슈타인, 가슴골에 레이스 장식이 달리고 뒷자락이 길게 끌리는 드레스 차림으로 포커*****기를 몬 베드퍼드 공작부인, 영국에서 오스트레일리아까지 날아간 전설

---

* 프랑스 북부 영불해협에 면한 솜강 하구 지역.

** 가스통과 르네 코드롱 형제는 1908년 글라이더로 첫 비행에 성공했다. 이후 코드롱 항공사를 설립하여 비행기를 제작했다.

*** 비행사였던 레옹과 로베르 모란 형제가 1911년에 설립한 항공사.

**** 프랑스 남부 프로방스알프코트다쥐르 지역의 도시.

***** 1912년에 설립한 네덜란드의 항공기 제조사.

적인 에이미 존슨의 모험을, '하늘의 가르보'*라는 별명을 얻
은 뉴질랜드 비행사 진 배튼의 영광과 스물다섯 살에 지도도
항법장치도 없이 나무와 직물로 만든 비행기를 몰아 홀로 안
데스산맥을 넘은 아드리엔 볼랑의 이야기를 어찌나 열심히
읽었는지 전부 외우다시피 했다.

　마르고는 긴 치마, 머리띠, 코르셋, 샌들 대신에 조종사처
럼 가죽 모자와 안경을 쓰고 외출하기 시작했다. 엘 마에스
트로의 책에서 본 흑백사진들에서 영감을 얻어 제복도 직접
만들었다. 그녀는 아마포 바지를 입고, 양털로 안감을 댄 검
은색 부츠를 신고, 할머니 델핀이 남긴 물건 중 독수리 모양
금도금 브로치를 몰래 꺼내서 가슴에 달았다. 그 시절 산티
아고의 부르주아사회에서 남자처럼 입고 거리를 돌아다니는
여자는 마르고가 처음이었다. 사람들은 아마도 프랑스의 풍
습일 거라고 믿어주었다. 제대로 알지 못하기도 했고, 어쩌
면 수치심을 감추기 위해서였을 것이다. 마르고는 꿈꾸는 듯
초점 없는 눈길을 가졌지만, 그러면서도 시력이 아주 좋았
다. 나중에 공군 비행학교에 입학한 뒤에는 시력으로 명성이

* 1920~1930년대에 활동한 배우 그레타 가르보를 닮은 외모 때문에 이렇게
불렸다.

자자할 정도였다. 마르고의 비행 실력은 일취월장했다. 하지만 그녀는 여전히 자그마한, 아름답다고는 할 수 없는 소녀에 가까웠다. 머리카락은 캐러멜처럼 짙은 색이고, 몸은 둥글둥글했다. 연애사 혹은 진부한 감정 문제에 대해서는 전혀 흥미를 느끼지 않았다. 산티아고의 프랑스인들에 대해서도 마찬가지였다. 마치 파리에 와 있기라도 한 양 모여서 레자네폴*에 대해 떠드는 사람들, 오브레슈 자매가 운영하는 '여자중학교'에 다니는 친구들에게 마르고는 금세 질려버렸다.

마르고는 열일곱 살에 베를렌과 랭보를 몰라도 부끄러워하지 않았고, 그런 시인들보다는 열기구를 덮는 화학섬유에 대한 공부에 더 재미를 느꼈다. 제라르 드 네르발도 알로이지우스 베르트랑도 읽지 않았지만, 지치지 않는 호기심에 이끌려 기상학이 아직 기초적인 단계였던 그 시절에 이미 계절별 강우 기록에 대해 공부했다. 이카루스에 대해서는 하늘로 올라갔다는 것만 알았다. 매번 추락 이야기가 나오기 전에 책을 덮었기 때문이다. 마르고와 함께 있다보면 누구든 활주로 주변의 텐트, 산소마스크, 거센 난기류를 떠올리곤 했다.

---

* Les Années Folles. '광란의 시절'이라는 뜻. 제1차세계대전이 끝나고 대공황이 시작되기 전까지 상대적인 번영 속에서 자유를 누린 1920년대를 가리키는 표현이다.

하지만 그녀는 제복과 가죽의 매력, 위엄, 날개 모양 견장, 이런 것들에 끌린 많은 조종사들과 달랐다. 공군에 들어간 마르고 롱소니에의 마음은 옛날 성직자의 길에 입문하던 사람들의 마음과 같았다. 그것은 그 안에서 소명을 실현하고 죽음을 맞기 위한 일이었다.

마르고

아버지 롱소니에의 포도 사업은 나날이 번창했다. 그는 이제 포도주 생산으로 만족하지 않고 바예 센트랄*의 여러 재배지에서 포도주를 사들여 대도시의 시장에 판매하는 유통 사업을 시작했다. 당시 산티아고는 80평방킬로미터의 면적에 인구가 10만 명에 달했다. 그는 도시 팽창의 이점을 활용하기 위해 열차 노선에서 가장 가까운 간선도로인 비쿠냐마케나대로에 사무실을 열었다. 푸엔테알토와 랑카과 같은 남

---

* '중앙 계곡'이라는 뜻으로, 수도 산티아고가 위치한, 안데스산맥과 해안 산맥 사이 지역을 가리킨다.

부 지역 도시들과 수도 산티아고를 연결하는 철로가 포도주로 가득한 통과 병들을 그에게 신속하게 날라주었다.

산티아고에서는 오래된 직종이 사라지고 그 자리에 새로운 직종이 생겨났다. 의자 짚을 가는 사람, 양철을 때우는 사람이 하나둘 모습을 감추었고, 크랭크 오르간 연주자가 사라지면서 원통형 악보는 새장 속 앵무새들에게 갉아먹혔다. 벽시계 고치는 사람, 긴 막대기를 들고 점등하러 다니는 사람, 큰 소리로 시간과 날씨를 알려주던 세레노〔야경꾼〕도 더는 볼 수 없었다. 그사이 스페인인이 철물업과 건설업을 독점했고, 터키인이 우편업을, 유대인이 양복점을, 이탈리아인이 식료품점을 독차지했다. 프랑스인은 옛 직업을 버리고 소매업을 시작하고, 로타*에서 은銀 가공업을 일구고, 제련소를 새로 세우고, 카라콜레스**에서 은광을 개발했다. 그라스*** 향수를 만드는 공장도 여섯 곳 생겼다. 그곳에서는 정확도와 완성도 면에서 프로방스의 본사가 제시하는 조건에 조금도 모자라지 않는 제품들이 생산되었다.

라자르 또한 시대의 흐름에 걸맞게 사업을 확장했다. 그는

---

* 산티아고에서 남쪽으로 약 500킬로미터 떨어진 콘셉시온 근교 도시.
** 칠레 북부 안토파가스타 지방의 도시.
*** 프랑스 프로방스 지방의 도시로, 향수 제조업으로 유명하다.

원래 칼 공장이던 곳을 사들여 영성체용 빵을 제조하고 판매하는 회사를 차렸다. 공장도 집과 마찬가지로 산토도밍고 거리에 있었다. 겨우 몇 미터 거리라서 집 정원에서 새 사육장 창살에 발을 딛고 올라서면 공장이 보일 정도였다. 라자르는 그곳을 헐값에 살 수 있었다. 칼 공장을 하던 에밀리아노 로메로라는 남자는 키가 작고 콧수염을 기른 아리카* 사람이었는데, 라자르에게 말하기를 미국인이 몰려와 바빌로니아의 장인들 시절에나 가능했을 고릿적 가격으로 칼을 팔아대기 시작한 뒤로 자기는 단 한 자루도 팔지 못했다고 했다.

"그야말로 쫄딱 망했죠." 칼 공장 주인이 손가락으로 콧수염을 꽉 말아 쥐면서 한탄했다.

마흔 살이 된 라자르는 풍부한 지식을 바탕으로 폭넓은 대화를 나눌 수 있는 섬세한 남자였다. 여전히 폐 때문에 힘들 때가 있고, 머리가 아프고 가슴이 눌린 것처럼 숨을 제대로 쉬지 못할 때도 있었지만, 이제는 자신을 뒤흔드는 그런 돌풍을 대범하게 잠재울 줄 알았다. 공장은 3미터 높이의 천장 아래 마치 성당처럼 양쪽으로 창문이 늘어서 있고, 바닥 전체가 하나의 시멘트 판으로 되어 있었다. 한때 숫돌을 돌려 칼날

---

* 칠레 북부 페루 국경 지역의 도시.

을 갈고 물소 뿔로 칼자루를 만들던 그곳에서 이제는 금속 대신 밀가루를 다루었다. 공장은 라자르가 사랑한 피난처였다. 그는 철거되는 마지막 날까지 효모와 강철, 옥수수와 대장간의 냄새가 어려 있게 될 그곳을, 앞으로 후손들의 위대함과 쇠락의 무대가 될 그곳을 사랑했다. 주문이 밀려들면서 사업은 빠르게 번창했다. 산티아고의 주요 성당들이 그의 고객이 되었다.

라자르는 또한 성체를 만드는 반죽이 알약 제조 과정에서 약을 감싸는 연질캡슐 용도로 쓰일 수 있고, 당과를 제조할 때 사탕을 납작하게 누르는 용도로도 쓰일 수 있다는 사실을 알게 되었다. 그는 몇 주 만에 압축기와 습윤기를 더 들여와서 한층 바삭거리는 제품을 만들어냈다. 처음에는 작업장 중앙홀에 넓은 공간을 만들어 그곳에 모든 기계를 설치했지만, 곧 작업장과 버려져 있던 창고를 2층의 좁고 긴 통로로 연결한 뒤 1층에 기계들을 놓고 2층에 사무실을 만들었다. 창문 너머로 산티아고 시내 일부가 눈에 들어오는 그 환한 방을 라자르는 '예배당'이라 불렀다. 거기서 라자르는 특별한 시간을 누렸다. 성체성사용 빵과 밀가루에 둘러싸인 방에서, 최대한 조용하게, 항공지도와 음식 상자와 새똥 흔적에 점령당한 집에서는 누릴 수 없게 된 고요와 고독을 즐겼다. 그렇게 집안일에서 멀찌감치 떨어져 돈 계산을 하고, 고객들과 면담을 하고, 계약을 위한 요구 사항서를 작성했다. 라자르 롱소니에는 부지런한 수도사처럼 일했다.

어느 날 사무실에서 잠이 든 라자르는 기계들이 있는 아래 층에서 나는 낯선 소리에 놀라 깨어났다. 누군가 작업장에 몰래 들어온 것 같았다. 덜컥 겁이 난 그는 내려가기 전에 무기가 될 만한 것을 찾아보았다. 하지만 호신용으로 쓸 만한 물건이라고는 탁자 위에 놓인 베니토* 성자의 십자고상이 전부였다. 그는 조심스럽게 문을 열고는 모든 불을 한꺼번에 켰다. 방 한가운데 도둑이 서 있었다. 오랫동안 제대로 먹지 못한 얼굴에 머리카락은 잔뜩 기름져 있는 누더기 차림의 젊은 이였다. 성체 빵이라도 먹기 위해 몰래 들어온 것이다.

"꼼짝 마! 움직이면 십자가에 매달아버린다!" 라자르가 고함을 질렀다.

이어 도둑을 잡기 위해 황급히 계단을 내려오다가 밀가루 그릇을 쳐서 떨어뜨렸다. 그 틈을 타서 도둑이 슬그머니 움

---

* 5세기 이탈리아의 수도사로 수도 공동체들을 세운 베네딕토 성자를 말한다.

직이자, 라자르가 몸을 던져 덮쳤다. 다행히 조금 전 라자르가 외치는 소리를 들은 경관 2명이 밖에서 뛰어들어왔다. 바닥에 쓰러진 도둑을 붙든 채 관자놀이 앞에 십자고상을 치켜들고 있는 라자르의 모습을 본 경관들이 다가와 도둑에게 수갑을 채웠다. 흥분이 가시지 않은 라자르가 고발하겠다고, 재판에 나가서 증언하겠다고 외쳤다. 그러자 경관들이 히죽거리며 말했다.

"재판이라뇨? 누구 하나 찾아나설 사람도 없는 놈인걸요. 공터로 데려가서 처리하겠습니다."

그 순간 도둑의 눈에 공포가 어렸고, 그 모습을 보며 라자르는 당황했다. 자세히 살펴보니, 아직 수염도 나지 않은 아이였다. 왜소한 체격에, 초석 광산 노동자였던 먼 조상에게 물려받았을 거무스레한 피부, 젊고 사나운 얼굴을 가지고 있었다.

"이름이 뭔가?" 라자르가 물었다.

도둑이 고개를 숙였다.

"엑토르 브라카몬테."

좀더 자세히 뜯어보니, 아닌 게 아니라 스무 해 넘게 롱소니에가의 욕조에 물을 채워주었던 물장수 페르난디토 브라카몬테의 아들이었다. 하수구 청소부의 손, 삽처럼 넓적한 손바닥과 시커멓고 두툼한 손가락이 제 아버지와 똑같았다. 라자르는 문득 수치심을 느꼈다. 헬무트 드리히만이 눈앞에 나타났다. 그가 저주받은 고아가 되어 우물가에 서 있었다. 라자르는 경관들에게 수갑을 풀어달라고 했다.

"고발하지 않겠소. 내가 직접 해결하지요."

경관들이 떠난 뒤 라자르는 엑토르에게 다가가 베니토 성자의 십자고상을 건네주었다.

"저기 저 서랍 안에 망치가 있네. 이 십자가를 좀 달아주게." 그가 손가락으로 서랍을 가리키면서 말했다.

엑토르는 쭈뼛거리며 서랍에 가서 망치를 꺼내고 유리컵에 들어 있던 못도 두 개 챙겨서 벽 쪽으로 다가갔다.

"아니, 거기 말고 저기." 라자르가 말했다.

라자르가 가리킨 곳은 계단이었다. 엑토르는 겁먹은 표정으로 계단을 올라가, 마지막 단에 서서 조심스럽게 벽에 못을 박고 십자가를 걸었다. 라자르는 혹시 모를 위험에 대비하느라 멀찌감치 입구 쪽에 서서 이마를 찌푸린 채 말없이 지켜보았다. 엑토르가 십자고상을 걸자 그는 밖으로 통하는 문을 열었다.

"먹으려면 일을 해야지."

그러면서 성체 빵을 열 개쯤 그의 주머니에 넣어주고 문을 닫았다. 그리고 이튿날 곧바로 권총을 사기 위해 에르네스트 브룅 상점으로 달려갔다. 라자르는 모서리 부분이 조금 더 밝은 색으로 된, 1892년형 검은색 리볼버를 샀다. 그리고 그날 저녁 그것을 총알이 든 주머니 두 개와 함께 공장에 숨겼다. 그렇게 권총과 총알은 때묻은 오래된 서류들과 조의를 표하는 편지들이 담긴, 오랫동안 열리지 않은 채 선반 높이 올려져 있던 빨간색 종이상자로 들어갔다. 그런데 상자를 올려놓고 그 위에 다시 바구니를 얹던 라자르는 문득 권총과 총알을 한곳에 숨기는 것이 신중하지 못한 처사라는 생각이 들었다. 그래서 권총은 따로, 벽 옷걸이에 늘 걸어두는 낡은 재킷 안주머니에 넣어두기로 했다.

이틀 뒤 일곱시 삼십분, 라자르가 공장 문을 여는데 판초를 뒤집어쓴 청년이 현관에 기대어 몸을 웅크린 채 앉아 있었다. 보따리 하나를 손에 든 엑토르 브라카몬테가 일어서서 아름다운 전사의 얼굴로 라자르 앞에 섰다. 그리고 당당한 목소리로 말했다.

"일을 하려면 먹어야 합니다."

라자르는 엑토르를 견습공으로 고용했다. 얼마 지나지 않아 그는 엑토르가 용기와 신의를 지닌 신중하고 정직한 젊은이임을 알게 되었다. 빗자루를 팔에 낀 채 작업장 안을 오가는 엑토르는 짐승의 가죽처럼 찰진 찰흙으로 빚어낸 추장의 모습이었고, 마치 공장의 내장에서 밖으로 나온 사람 같았다. 두 눈은 메마르고 날카로웠지만 그 눈길에서 악의라고는 찾아볼 수 없었다. 눈썹은 풍접초의 솜털처럼 야성적이고, 머리칼은 새까맣고 매끈하고, 빙그레 웃을 때면 두툼한 입술이 흡사 반도네온을 펼쳐놓은 것 같았다. 그는 라자르가 이 공장에서 식구처럼 좋아하게 된 처음이자 마지막 일꾼이었다. 하지만 엑토르 브라카몬테가 자기 목숨을 구해준 라자르 롱소니에게 은혜를 갚게 되려면 훗날 쿠데타가 일어나는 슬픈 시절까지 기다려야 한다.

라자르의 사업은 번창 일로에 들어섰다. 그는 체크무늬 더블재킷 차림에 깃의 플라워홀에는 쥐오줌풀을 꽂고 사수좌무늬를 수놓은 스카프를 걸쳤다. 더는 사람들을 만나러 나갈일이 거의 없었기에 페르시아 스타일의 실내화를 신고 지냈다. 콧수염을 길러 마치 양탄자처럼 근엄하게 윗입술까지 늘어뜨렸다. 조국을 가장 훌륭하게 대표하고 가장 밝게 빛낼수 있는, 가문의 문장을 드높일 수 있는 이는 바로 자기처럼 1만 킬로미터도 넘게 떨어진 곳에서 고향땅의 영예를 이어가는 사람이라는 게 라자르 롱소니에의 믿음이었다. 그는 대부분의 시간을 사무실에서 보냈다. 베니토 성자의 십자고상이 내려다보고 있는 계단의 위쪽에서, 열린 서랍에 발을 얹은 채로 식사를 했고, 투자한 상품의 수익성을 가늠하기 위해 끝없이 계산을 했고, 탑처럼 쌓인 온갖 서류와 납품서에 둘러싸여 밤을 보냈다. 하루는 골동품점에 갔다가 탄약통 하나를 구해 와서는, 그 통을 자신의 부활을 나타내는 상징으로 삼아 아름다운 개양귀비 다발을 꽂아두었다. 누군가 노크를 해도 자리에서 일어설 필요가 없도록 철사를 이용해 걸쇠를 당길 수 있는 정교한 장치도 개발했다. 고객이 점점 늘어났고, 견적서가 쌓여갔고, 회계장부의 액수가 점점 커졌다. 라자르는 부지런히 경쟁하면서 사업에 몰두했고, 그러느라 딸이 사춘기에 접어들었다는 사실을 알지 못했다.

라자르가 집을 비우는 시간이 점점 더 늘어났다. 그가 고독한 숫자의 왕국에 칩거하면서 누군가 사색을 방해하러 올까봐 걱정하는 동안, 테레즈는 어머니이자 보호자이자 교사의 역할을 해내야 했다. 라자르는 이따금 서류를 찾느라 황급히 거실을 지나갈 뿐이었고, 아주 가끔 내뱉는 몇 마디 말이 전부였으며, 집에서 식사라도 할라치면 순식간에 먹어치웠다. 혼자 근엄하게 떨어져 지내다가 아주 잠깐씩 긴박하게 모습을 보이는 경우가 잦아지면서 이제 라자르는 자기 집에서 이방인이 되었다. 테레즈는 지나간 날들이 그리웠다. 원래 라자르는 주의깊고 조심스러워 한 발자국 움직일 때마다 아내의 의견을 묻던 남편이었다. 그녀는 상처 입은 부드러운 남자이던 그가 허약한 몸으로 수레국화를 뿌려놓은 욕조에 눕던 시절이 그리웠다. 그래서 딸이 비행사가 되고 싶다고 말했을 때 깊은 피로감을 느꼈다.

"아버지랑 얘기해봐." 테레즈는 이렇게 대답하고 말았다.

라자르는 딸 앞에서 주저했다. 새들이 집안을 차지해버린 16년 전을 떠올리면서 이렇게 어처구니없는 일이 대를 이어 되풀이된다면 아마도 유전일 수 있겠다는 생각을 했다.

"하고 싶은 대로 해. 새들을 끌어들이는 것만 빼고."

딸이 바람직하지 못한 사람들과 어울리지 않도록 신경을 써온 라자르가 그날 마르고에게 하고 싶은 대로 하라고 대답한 것은 신중하지 못한 처사였다. 훗날 이날을 회상하며 라자르는 그 말을 내뱉을 때 이제 딸이 정원에서 금속 새를 만들겠구나 하는 생각을 했다고 고백했다. 봄이 되자 정말로 마르고는 정원 귀퉁이에 잡초를 뽑고 작은 터를 다져 방수포 천막을 설치했다. 그런 뒤 린드버그의 스피릿 오브 세인트루이스를 똑같이 본뜬 비행기를 만들기 시작했다. 알라메다대로의 고물상과 철물점을 뒤지고 메르카도*의 창고와 금속가 공 공장의 쓰레기통을 뒤지는 등 산티아고를 누비고 다니며 재료를 구했다. 정원 여기저기 기어들이 널리고, 직사각형 보조날개들이 쌓여갔다. 칼로 자른 듯한 프로펠러 반쪽, 수레에서 빠진 바퀴처럼 뒤집힌 날개 하나도 무와 당근 옆에 아무렇게나 놓여 있었다. 포도나무 옆에는 솔송나무 널빤지가 수북했다. 지저분한 창고 안에 기름과 먼지를 덮어쓰고 버려져 있던 물건들, 지금껏 전혀 쓸 일이 없던 잡동사니들이 높이 쌓인 정원 귀퉁이는 마치 공용 쓰레기장 같았다. 테레즈는 의혹 어린 눈길로 지켜볼 수밖에 없었다. 딱 한 번, 마르고가 날개의 목재 골조를 만들겠다며 집 앞 레몬나무 중 한 그루를 베려 할 때는 만류했다.

"그 레몬나무들엔 우리 가족의 추억이 담겨 있어."

하지만 마르고는 나무줄기를 잘라서 길고 가는 막대를 만들어 골조를 세웠다. 심지어 진회색 제복도 직접 만들었는데, 어찌나 헐렁한지 꼭 옷 안에서 몸이 떠 있는 것 같았다. 그렇게 마르고는 프로펠러 무늬로 장식된, 거의 무릎까지 내려오는 긴 재킷을 입고 앞코에 금속판을 대어 보강한 나막신

---

* 산티아고의 중앙 시장.

을 신었다. 두 팔에 더러운 기름얼룩을 묻힌 채로 부실해 보이는 사다리를 오르내리는 모습이 흡사 어느 외진 해안에 홀로 난파하여 햇볕 아래 배를 만드는 사람 같았다. 마르고는 이내 혼자서는 그 일을 끝낼 수 없다는 걸 깨달았다. 사람을 구하기로 했다. 무조건 할 수 있다는 믿음 속에 자기와 똑같이 열심히 일할 수 있는 사람, 뭐든 깔끔하게 해낼 수 있고, 나중에 똑같이 이익을 나누는 대신 똑같이 위험을 감수할 사람이 필요했다. 소문이 퍼져나갔고, 며칠 뒤 비 내리는 어느 화요일에 쫄딱 젖은 한 젊은이가 찾아왔다. 주름진 눈가에 부어오른 작은 두 눈이 옆으로 째진, 카자크*를 떠올리게 하는 청년이었다.

그의 이름은 일라리오 다놉스키, 근처 에스페란자 거리에 사는 유대인의 아들이었다. 그의 아버지는 조종사였다. 일라리오는 불독처럼 생긴 두상에 콧구멍이 컸고, 얼굴이 보름달처럼 둥글고 통통했다. 그는 틈이 날 때마다 작업복을 차려입고 잔뜩 긴장한 채 롱소니에의 집에 왔다. 와 있는 동안에도 그다지 이목을 끌지 않았고, 정말로 밤낮을 가리지 않고

---

* 현재의 우크라이나와 러시아 서남부 지역에서 일종의 군사 공동체를 이루어 살던 유목민족.

비행기를 만드는 일에만 매달렸다. 마치 운명의 아이러니를 미리 감지한 마음속의 목소리가 미래를 예감하고 서둘러 빨리 살아야 한다고 속삭이기라도 하는 것 같았다. 일라리오 다놉스키는 마르고보다 힘이 세고 몸무게도 더 나가고 키도 더 컸지만, 더 빨리 지치는 것 같았다. 그들은 누구 하나가 움직이면 다른 하나가 화답하듯 움직였고, 그러는 동안 공모의 동지애 같은 것이 싹텄다. 마르고는 작업을 하루라도 빨리 진척시키겠다는 일념으로 기꺼이 그런 상태를 받아들였다. 마르고와 일라리오의 협력 관계는 모호한 구석이라고는 찾아볼 수 없이 지극히 단순했다. 테레즈도 혹시 일라리오가 딸에게 딴마음을 품은 게 아닐까 걱정하기보다는 하늘을 날아보겠다는 딸의 열망만 경계할 정도였다.

9월에 드디어 동체에 날개를 붙였다. 정원 한가운데, 포도나무와 새장 사이 비좁은 공간에 놓인 비행기는 옛 악기 리라를 닮은 모습이었다. 기체 여기저기 원통형 튜브가 튀어나오고 바람을 타기 위한 마스트가 달려 있었다. 랜딩 기어는 어찌나 빽빽한지 흥건하도록 기름칠을 해야 바퀴가 움직였다. 스피릿 오브 세인트루이스와 마찬가지로 동체 뒤쪽 골조는 일라리오가 힘들게 구해 와 알루미늄 안료를 여덟 겹 바른 피마 면으로 감싸여 있었다. 비행기가 이륙하는 데 50마력짜리 모터가 필요했는데, 리마체에서 엘 마에스트로가 안자니* 오토바이의 모터를 헐값에 구해주었다.

어느 날 테레즈는 마르고와 일라리오가 말다툼하는 모습을 보았다. 그들은 언제 첫 비행을 시도할지를 두고 언성을 높였다. 테레즈가 걱정하면서 남편에게 이를 전했지만, 라자르는 신경쓰지 않았다.

"내일이든 10년 후든, 어차피 그 비행기는 못 떠." 그가 대답했다.

바로 그것이 그동안 라자르가 크게 걱정하지 않은 이유였다. 그런데 이튿날 커피를 마시러 거실에 들어간 그는 목깃에 모피를 단 재킷을 입고 공기를 주입해서 부풀리는 구명조끼를 걸친 딸과 마주쳤다.

"오늘 비행해요." 마르고가 통고하듯 말했다.

딸은 가죽 테두리와 코 사이에 손수건을 집어넣어 고글을 얼굴에 단단히 고정한 뒤 갈색 양가죽 장갑을 꼈다. 이어 헬멧을 쓰고 밖으로 나가더니, 마치 불멸을 맞이하러 가는 사람처럼 말없이, 잔뜩 집중한 상태로 비행기를 향해 다가갔

---

* 이탈리아의 사이클 선수이자 기계 기사로, 프랑스와 영국에서 모터 제조사를 운영했다.

다. 이미 모든 경우의 수에, 모든 사고와 예기치 않게 일어날 수 있는 비극적 사건에 완벽하게 대비해놓았다. 어찌나 집중했는지 일라리오 다놉스키조차 그녀의 머릿속에서 지워진 상태였다. 일라리오는 1910년대 조종사 스타일로 짧은 골프바지와 영국식 체크무늬 양말을 갖춘 채, 이미 이른아침부터 마르고의 집 앞에 와 있었다. 대담한 옷차림만으로도 그가 이 힘든 일에 얼마나 만족하고 있는지 알 수 있었다. 그는 나중에 비행기에서 내릴 때 일부러 멋을 낸 것처럼 보이지 않도록 가르마를 완벽하게 반듯이 탄 뒤 조종사 모자로 감추고 있었다.

당시에 산토도밍고 거리는, 물론 일대에 큰 호텔이나 고급 카지노를 비롯한 5층짜리 건물이 들어서기 시작했지만, 여전히 거의 비포장 상태로 길게 이어졌다. 널지붕을 얹은 목재 킨타[시골집]와 말을 매어두는 말뚝이 늘어서 있었다. 경관들은 흰색 제복을 입었고, 에스키나[길모퉁이]에는 여전히 지붕처럼 붉은 기와로 덮인 돌기둥이 서 있었다. 이미 두 젊은이가 정원에서 만든 비행기로 산티아고 하늘을 난다는 소문이 순식간에 이웃들 사이에 퍼져나간 터였다. 사람들은 자기네 동네에서 그런 일이 일어난다는 게 자랑스러웠다. 그래서 너도나도 길에 내놓았던 수레를 안으로 들였고, 친칠라* 상인들은 길을 비워주었으며, 상품용 채소를 기르는 농원들도 진열대를 치워놓았다. 종이를 접어 만든 화환을 창문에 내걸기도 하고 가로등도 노란색과 검은색 천으로 장식해, 비행기가 집 밖으로 나오기 몇 시간 전부터 산토도밍고 거리는 바닥에 누운 꿀벌처럼 아름다웠다.

마르고와 일라리오는 지체하지 않았다. 사람들의 선망 어린 눈길을 받으며 비행기에 올라 배 위로 벨트를 조였다. 하나씩 세심하게 확인하고 있는 마르고에게 사람들 틈에서 한 젊은 기자가 질문을 던졌다.

"목적지가 어디죠?"

마르고가 고개를 들었다. 지금까지 어디로 날아갈지 한 번도 생각해보지 않았다. 그녀는 놀라지 않고 아드리엔 볼랑을 떠올리며 대답했다.

"부에노스아이레스로 가요."

박수갈채가 터졌다. 관중의 열광에 고무된 마르고는 안데스산맥에서 고도가 가장 낮은 해발 4300미터에 기온이 영하 15도인 고개 위를 지나갈 예정이라고 좀더 자세히 설명했다. 산소 부족으로 인한 문제를 해결하기 위해 몸에 기름을 칠하

---

* 안데스산맥에 사는 설치류.

고 양파 껍질로 문질렀다고, 혹시라도 땅에 추락할 경우를 대비해서 가방에 도끼도 하나 넣어두었으니 여차하면 날개 한쪽을 잘라내 지붕으로 삼을 거라고 했다.

"만일 우리가 실패한다면, 우리 대신 대형사고 소식이 아르헨티나로 가겠죠."

다들 마르고의 용기를 칭송했다. 그녀가 비행기의 브레이크를 푸는 순간 온 거리가 마치 한 사람처럼 동시에 몸을 일으켰다. 모터가 부르릉대기 시작했다. 마르고에게는 태어난 순간부터 함께 살아온 양 익숙한 소리였다. 드디어 조금씩 움직이기 시작한 비행기가 요동치며 포석 위로 미끄러졌다. 연료를 실어 무거워진 기체가 재조립한 오토바이 모터의 진동과 함께 요란스럽게 흔들렸다. 비행기는 박수 치며 환호하는 동네 사람들 앞을, 마치 벼룩이 뛰듯이 가볍게 통통대면서 지나갔다. 구경 나온 아이들이 경탄의 눈으로 바라보았고, 신앙심 깊은 사람들은 비행기가 지나갈 때 성호를 그었다.

그런데 가속중에 갑자기 굉음과 함께 기체가 덜그럭거렸다. 겨우 올린 속도가 어느새 떨어지고 있었다. 비행기가 어찌나 힘겹고 서툴게 나아가는지 구경꾼들이 걸어서 따라올 수 있을 정도였다. 중간중간 이상한 소리를 냈고, 연신 멈칫거렸고, 우스꽝스럽게 비틀거리기도 했다. 결국 모터가 멎었다. 하지만 관중의 환호는 수그러들지 않았다. 그들은 모터가 갑자기 조용해지는 것이 제대로 이륙하기 위한 중요한 단계라고 굳게 믿었다. 하지만 마르고만은 비행기가 날지 않을 것임을 알아차렸다.

차라리 사고가 일어났더라면, 하늘에서 끔찍한 재앙이 닥쳤더라면 이보다는 나을 것 같았다. 무언가 영웅적이고 비극적인 그런 분위기에서라면 드라마의 한가운데 들어가 있다는 사실만으로도 주인공이 될 수 있을 터였다. 비행기는 모터의 동력 없이 자체의 관성으로 계속 나아갔다. 그런데 길이 점점 좁아졌다. 양쪽에 늘어선 가로등 사이 거리가 비행기 양날개의 길이와 같아지는 순간이 다가오고 있었다. 양쪽 가로등 사이에 비행기가 끼지 않도록 마르고는 브레이크를 밟을 수밖에 없었다. 그렇게 비행기는 길 한가운데 마치 고집 센 나귀처럼 멈춰섰다.

일라리오가 마르고 쪽으로 고개를 돌렸다. 그는 마르고의 실망 가득한 얼굴에 놀라 움찔했다. 비행기가 멈췄는데 아무것도 할 수 없다는 사실 앞에서 낙심한 마르고는 거센 분노로 뒤흔들렸다. 마르고가 결국 비행기에서 내릴 준비를 하고 있는데, 사람들의 웅성임에서 미세한 변화가 느껴졌다. 이어 조용한 선율이 흘러나왔다.

"이륙을 축하하는 팡파르군." 한 행인이 외쳤다.

마르고는 안전벨트와 헬멧의 턱끈과 구명조끼의 단추를 풀었다. 조종석에서 일어선 그녀의 눈에 제일 처음 들어온 것은 여자들이 북을 치고 그 뒤에서 남자들이 트럼펫을 움직여가며 불어대는 광경이었다. 말의 억양이 다른, 구릿빛 피부와 짙은 머리카락과 꺼칠꺼칠한 손을 가진 숭고한 이들이었다. 그 뒤로는 농부들의 민담 속에나 등장할 법한 이상한 옷차림에 두 발은 모래투성이인 아이들이 어깨에 새를 앉힌 채 호기심 가득한 눈빛으로 걷고 있었다. 잠시 뒤 아이들이 플래카드를 펼쳤다. 젖가슴이 엄청나게 풍만한 중년 여인들이 뜨개질로 만든 플래카드에는 큰 글씨로 이렇게 써 있었다. 칠레의 가장 위대한 여성 비행사를 위해.

마르고는 조종석의 문을 열고 발판 위에 올라섰다. 그 순간 줄지어 선 악사들 가운데로 한 남자가 지휘봉을 들고 나타났다. 에티엔 라마르트, 엘 마에스트로가 손녀의 첫 비행을 축하해주기 위해 리마체에서 악사들과 함께 번쩍거리는 스물다섯 대의 새 악기를 챙겨 온 것이다.

마르고는 외할아버지에게 다가갔다. 하지만 엘 마에스트로에게는 아직 할일이 남아 있었다. 그는 두 개의 굵은 밧줄을 마르고의 허리에 두른 뒤 카라비너로 옷에 고정해주었다.

그러고서 뒤쪽으로 신호를 보냈다. 그 순간 마르고는 몸이 떠오르는 것을 느꼈다. 그러니까 밧줄과 도르래로 만든 장치에 매달려 몇 미터 위 허공에 몸이 뜬 것이다. 그녀는 터지는 폭죽과 쏟아지는 웃음소리 속에서 꽃과 화환으로 장식된 거리 위로 날아올랐다. 그리고 바닷가 연안에서 잠든 고래를 닮은, 이륙하지 못한 채 실패한 몸으로 누워 있는 비행기를 내려다보았다. 더 높이 올라가자 엘 마에스트로 옆에 서 있는 아우칸이 보였다. 그 순간 마르고는 아우칸이 외할아버지와 함께 주세페 다 코페르티노가 행진중에 하늘로 올라간 순간을 재현했음을 깨달았다. 그녀는 조종사가 키를 잡듯이 한 손을 앞으로 내밀고, 조종석에 등을 기대듯이 상체를 젖혔다. 눈을 감고서, 구름 지붕 위에 올라와 있다고 상상했다. 그날 마르고는 보이지 않는 비행기를 타고 하늘을 떠다녔다.

다놉스키

다놉스키가※는 거슬러올라가고 또 올라가도 대대로 랍비뿐인 집안이었다. 야코브 다놉스키는 아슈케나지* 유대인 혈통의 열번째 랍비였다. 그는 우크라이나 내륙지방에서 열두 아들 중 맏이로 태어났다. 마른 덤불이 가득한 협곡 안의 마을에는 뱀이 많았고, 사람들은 호밀빵을 먹고 살았다. 그곳은 민간신앙이 위세를 떨치던 곳이었다. 야코브 다놉스키의 가족은 정교회 신자들의 마을과 등을 맞댄 슈테틀**에서 살았

---

* 디아스포라 유대인은 이베리아반도의 세파르디 유대인(세파르딤)과 라인강 주변의 아슈케나지 유대인(아슈케나짐)으로 나뉜다.
** 제2차세계대전 이전까지 아슈케나지 유대인들이 이디시어를 쓰면서 모여

다. 마을에는 나무로 지은 시너고그[*]가 있었다. 남자아이들은 엄격한 교육을 받으며 자랐고, 군대도 의무적으로 가야 했다. 하지만 차르가 지배하는 러시아 영토에서 군복무는 군인이라기보다 노예의 의무에 가까웠다. 이미 지난 세기부터 유대인들은 거주지가 제한되어 있었다. 그들은 러시아 서부 지역, 그러니까 발트해에서 흑해로 좁고 길게 이어진 땅에서만 살아야 했다. 일상은 고되고 비참하고 모욕적이었다. 마음대로 장사를 할 수 없었고, 배급되는 식량을 먹고 살았으며, 박해가 벌어질 때면 아무리 영향력이 없는 랍비라도 제일 먼저 공격 대상이 되었다.

알렉산드르 2세^{**}의 암살은 걷잡을 수 없는 학살과 약탈을 초래했다. 기독교인들은 유대인 마을을 파괴했고, 시너고그로 달려가서 경전을 불태웠다. 재를 뒤집어쓴 돌들과 불길에 비틀린 양철판들만이 무덤처럼 남았다. 다놉스키 가족은 집과 키우던 무와 정원의 깨꽃을 버리고, 긴 여정에 올랐다. 몇

살던 작은 마을.

* 집회와 예배가 이루어지는 유대교 회당.

** 로마노프 왕가의 열두번째 군주로, 러시아의 근대화를 위한 개혁 정책을 펼쳤다. 1881년 그가 공화주의자들의 폭탄 테러로 사망하자 반개혁 세력은 유대인이 황제를 암살했다는 소문을 퍼뜨렸다.

달 동안 이어지는 위험한 여정이었다. 그들은 집시의 마차를 얻어 탔고, 감초로 만든 술을 방랑자들과 나누어 마셨으며, 밀짚과 순무밭 사이로 난 비밀스러운 길을 지났다. 그렇게 야코브 다놉스키는 대륙의 일부를 가로지르고 영불해협을 건너 런던에 정착했다. 그 시절 한창 산업이 발달하던 런던에서는 영어를 할 줄 모르는 수많은 젊은 농부들이 쓰는 언어에 따라 모여 살았다. 유럽 각지에서 온 유대인 이주자가 디아스포라의 보물인 이디시어를 통해 거미줄처럼 이어졌고, 런던 안에 영어가 이방인의 언어가 되어버린 구역들이 생겨났다. 랍비의 응접실은 집회장이 되었고, 그곳에서 유대인들은 빅토리아풍 테이블을 가져다놓고 어린 양을 제물로 바치며 하시드* 축일을 기렸다.

야코브 다놉스키는 카르파티아산맥 북쪽 갈리치아**의 젊은 개척자 무리와 함께 런던으로 온 파울리나와 결혼했다. 키가 크고 금발에 코가 마치 새가 누워 있는 것처럼 생긴 그녀는 이미 한 번 결혼한 적이 있었고, 이혼한 뒤 혼자서 딸

---

* 18세기에 폴란드와 우크라이나 지역의 아슈케나짐을 중심으로 일어난 영적 운동인 하시디즘을 따르는 사람들. 이디시어를 사용하며 종교적 보수주의, 금욕주의를 주장한다.

** 우크라이나, 폴란드에 걸친 지역으로, 슬라브족의 갈리치아 공국이 있던 곳이다.

아이다를 키우고 있었다. 야코브와 파울리나의 사랑은 평화롭게 시작되었다. 하지만 힘겨운 생활 조건, 비참한 타향살이, 유대인 박해의 기억이 그들로 하여금 다른 삶을, 대양 건너 새로운 세계의 머나먼 연안을 꿈꾸게 만들었다.

그 시기에 유대인 재력가 이르슈 남작은 선견지명을 지닌 과학자 기예르모 로웬달 박사와 함께 러시아 유대인들을 위한 대대적인 아르헨티나 이주 사업을 벌이고 있었다. 남작이 새로운 약속의 땅을 세우고자 부에노스아이레스에서 300킬로미터 떨어진 곳에 토지를 매입했다는 소식이 오데사의 신문을 통해 퍼져나갔다. 2000년 동안 이어져온 박해를 벗어나기 위해 베사라비아와 포돌리아와 몰다비아*에서 화물선 리사본호와 티올로호에 오른 유대인이 130여 가구에 달했다. 라플라타**항으로 향하는 배마다 세바스토폴의 랍비와 카라이트***, 예시바****의 젊은 탈무드 학자, 폴란드의 설교자가 가득했다. 야코브 다놉스키와 파울리나와 아이다는 그렇게

---

* 베사라비아는 현재의 우크라이나와 몰도바에 걸친 지역, 포돌리아는 폴란드에 인접한 우크라이나 서부 지역, 몰다비아는 루마니아 지역이다.

** 아르헨티나 동부의 항구도시로 부에노스아이레스주의 주도.

*** 주로 러시아 유대인이 중심이 된 유대교의 분파로, 구전 교리를 집대성한 탈무드 대신 토라를 포함하는 경전 타나크를 중시한다.

**** 유대교의 전통적인 교육기관, 탈무드를 중심으로 유대 사상을 가르친다.

대서양을 건넜고, 바로 그 배에서, 쇠로 만든 모태로부터 베르나르도가 태어났다. 망설임이 많고 늘 비가 내리는 듯 음습한 기질을 가지고 태어난 그 사내아이가 장차 일라리오의 아버지가 된다.

아르헨티나에 내린 야코브 다놉스키 가족은 카를로스 카사레스*로 향하는 기차를 탔다. 유대인들의 개척지는 기둥선인장이 바람에 흔들리는 그곳의 추운 들판에 있었다. 길게 늘어선, 타르 판지로 지붕을 얹은 허술한 집들이 멀리서부터 눈에 들어왔다. 카를로스 카사레스에서는 모두가 하나부터 열까지 새로 시작해야 했다. 집을 짓고, 무엇을 경작할지 정하고, 쟁기질을 해야 했다. 하지만 남자들 대부분이 집 짓는 법이나 밭 가는 법을 알지 못했고, 양을 칠 줄도 소나 말을 기를 줄도 몰랐다. 먹을 것이 떨어졌고, 의약품이 부족해졌으며, 메뚜기떼가 모든 걸 휩쓸어가는가 하면, 가축전염병이 돌기도 했다. 그들은 마을의 중앙 광장에 두 세계의 화합에 대한 상징으로 올리브나무와 케브라초나무를 섞어 시너고그를 지었다. 꽃도 화관도 없는 유대인 묘지도 만들고, 목장들로 둘러싸인 곳에 약 서른 개의 침대를 갖춘 보건소도 마련

---

* 부에노스아이레스주의 도시.

했다. 아이들은 가축을 끌고 나가 풀을 먹이는 법과 예배 기도법을 배웠다. 땅 한 뙈기를 약속받고 이곳까지 온 유대인들은 가난과 고통 속에 살아가면서도 수천 킬로미터 밖까지 자신들의 종교 관습을 퍼뜨렸다. 3월 첫 금요일에는 샤바트*의 시작을 기리는 촛불이 오두막집을 밝혔다.

몇 달이 지나자 그들은 가우초[목동]처럼 옷을 입었고, 직접 만든 봄비야[마테차 빨대]로 마테차를 마셨으며, 아사도**를 크리오요[유럽계 남미인] 방식으로 썰었다. 감시초소를 세웠고, 작은 마구간을 만들었으며, 꿀 바른 사과 케이크를 파는 시장도 열었다. 이어 학교가 들어섰고, 토라의 다섯 경전을 통한 히브리 신앙 공부가 교육의 중심이 되었다. 새로운 땅에서는 전과 뒤바뀐 계절들이 느리게 지나갔다. 그곳에는 전설로 전해내려온, 유대인의 유산을 품은 산들도 없었다. 그래도 그들은 서두르지 않았다. 20세기 초 카를로스 카사레스의 면적은 40헥타르가 되었고, 주민의 수는 500명을 넘겼다. 그들은 삽질을 해서 땅을 일구었고, 돼지감자와 양배추와 강낭콩과

---

* 유대교의 안식일을 말한다. 금요일 해질녘부터 토요일 해질녘까지 촛불을 밝혀두고 금식하면서 출애굽을 기린다.

** 육류의 갈빗대에 향신료를 뿌리고 숯불에 굽는 라틴아메리카 지역 전통요리.

시금치를 심었다. 알가로보 석호의 제방을 둘러싼 목초지에서는 검은 양들이 이리저리 흩어져 풀을 뜯었다.

카를로스 카사레스 정착지의 랍비였던 야코브는 파울리나와 아이다와 베르나르도를 데리고 마을의 중앙 광장에 있는 집에서 살았다. 야코브는 이제 허연 수염과 누렇고 쪼글쪼글해진 손과 캐롭나무 열매의 깍지 같은 몸을 가진 노인이었다. 그는 조용하고 한결같은 사람이었고, 밭을 갈 때나 「시편」을 낭송할 때나 똑같이 즐거워했다. 이제 베르나르도가 그의 자리를 이어받아 새로운 세대를 이끌 랍비가 되기만을 바랄 뿐이었다. 하지만 아들은 열두 살이 되어서도 유대교의 가르침을 따르지 않았고, 탈무드를 읽지 않았으며, 샤바트도 제대로 지키지 않았다. 시너고그에 가지 않았고, 이디시어 대신 스페인어를 썼다. 열세 살이 되자 전통에 떠밀려 바르미츠바*를 치를 수밖에 없었지만, 그날 필요한 문장을 낭송하고 리듬과 선율에 맞춰 경전을 읽으면서 종교의 관습을 따른 것이 그가 아버지의 뜻을 받든 유일한 희생이었다.

베르나르도는 조상들이 지켜온 엄격한 규율과 멀어졌고, 자신에게 주어진 일에 그 어떤 사명감도 품지 않았다. 게다가

---

* 유대교에서 남자아이가 종교생활에 입문하는 성인식.

오래된 관습은 시간이 흐르면서 변할 수밖에 없었다. 결국 11월의 어느 토요일, 사람들이 시너고그에 모여 경전을 낭송하는 틈을 타서 베르나르도가 일을 벌이고 말았다. 빵집에 몰래 들어가 금지된 빵을, 더 먹으면 토할 것 같은 상태가 될 때까지 먹어치운 것이다. 야코브는 도둑질의 죄와 성스러운 날을 어긴 죄 앞에서 격노했고, 하물며 자기 아들이 그런 짓을 했다는 사실이 수치스러워 견딜 수 없었다. 그는 모두가 보는 데서 창피를 당하도록 마을 광장의 나무에 아들을 묶고 다음과 같은 글씨가 쓰인 판을 목에 걸고 있게 했다.

나는 샤바트에 먹었습니다.

나중에 베르나르도가 말하길, 바로 그날 그는 카를로스 카사레스를 떠나 칠레의 산티아고로 가기로 결심했다. 이후 그는 아르헨티나 국적을 계속 유지한 상태로, 열다섯 살 때부터 살아 있는 마지막 날까지 산티아고에서 살았다. 산티아고에 온 베르나르도는 유대인들이 메노라*의 일곱 가지처럼 하나로 이어져 경건하고 투명한 관계를 맺고 살아가던 작은 공동체에서 인기를 얻었다. 그리고 얼마 지나지 않아 유대인 이민

---

* 유대교 제식에 쓰이는 촛대로, 시나이산에서 모세가 십계명을 받을 때 불 속에서 타지 않은 떨기나무를 상징한다. 몸체 위 중앙에 놓인 가운데 가지 양쪽으로 세 개의 가지가 나 있다.

자 가정 출신의 연극배우와 사랑에 빠졌다. 시립 극장에 연극을 보러 갔다가 처음 만난, 키가 작고 날씬한 몸에 푸르고 큰 눈을 가진 여자였다. 몇 달 뒤 두 사람은 모타대로의 비쿠르 호일렘 시너고그에서 결혼식을 올렸고, 동쪽의 차크라 발파라이소 구역에, 잎 없는 나무들로 둘러싸인 건물의 꼭대기 층, 광장 쪽으로 창문이 난 자그마한 아파트를 구했다.

베르나르도의 아버지 야코브 다놉스키가 고향을 떠나온 지 서른 해가 지났을 때였다. 8월 21일, 낮잠에서 깨어난 베르나르도는 세자르 코페타 브로시오라는 프랑스인이 일주일 만에 개조한 부아쟁 복엽기*를 타고 칠레 하늘을 나는 광경을 지켜보았다. 비행기가 하늘을 뚫고 들어가는 것만 같았다. 눈앞에 펼쳐진 광경에 깊은 감동을 받은 그는 기술 발전의 시연에 매혹되어 자기도 저런 일을 직업으로 삼기로 결심했다.

하지만 몸무게가 70킬로그램이나 나가는데다 근시에 기혼자였던 그는 조종사 과정에 필요한 조건을 단 한 가지도 채우지 못했다. 결국 칠레의 첫 항공 기관이었던 엘 메르쿠리오의

---

* 1906년 프랑스의 부아쟁 형제가 설립한 항공사에서 제작한 비행기. 복엽기는 날개가 두 쌍인 초기 비행기다.

창문 없는 사무실에서 일하는 것으로 만족해야 했다. 베르나르도는 그곳에서 비행 규정, 고도계 확인, 비행시간과 비행거리 등에 관한 문서를 만들었다. 미래의 우편 시장에 과감하게 투자하는 사업가들과 뜻을 같이하여 칠레에 새 비행기를 들여오는 일에 매진했고, 아타카마사막의 모래부터 푼타아레나스의 마지막 눈밭까지 모두 동원해서 기금을 모았다.

아내가 임신했을 때 부부는 프랑스인 가족들이 모여 사는 중산층 동네인 산토도밍고 거리로 이사를 왔다. 그곳에서 외아들 일라리오 다놉스키가 태어났다. 아이는 두 눈이 꼭 흑옥 같았고, 어딘지 우울하고 아련한 눈길로 거북한 듯 슬픔 속에서 세상을 바라보는 듯했다. 아이는 마치 순진한 시인 같은, 소심하면서 행동거지가 부드럽게 서툰 소년으로 자라났다. 바로 그 소년이 장차 전쟁에서 중요한 역할을 하게 되리라고, 굉음과 함께 거세게 몰아치는 파도처럼 영웅적이며 숭고한 인물이 되리라고 그 누구도 짐작하지 못했다.

열여섯 살 때 일라리오는 정원에서 비행기를 만드는 이웃 여자아이가 조수를 찾는다는 소식을 들었다. 소문에 따르면 그 여자아이는 도도하고 오만하며 차가운 성격이라고 했다. 하지만 그 점이 오히려 일라리오의 호기심을 자극했다. 결국 비가 쏟아지던 어느 화요일에, 깊이 생각해보지도 않은 채 그는 롱소니에가로 향했다. 보름달 같은 얼굴에 비에 젖은 새의 모습으로. 훗날 그는 그날 처음 본 마르고에게, 냉정하리만큼 침착하고 속내를 잘 드러내지 않으며 심성이 곧고 야수처럼 거친 그 모습에 매혹당했다고 고백하게 된다. 일라리오는 소심한 자신과 달리 용감한 마르고가 이끄는 대로 비행기 만드는 일에 매달렸고, 그때까지 한 번도 보여준 적 없는 열정을 쏟아부었다. 무엇보다 마르고의 마음에 들고 싶었고, 또한 아버지의 관심을 얻고 싶었다. 당시 베르나르도는 칠레의 항공사史에서 성서로 자리매김할 책을 집필하는 일에 지나치게 몰두하느라 자신과 같은 길에 들어선 아들을 미처 돌아볼 틈이 없었다.

유럽과 긴밀한 관계를 유지하던 칠레 항공성과 비행학교는 전쟁이 재발할 경우를 대비해 비행사를 양성하기로 했다. 입학 안내서에는 여자도 들어갈 수 있는지에 대해 아무런 언급이 없었다. 일라리오는 드디어 기회가 왔다고 생각했다. 긴 세월 동안 약속의 땅을 찾아다닌, 낙원이 실패로 돌아가면 고통스럽게 다시 찾기를 반복하며 돌아다닌 조상들의 혈통을 이어받은 유대인 청년은 마르고의 비행기가 이륙하지 못할 것임을 깨달은 뒤 아버지에게 자기 뜻을 밝혔다.

　이틀 뒤 베르나르도 다눕스키가 아들이 마르고와 함께 만든 비행기를 보러 왔다. 그는 녹색 삼베 바지와 조종사 재킷 차림으로 정원에 불쑥 나타나 비행기를 꼼꼼히 살폈다. 그런 뒤 마르고를 돌아보고는 그녀의 어깨에 한 손을 얹었다.

　"아직도 여자아이들한테 자수 놓는 법이나 가르치는 건 말이 안 되지."

　이튿날 마르고와 일라리오는 조종사 교육을 받기 위해 산티아고 외곽에 있는 비행 클럽에 들어갔다. 그런데 그곳은 기대했던 것과 달리 날개를 단 왕국이 아니라 허름한 창고나 다름없었다. 앞쪽으로 펼쳐진 목초지를 근근이 다져 만들어 놓은 세 곳의 활주로는 울퉁불퉁한데다 여기저기 기름이 웅덩이처럼 고여 있었다. 비행장 안에 현대식 양 사육장도 보였다. 일대는 온통 잿빛에, 음울하고 황폐해 보였다. 지붕의 벌집과 암탉 둥지, 채소밭도 눈에 띄었다. 중세의 고물상이라 해도 믿을 만큼 지저분한 정비장에는 검은색 암말이 잠들어 있었다. 그중에서도 가장 촌스럽고 가장 진부한 장소는 바로 비행기들이 늘어선, 진창으로 녹이 슨 듯한 금속성의 들판이었다. 가건물들과 계류장 사이로 아마추어 조종사들을 위한 비행기 몇 대가 맥없이 오가는 모습은 흡사 마차 행렬 같았다. 놀라울 것도 격식도, 그야말로 아무것도 없었다. 이제 그곳에서 힘이 달려 헐떡이는, 바람에 지친, 날아가는 게 기적이라 할 만큼 부실한 기계들로 비행을 배워야 했다.

그곳 비행 클럽에서 마르고는 어머니 테레즈가 클라리요 강 유역에서 맹금류 조련사들과 함께 지내던 때와 똑같은 생활을 시작했다. 그녀는 정비사들의 외설적인 눈길을, 말에 담긴 암시를, 경솔한 유머를 버텨냈다. 그녀를 유혹하기 위해 자기들이 겪은 사고 이야기를 떠벌리는 교관들로부터도 스스로를 지켜내야 했다. 머리카락 길이를 여성성의 품위를 지키는 상징으로 삼아 교칙에 허용된 20센티미터를 어떻게 든 고수하기 위해서 온갖 요령을 동원하기도 했다. 마르고는 한 달 뒤 첫 비행을 신청했다. 며칠 뒤 아침에 그녀가 기체의 철판들을 용접하고 있을 때, 교관 하나가 불쑥 나타나서 빠르게 눈길을 던지며 말했다.

"내일, 여섯시."

마르고는 그날 오후에 곧바로 신체검사를 통과했다. 그녀의 폐활량을 확인한 간호사들이 놀라면서 이 정도면 코르디예라 정상에서도 아무 문제 없을 거라고 했다.

"폐가 정말 좋네요."

"가족 내력이에요." 마르고가 대답했다.

이튿날 새벽에 마르고는 활주로로 나갔다. 하지만 활주로는 멋대로 돌아다니는 양들과 남자들이 그녀를 조롱하기 위해 가져다놓은 나뭇가지로 가득했다. 글씨를 휘갈겨써놓은 쪽지도 있었다. 마르고의 이륙을 위해.

마르고만큼 강인하지 못한 다른 여자였으면 포기하고 집으로 돌아갔을 것이다. 하지만 그녀는 소매를 걷어올리고 헬멧을 벗은 뒤 울음을 참아가며 한 시간에 걸쳐 나뭇가지를 모두 치웠다. 그녀는 책에서 읽은, 여성이라는 이유로 가해지는 모든 불이익과 맞서 싸우며 비극적이고 열정적인 삶을 살았던 마리즈 바스티에*를 떠올렸다. 재단사가 조종사 점퍼에 붙여준 학교 마크 외에는 자신과 남자 비행사들이 공유할 수 있는 게 없다는 생각을 하자 너무나 마음이 아팠다. 마르고는 양도 없고 다른 복병도 전부 사라진, 깨끗하고 매끈한 활주로에 서서 교관들을 맞았다. 그녀는 자신의 목표를 이룰 준비가 되어 있었다.

교관들은 마르고에게 트래블 에어기機를 주었다. 더는 모터 달린 연처럼 생긴, 천으로 덮어씌운, 구닥다리 조종장치

---

* 프랑스의 비행사로, 1929년 스물여섯 시간의 비행기록을 세운 뒤 그 기록이 곧 깨지자 1930년에 다시 추위와 졸음을 이기고 서른일곱 시간이 넘는 비행기록을 달성했다.

밖에 없는 비행기가 아니었다. 마르고는 조종석에 뛰어올라 안전벨트를 조이고 조종장치들을 확인한 뒤 시동을 켰다. 모터가 가락을 맞추어 웅웅거리는 소리가 마치 기체의 내장에서 나오는 소리 같았다. 프로펠러가 돌아가기 시작했다. 며칠 전까지만 해도 고철과 나사 덩어리였던 것이 활주로 위를 움직이기 시작했다. 항공표지등도 켜졌고, 비행기가 속도를 내기 시작했고, 마르고는 순식간에 하늘로 날아올랐다.

현기증도 두려움도 없었다. 마르고가 느낀 것은 오로지 야수 같은 날개를 펼쳐 그녀를 지상에서 떼어낸 오백 마리 금속 말들의 힘뿐이었다. 고도를 높이자 온 나라가 발아래 펼쳐진 기분이었다. 구름이 크고 작은 돌기를 만들며 양옆으로 벌어졌다. 전부 곡선으로 된, 윤곽이 둥글고 항아리처럼 가운데가 불룩한 형체들, 눈에 보이지 않는 혈관을 가지고 산호초처럼 허공에 매달린 형체들은 모두 여성적 상징성을 띠었다. 그 순간 마르고는 하늘이라는 명사가 남성형*일 수 없다고 생각했다. 최초의 비행사들이 남자였다는 것도 믿을 수 없었다. 볼수록 하늘은 둥근 형태들로 이루어진, 당장이라도 터져나올 듯한 여성성을 지니고 있었다. 하늘이라는 집은 둥

---

* 프랑스어와 스페인어에서 하늘(le ciel, el cielo)은 남성형 명사다.

지고 젖가슴이었다. 그녀는 초기 문명이 모계사회였던 것도 당연하다고 생각했다.

  첫 비행을 시작으로 마치 메아리가 응답하듯 비행이 이어졌다. 마르고는 어려움 없이 조종사 자격증을 땄다. 누구보다 빠르게 실력이 늘었다. 여기저기서 그녀라면 비행중에 종탑의 풍향계를 만질 수 있을 거라고, 시속 200킬로미터의 속도로 급강하해 바닥에 놓인 스카프를 한쪽 날개 끝으로 들어올릴 수도 있을 거라고 수군거렸다. 하지만 3월에 도착한 테레즈의 편지를 읽으며 마르고는 어머니의 건조한 어조를 통해 산토도밍고에서 어떤 일이 벌어지고 있는지 짐작할 수 있었다. 그곳의 집은 세월이라는 낙엽에 덮인 채 가을의 고독에 빠져 있었다. 딸은 멀리 있고 남편과도 멀어진 테레즈는 서서히 쇠약해졌다. 주인이 침몰해가자 새들의 건강도 나빠졌다. 새들도 가족이 부서졌음을 느끼고 우울증에 빠진 것이다. 백 마리의 새들이 병들었다. 쇠약해지고, 열이 나고, 초록색 설사를 하고, 눈알이 붓고, 부리가 창백해졌다. 상태가 어찌나 심각한지 누구든 새장에 들어가면 죽어가는 환자의 방에 들어가는 느낌을 받을 정도였다. 박새들은 고개를 늘어뜨렸고,

참새들은 등이 굽었고, 새호리기들은 날개가 처졌고, 앵무새들은 깃털이 곤두섰고, 잉꼬들은 경련을 일으켰다. 매력과 힘과 우아함을 잃은 테레즈의 부엉이는 깃털도 없이 발그레한 살갗이 드러나서 흡사 물에 젖은 고양이 같았다.

바로 그런 상황에서, 산티아고의 가장 훌륭한 수의사를 자처하는 아우칸이 바르비투르산 약제들과 주사기를 가득 넣은 가방을 들고 산토도밍고에 도착했다. 그는 처음 보는 청진기로 새들을 살핀 뒤 부리에서 분비물을 뽑아냈다. 눈썹을 찌푸리면서 세심하게, 재빠른 손길로, 약초 달인 물을 주사하고 상처를 절개해 고름을 짜냈다. 날개깃을 고르다가 거의 호두만한 이를 잡기도 했는데, 그러면 곧바로 백색 식초*에 넣어 죽여버렸다.

"요 작은 놈들이 말도 잡아먹을 수 있답니다." 그가 말했다.

아우칸은 새장을 소독해야 한다고 했다. 또 병든 새를 낫게 하려면 따로 두어야 한다면서 즉시 한 마리씩 자리를 옮기자고, 종種별로 나누어 환기가 잘 되는 방에 넣자고 했다.

"알맞은 환경을 마련해줘야 합니다."

테레즈가 자신이 이미 한곳에서 살 수 있는 새들의 목록을

---

* 알코올을 발효해 만든 식초.

작성해 종류를 고른 거라고 설명했지만, 아우칸은 불안 섞인 목소리로 대꾸했다.

"지금 우리는 분명 모든 종족이 함께 살 수 없는 그런 세상에 살고 있잖습니까."

그때만 해도 테레즈는 아우칸의 말에 그다지 의미를 두지 않았다. 세상 돌아가는 소식을 잘 아는 그녀였지만, 정작 그 말이 유럽에서 벌어지고 있는 일들에 대한 암시라는 사실은 알아채지 못한 것이다. 라틴아메리카의 신문들은 뒤늦게야 독일 수상에 대해, 군중을 몰고 다니면서 경제위기의 주범들을 찾아내겠다고 약속하는 이상한 인물에 대해 이야기하기 시작했다. 머지않아 전쟁이 터질 거라는, 점점 세력을 키워가는 나치즘이 가장 취약한 계층의 사람들을 사로잡았다는 소문이 퍼졌다. 하지만 지나치리만치 확실하고 분명하게, 더구나 한꺼번에 들이닥친 그 소식들에 대해 테레즈는 진짜일 리 없다고 결론을 내렸다.

전쟁 소식보다 먼저, 새들이 전부 병들었다는 소식이 비행학교로 전해졌다. 마르고는 저녁 기차를 타고 산티아고로 돌아가기로 했고, 몇 시간 뒤 한밤중에 집에 도착했다. 돌아온 마르고는 전과 확연히 다른 모습이었다. 자신의 소명을 확인하기도 했고, 마음과 몸을 극한으로 밀어붙인 비행학교 생활을 거치면서 힘의 절정에 이른 터였다. 들어가보니 집은 아예 동물병원이 되어 있었다. 새장은 반쯤 비어 있고, 소독약 냄새가 진동하고, 모이통에서는 남은 먹이가 썩어가고, 물통은 마른 도랑 꼴이었다. 마르고는 아우칸을 돌려보내고 테레즈를 자리에 눕혔다.

그녀는 비행학교에서 얻은 새로운 에너지를 발휘해, 탁자 위에 흩어진 약들을 정리한 뒤 얼룩을 닦아냈고, 하녀들의 요구대로 급료도 나누어주었다. 이어 마스크를 쓴 채 새장에 들어가서 구석구석 살펴본 뒤, 더는 그곳에서 새를 키울 수 없다는 고통스러운 결론에 이르렀다. 한때 자기들의 왕국에서 눈부시게 화려한 깃털을 뽐내던 새들은 이제 전부 움츠러들었고, 깃털이 누더기가 되어, 아름답던 자태를 잃고서 도형수처럼 몸을 떨었다. 깃털이 벗어진 힘없고 자그마한 머리와 허약한 부리, 주름진 날개깃을 들어올릴 때면 투명한 눈꺼풀이 떨렸다.

그날 저녁 잠자리에 누운 마르고는 어릴 때 지붕 위를 걷기 위해 그랬던 것처럼 모두 잠들기를 기다렸다. 집안이 조용해지자 일어나서 까치발로 어두운 정원에 나갔다. 새장 안은 처량한 우물 속 같았다. 더러워진 창살 너머 테레즈의 부엉이가 당장 숨이 멎을 듯 헐떡거렸다. 비쩍 마른 몸에 부리가 늘어지고 배가 부풀어오른 부엉이는 나환자들로 가득찬 격리병동을 닮은 유백색 어둠 속에서 공허한 눈길로 허공을 응시했다. 창살에 매달아놓은 작은 오두막 형태의 새집에서는 자그마한 머리들이 삐져나와 있고, 부화하지 못한 채 썩은 알들이 악취를 풍겼다. 비행사인 마르고는 새장에 갇혀 죽는 것만큼 불행한 일은 없다는 생각이 들자 마음이 너무 아팠다. 결단의 순간이 왔다.

"이제 프랑스로 돌아가."

마르고는 새장 문을 활짝 열고 가장 약한 새들부터 풀밭으로 옮겨놓았다. 곧바로 날아간 새들도 있었지만, 몸을 웅크린 채 움직이지 않는 새들도 있었다. 아직 새장 안에 있는 새들은 무언가 낯선 움직임에 불안해졌는지 날개를 거칠게 퍼덕이며 날아다녔다. 그날 밤 마르고는 백 마리의 새를 풀어주었다. 그러면서 자기 자신도 이전의 삶에서 풀려나는 느낌을 받았다. 방으로 돌아간 마르고는 밤새 악몽을 꾸었다. 알 수 없이 소란을 피우는 사람들에 둘러싸여 있는데, 그 틈새로 보이는 새장은 녹색 불길에 휩싸여 있고 경관들이 새들을 총으로 쏘아 죽이는 꿈이었다. 그녀는 세상에 처음 온 날 그랬던 것처럼 소나무 껍질에 뒤덮인 채로 악몽에서 깨어났다. 그리고 곧바로 새들이 전부 날아갔는지 확인하기 위해 뛰어나갔다. 하지만 정원에 나가보니 놀랍게도 새들이 밤새 다 돌아와 있었다. 어디로 가야 할지 알지 못한 것이다. 새들은 마치 청동 머리칼처럼 새장 지붕 위에 앉아 있었다.

그때 어깨에 숄을 걸친 테레즈가 신문을 들고 수심 가득한 얼굴로 나타났다.

"새들이 무슨 대수겠니? 독일이 프랑스를 침공했다는구 나."

일라리오

머지않아 마르고 롱소니에는 독일군 비행기와 마주하게 된다. 이중국적자인데다가 여자였기 때문에 동원 대상이 아니었는데 왜 굳이 전쟁터로 뛰어들었는지, 그 이유는 마르고 자신도 완전히 알지 못했다. 병든 새들을 제쳐두고 그 문제에 정신없이 매달리는 마르고를 보면서 동네 사람들은 그녀가 전과 달리 환하게 아름다워졌다고, 사랑하는 사람이 생긴 게 분명하다고 했다. 마르고는 아버지 라자르가 지난 전쟁 때 했던 것과 똑같이 사방에 지도를 붙여놓고 부대의 위치를 빨간색 점선으로 표시해가며 자유프랑스* 항공망의 이동 경로를 따라갔다. 다른 젊은 여자들이 전쟁터로 나간 남자들을 위해 목도리를 뜨는 동안 마르고는 자신이 입을 조종사 제복을 만들었다. 저녁이면 어슴푸레한 노란 전구 불빛 아래에서 몽상에 젖어 멀리 떨어진 고귀한 도시들이 무차별적인 폭력으로 사라지는, 그 도시의 이름들이 백과사전에서 지워지는 상상을 했다. 〈캉디드〉〈르 주르〉〈릴뤼스타라시옹〉** 같은 신문들이 새로운 소식을 싣고 한꺼번에 배달되었고, 칠레 신문인 〈엘 아베세〉와 〈엘 포풀라르〉 또한 지면의 절반을 유럽에서 벌어지는 일들에 할애했다. 신문사마다 편집실 앞에 게시판을 만들어 새로운 소식들을 전했지만, 매번 미처 다 읽기도 전에 다른 소식으로 바뀌었다.

처음에 칠레는 유럽 국가들 사이의 갈등에 대해 중립을 지키면서 외교적인 위협을 가하는 데 그쳤다. 유럽의 우편기들은 계속 칠레의 최남단까지 비행할 수 있었다. 그러면서도 칠레의 푸에르사스 아르마다스***는 단 십오 분이면 출전할 수 있도록 만반의 준비가 되어 있다고 선언했다. 초기에는

---

* 나치 독일과의 휴전협정으로 성립된 비시프랑스에 반대하며 런던으로 망명한 드골 장군의 주도로 세워진 임시정부.
** 모두 프랑스에서 발행되던 신문으로, 특히 〈캉디드〉와 〈르 주르〉는 프랑코와 무솔리니, 히틀러의 정책을 지지하는 극우적인 입장이었다.
*** 육해공 삼군, 즉 군 전체를 지칭하는 스페인어.

많은 젊은이들이 나치 독일을 지지했다. 멀리 떨어져 있기도 하고, 올바른 정보를 얻을 수 없었기 때문이다. 일라리오 다놉스키를 비롯한 칠레의 젊은이들은 미국이 거짓말을 하고 있다고, 여론을 조작한다고, 독일은 그저 타락한 민주주의를 소탕하려는 것뿐이라고 믿었다. 하지만 시간이 가면서 칠레 북부에서 『미 루차』나 『에르시아』 같은 잡지와 특별판 간행물이 나치가 벌이는 끔찍한 일들을 알리기 시작했고, 히틀러 유겐트*에 관한 소식도 쏟아져나왔다. 인스티투토 칠레노 노르테아메리카노** 또한 대양 건너편에서 일어나는 일을 누구든 직접 볼 수 있도록 시내의 주요 광장에서 다큐멘터리 영상들을 무료로 상영했다. 그리고 11월이 되었을 때, 프랑스 공군이 보름 만에 삼백 대의 비행기를 잃었다는 공군의 공식 발표가 나왔다. 마리즈 바스티에가 기자들 앞에 나섰다.

"여성 비행사들도 전쟁에 힘을 보태고 싶습니다."

알 수 없는 충동에 사로잡힌 마르고가 그 외침에 답했다. 그녀는 칠레 주재 프랑스 대사관에 참전 신청을 했고, 영사과에 편지를 보내 민간 조종사 명단에 자기 이름을 올려달라

---

* 청소년 조직으로 나치즘 전파를 위한 시위와 선동뿐 아니라 군사 보조 활동도 했다.

** 칠레에 있는 미국 문화 및 언어 교육원.

고 요청했다. 마르고는 성인이었지만 영사과에 보내는 편지에 아버지의 서명을 받고 싶었다. 그것은 딸이 영국에서 싸우는 것을 허락한다는 상징적 의미를 갖는 행위였다. 그런데 사업 확장에 여념이 없던 라자르는 사무실에 찾아온 마르고를 곧바로 알아보지도 못했다. 별생각 없이 고개를 든 그는 마르고를 성체 상자들을 가지러 온 성공회 수녀로 착각했다. 그러다 곧 자신이 보지 못한 사이 딸이 확고한 결단력을 지닌 여자가 되었음을 깨달았다. 라자르에겐 그날 마치 딸이 다시 태어난 것만 같았다.

"프랑스를 위해 싸우러 갈래요." 마르고가 말했다.

라자르는 25년 전 자기가 거실에서 옷도 입지 않은 채로 레몬 껍질 냄새를 풍기며 주먹 쥔 손을 들어올리면서 똑같은 말을 했던 순간을 떠올렸다. 하지만 그 말과 함께 길 잃은 청년의 모습도 머릿속에 솟아올랐다. 마흔여섯 살이 된 라자르에게 프랑스를 향한 사랑은 젊을 때와 다르지 않았다. 하지만 전쟁에 대한 공포 또한 그대로였다. 그는 딸에게 가지 말라고 간청했다.

"가지 않으면 흰 깃털*과 함께 비겁자들에게 보내는 편지

---

* 제1차세계대전 때 영국에서는 입대를 장려하기 위해 거리에서 여자들이 군

를 받게 될 거예요. 프랑스가 변절자들에게 보내는 편지요."

"난 흰 깃털을 받고 딸과 함께 살고 싶구나. 안 받고 딸이 없는 것보다 그게 낫다."

라자르의 뜻은 딸의 결심을 돌려놓지 못했다. 결국 마르고는 프랑스 대사관으로부터 참전 허가를 받았다. 그녀는 비행학교에서 아직 돌아오지 않은 일라리오 다놉스키에게 소식을 알렸다. 영국에 가본 적은 없었지만 열성적으로 자료 조사를 한 그녀는 이미 활주로들 위치가 표시된 지도와 함께 자신이 어떤 기종을 몰고 싶은지까지 적어 보냈다.

7월 10일 오전 일곱시, 일라리오가 로스 세릴리오 비행장에서 마르고를 기다리고 있었다. 그들은 비행기를 몰고 하늘로 올라가 기지를 한 바퀴 선회하며 마지막 인사를 한 뒤 곧바로 기수를 부에노스아이레스로 돌렸다. 그리고 부에노스아이레스에서 런던으로 향하는 화물선 R.M.S. 오르비타호에 올랐다.

롱소니에가에서 치르는 두번째 전쟁이었다. 마르고와 일

복을 입지 않고 지나가는 남자들에게 흰 깃털을 나누어주게 했다.

라리오가 런던에 도착해보니 영국의 항구들은 이미 1년 전부터 루프트바페*의 공습을 받고 있었다. 웨이머스에서 떠나는 수송 선단이 공격받았고, 벤트너의 레이더 기지는 작동이 중단되었으며, 템스강 하구에는 부서진 비행기 동체들이 마치 날개 꺾인 새처럼 쌓여 있었다. 조종사들은 제방에서, 도시 변두리에서, 창고들 사이에서, 어디에서나 훈련을 받았다. 수백 명이 이리저리 오갔다. 연료를 절약해야 했고, 불을 놓아 잔디를 말려야 했다. 그동안 얼마만큼 손실을 입었는지 확인조차 할 수 없었다. 그곳에서 마르고와 일라리오는 고향과 가족을 두고 멀리 떠나온 자신들이 자유프랑스군에 받아들여지지 않을 것임을 직감했다. 그들은 영어가 서툴렀고, 칠레에서 받은 조종사 자격증은 유럽에서 인정되지 않았다. 결국 참전하기 위해 라틴아메리카에서 온 대부분의 다른 젊은이들과 마찬가지로 마르고와 일라리오도 기대를 낮출 수밖에 없었다.

마르고는 항공 관련 명부를 뒤져 빠짐없이 연락해보았다. 보름 뒤 '일반 업무'를 맡아달라는 연락이 왔다. 실제로 하는 일은 정비와 청소 작업이었다. 라틴아메리카에서 온 비행사

---

* 독일 공군.

들은 비행기를 몰고 전쟁에 나가는 영예를 누릴 수 없었다. 마르고는 온종일 간이화장실을 비우고 신병들의 시트를 갈고 당근 껍질을 벗기고 감자의 싹을 잘랐다. 그녀는 욕설을 배웠고, 폭격기 조종사들의 태도와 장교들의 변덕에 익숙해졌다. 그러다가 군수품 공장으로 옮겨가게 된 뒤로는 한동안 휴가도 없이 하루 열한 시간씩 스핏파이어*에 장착될 무기들을 점검했다. 그다음엔 엔진 실린더를 청소하고 부품을 양잿물로 문지르는 일을 맡았다. 그 시기 영국 공군 내에 라틴아메리카 출신 지원자들이 점점 많아져 마침내 남아메리카 중대가 따로 편성되기에 이르렀다.

영어 실력이 수업을 따라갈 만한 수준에 이를 즈음 마르고는 드로그** 기사 자격증을 위해 필요한 백사십 시간의 비행교육을 신청했다. 그 과정을 거쳐야만 그나마 비행기를 조종해볼 기회가 생기기 때문이었다. 그녀는 비행기들의 위치와 거리를 계산하는 법을 알고 있었고, 추산 항법으로 비행할 줄 알았으며, 최단 항로를 가려내는 능력도 증명해 보였다. 곧 마르고는 운송 보조국으로 발령을 받았다. 위험한 임무를 면

---

* 제2차세계대전 시기 영국 공군의 주력 전투기.
** 공중급유를 위한 장치.

해주기 위해서라기보다는, 이미 전설이 되기 시작한 그녀의 투쟁이 영광을 얻지 못하게 하려는 조치였다. 비행 허가는 오로지 비행기를 한 지점에서 다른 지점으로 이동시키는 일에 한정되었다. 마르고는 일라리오와 함께 제복 어깨에 칠레 국기를 꿰매 달았다.

이후 두 해 동안 마르고는 전투기 조종사들이 쓸 비행기를 옮기느라 여러 공항을 돌아다녔다. 영국 영공에서 첫 비행을 하며 본 하늘은 칠레의 하늘만큼 맑지 않았다. 별들도 즐거워 보이지 않았고, 수평선도 더 흐렸다. 시커먼 구름이 마치 목동 주위로 모여드는 양떼처럼 도시 위에 내려앉았다. 칠레에서 엔진 힘이 약하고 덜덜거리는 비행기밖에 몰아보지 못한 그녀는 마침내 파괴하기 위해 만들어진, 때로 총알 자국이 남아 있는 견고하고 강력한 전투기에 올랐다. 동체 안에 튼튼한 돛대처럼 버티고 선 기관총, 그 매끈하고 거대한, 무시무시한 무기의 손잡이를 제외하면 모든 것이 실용적이고 가벼웠다.

마르고는 오전 여섯시가 되기 전에 이미 계류장으로 향하곤 했다. 밤사이 식은 모터를 켜주면 부릉대는 갈라진 소리가 났다. 그녀는 곧 추잉 껌으로 귀를 막으면 좋다는 걸 알아냈고, 기상 상황을 알리는 통신 용어들을 배웠으며, 걷힐 줄 모르는 영국의 안개를 피하려면 1200미터 상공까지 올라가야 한다는 것도 알게 되었다. 비행할 때는 구명보트와 사흘치 식량, 그리고 보온병에 담은 커피만 챙겨서 갔다. 어깨에 달린 칠레 국기, 모피와 모직 옷을 제외하고는 최대한 가볍게 하려고 애썼고, 심지어 신발창을 깎아내고 지도의 가장자리를 오려내기까지 했다.

마르고는 두려움이라는 이상한 감정에 굴복하지 않았다. 아마도 여자로서 남자들의 직업에 뛰어들었기 때문에 더욱더 그랬을 것이다. 그녀는 우연에 내맡겨진 위험한 삶을 기꺼이 받아들였고, 그 어느 비행사보다 용감했다. 사격 권한이 없었기에, 때로 하늘 한가운데서 마치 금지된 물건을 만지듯 기관총 손잡이에 손을 가져다대곤 했는데, 그럴 때면 근육의 긴장이 느껴졌다. 조종석에 앉은 흔들림 없는 얼굴과 어깨, 팽팽하게 긴장한 몸, 조종간을 움켜쥔 두 손은 그녀 안에 축적되어 있는 강한 힘의 증거였다. 마르고는 계속 같은 자세로 앉아 있어도 조금도 지치지 않았다. 일주일에 7일을, 하루 아홉 시간 내지 열 시간을 비행했다. 잠은 이동하는 사이에 몇 분씩 자는 게 전부였다. 이는 영웅주의와는 거리가 먼, 사소한 임무까지 철저히 수행해냄으로써 이루어낸 승리였다. 구름 위의 마르고는, 고개를 숙인 채 비가 멎기를 기다리는 인내심을 가진 콘도르였다.

그 시기에 일라리오 다눕스키는 가장 까다로운 비행기의 조종법을 배웠다. 그리고 군인으로서의 성공 여부는 결단력과 용기에 달려 있음을 서서히 깨우쳐갔다. 일라리오는 마르고처럼 모험과 위험에 열정적으로 빠져들지 않았지만, 바로 그런 차이가 배움의 원동력이 되었다. 이 2인조, 두 칠레인의 공모는 눈부신 동지애로 거듭났다. 동지애는 두 사람을 자유롭게 하는 동시에 가두었다. 마르고와 일라리오는 표정이 같고 혈기가 같고 분노가 같았다. 다른 조종사들이 댐을 공격하고 연구소에 폭탄을 쏟아붓는 동안 그들은 단 한 번도 전쟁에 제대로 참여하지 못한 채 비행기 부품을 갈았고, 나일론 백에 담긴 시신을 송환했으며, 총을 단 한 발도 쏴보지 못한 채 분대별로 야포 부품을 보급했다. 그들은 일종의 팬터마임 듀오를 결성했다. 한 사람이 지쳐서 힘들어하면 다른 한 사람이 버텨냈다. 둘이서 함께 날아오를 때면 예행연습을 한 건가 싶을 정도로 착착 들어맞았다.

어느 날 마르고와 일라리오는 프랑스의 해안절벽 근처를 지나다가 자그마한 비행학교를 발견하고 저공비행으로 다가

갔다. 아주 짧은 순간, 마르고는 칠레의 비행 클럽에 돌아온 기분이 들었다. 창고, 물결 모양 함석으로 만든 허름한 가건물, 풀을 뽑아 조성해놓은 활주로가 똑같았다. 하지만 삼십 초 뒤 그녀는 행복한 몽상에서 깨어났다. 발아래 펼쳐진 곳은 바로 독일군에 점령된 기지임을 깨달은 것이다.

그 순간 등줄기가 서늘해졌다. 비행학교 중앙에 메서슈미트*기의 긴 대열이 내륙으로 향하는 길을 막으면서 촘촘히 이어져 있었다. 마르고는 가까이 비행중이던 일라리오의 단엽기를 향해 그만 돌아가자고 신호했다. 고개를 든 일라리오는 전율했다. 독일군 전투기 세 대가, 마치 검은 불꽃처럼 구름을 뚫고 돌진해오고 있었다.

일라리오는 재빨리 영국 땅을 향해 방향을 틀고는 바다 쪽으로 빠르게 날아갔다. 그는 곧 위험을 벗어났다. 마르고 역시 반사적으로 방향을 180도 틀어 탈출을 시도했지만, 뒤에서 포커**기 한 대가 경기관총을 이리저리 돌리며 사격을 시작했다. 아주 잠깐 퇴로를 찾지 못했지만, 곧바로 힘을 되찾

---

* 독일의 항공기 제조사로, 제2차세계대전 당시 독일의 주력 전투기를 생산했다.
** 네덜란드의 항공기 제조사로, 제1차세계대전 때부터 독일군 전투기를 생산했다.

은 그녀는 마주 오는 비행기를 피해 전속력으로 고도를 높였다. 메서슈미트기 두 대가 굉음을 내며 따라왔다. 적의 비행기들이 두터운 회색 구름을 뚫고 빗발치듯 총을 쏘아대면서 마르고의 비행기 꼬리에 따라붙었다. 전부 다섯 대, 어쩌면 여섯 대였다. 그들은 사냥감을 몰듯이 마르고의 퇴로를 차단해가며 무차별 사격을 가했다. 그녀는 두 발로 방향키를 단단히 딛고 조종간을 힘껏 움켜쥔 채 절정의 묘기를 발휘하여 총탄을 피했다. 고도를 높이자 총탄들이 밑으로 흩어졌다. 독수리처럼 단호하게 더 높이 올라갔지만, 적기들도 프로펠러의 숨결이 느껴질 정도로 바싹 따라붙었다.

마르고는 마지막 시도로 비행학교 시절 묘기를 부릴 때처럼 공중회전을 하며 바다 쪽으로 강하했다. 중심을 잃은 비행기는 춤추는 낙엽처럼 이리저리 흔들리다가 날개에서 불꽃을 토해내며 제자리에서 뱅글뱅글 돌았다. 구름이 걷혔다. 그녀는 해안가로 돌아와 있었다. 멀리 비행학교와 메서슈미트기의 대열이 눈에 들어왔다.

적기들이 너무 가까웠다. 틀림없는 패배였다. 전투기들이 쫓아오고, 육지가 가까워지고, 더는 벗어날 가망이 없었다. 그때 갑자기 일라리오의 비행기가 다시 나타났다. 일라리오가, 위험에서 벗어났음에도 불구하고 갑자기 용감하기 그지 없게 되돌아온 것이다. 그의 비행기가 마르고의 눈앞에서 비행학교의 활주로 방향으로 돌진했다. 일라리오는 공중에서 조종석 덮개를 열고 좌석 사출을 작동시켰다. 그의 비행기는 폭탄이 되어 독일 비행기들 위로 떨어졌다. 거대한 폭발이 일어났고, 마르고를 쫓던 전투기들은 동료를 돕기 위해 급히 방향을 틀었다.

불기둥이 30미터 높이로 솟구쳤다. 연기 속에 일라리오의 낙하산이 독일군들이 불길을 피해 모여 있는 지점으로 천천히 하강하고 있었다. 마르고는 무력하게 지켜볼 수밖에 없었다. 일라리오는 살아 있는 자기 몸을 적에게 내어주지 않기 위해 권총을 뽑으려 했지만 권총이 없었다. 해안절벽 근처, 자갈로 가려진 초소 쪽으로 낙하산을 돌리려 했지만 끈이 꼬이는 바람에 방향을 바꾸지 못했다. 독일군들은 고개를 들어 쳐다보면서 기다리고 있었다. 조종복을 입은 일라리오의 절규가 허공을 가르며 퍼져나갔다. 마르고는 일라리오의 절망을 생각했다. 그렇게 그녀는 아버지 라자르 롱소니에가 헬무트 드리히만으로 인해 겪은 것과 똑같은 딜레마에 처했다. 죄를 저지를 것인가, 비겁자가 될 것인가.

조종석에 홀로 앉아 선택을 강요당한 마르고는 쓰라린 눈물을 흘리며 목이 메도록 오열했다. 결국 찢어질 듯한 마음으로, 손을 떨면서, 기관총의 총구를 일라리오 쪽으로 돌렸다. 손바닥을 펼쳐 기관총 손잡이를 감싸쥐는 그녀의 손에 잔뜩 힘이 들어갔다. 마침내 마르고가 손가락을 방아쇠에 가져다댔다. 자신이 형제처럼 사랑하는 유일한 남자에게 죽음을 안겨야 하는 순간이 왔다. 막 방아쇠를 당기려는 찰나, 낙하산에 매달려 있던 일라리오가 카자크인 같은 눈에 볼이 통통한 얼굴을 그녀 쪽으로 돌렸다. 그리고 미소를 지었다. 일순 모든 게 해결되는 것 같았다. 일라리오는 마지막 손짓으로 그녀에게 이제 가라고, 그만 가라고, 이건 죄가 아니니까 마음에 남겨두지 말라고 말했다. 인간이 전쟁에 굴복할 수는 없었다. 일라리오는 주먹을 하늘 높이 치켜들었고, 마르고와 함께 어깨 위에 꿰매 붙인 칠레 국기를 만지작거리면서 죽음을 향해 추락했다.

헬무트 드리히만

라자르가 헬무트 드리히만을 세번째로 만난 것은 그가 죽고 30년이 지난 뒤였다. 그 순간을 지켜본 사람들이 기억하기로는, 그날 오후 두시 라자르의 집에 독일군 병사가 나타났다. 현관문이 닫혀 있고 창문도 모두 잠겨 있었기에, 어떻게 들어왔는지 설명할 길이 없었다. 헬무트는 스스럼없이 현관을 지나서 라자르 앞에 와서 앉았다. 책을 읽고 있던 라자르는 곧바로 그를 알아보았다. 금발, 황소를 닮은, 위장 진흙을 잔뜩 바른 결코 잊은 적 없는 얼굴이었기에 라자르는 전쟁터에서 만났을 때와 똑같은 모습으로 나타난 독일군 병사를 보면서도 놀라지 않았다. 헬무트는 여전히 열여덟 살이었고, 건장한 체격에 각진 얼굴, 흰빛에 가까운 금발까지 라자르가 기억하는 그대로였다. 그 순간 라자르는, 전쟁터에서 돌아온 뒤로 늘 꿈속에 등장하던, 형제이면서 적이었던 존재, 세상에서 자신의 비밀을 알고 있는 단 한 사람인 헬무트 드리히만의 유령과 마주할 때가 왔음을 깨달았다.

"폐 때문이지?" 라자르가 목멘 소리로 물었다.

"맞아. 한 달 남았어." 독일군 병사가 차분한 미소를 지으며 대답했다.

헬무트 드리히만은 세로로 주름을 잡아 다린 아마포 바지와 토텐코프*를 단 군복 차림이었다. 독일 기병대가 단춧구멍에 달고 다니던 금속 해골을 달고 저승에서 온 것이다. 짐이라고는 팔꿈치 안쪽에 걸려 처량하게 좌우로 흔들리는 빈 양동이가 전부였다. 헬무트 드리히만은 산토도밍고 거리 최고의 미남으로 꼽힐 만했다. 청년의 멋진 몸매가 라자르의 살찌고 허물어진 육체와 대조를 이루었다. 라자르는 지난 30년 동안 밤잠을 제대로 이루지 못한 채 빛바랜 환상들, 떨치지 못한 욕망들과 씨름하느라 늙어버렸다. 그에 반해 헬무트

---

* 독일어로 '죽음의 머리'를 뜻하며, 해골을 사용한 상징이나 마크를 가리킨다. 독일 기병대의 마크로 사용되었으며 SS를 비롯한 나치 독일군도 즐겨 사용했다.

는 균형 잡힌 얼굴 윤곽에 불타오르는 듯한 깊은 눈길, 매부리 모양의 코까지 예전 그대로였다. 그는 사람들의 평화를 해치는 흐릿하고 푸르스름한 유령이 아니라, 다부지고 평온하고 단호한 청년이었다.

테레즈가 깨와 옥수수 알갱이를 한아름 안고 거실로 들어서다가, 낯선 사람을 보고 너무 놀라 손을 놓아버리는 바람에 안고 있던 것이 전부 떨어져서 카펫에 쏟아졌다. 헬무트 드리히만이 무릎을 꿇더니 바닥에 떨어진 알갱이들을 너무도 섬세하고 끈기 있게 전부 주워서 자기 양동이에 담았다. 그녀가 클라리요강 유역에서 맹금류 조련을 배우던 시절 이후로 어디서도 본 적 없는 인내심이었다. 라자르의 놀란 눈길을 받으며 일어선 헬무트는 정원으로 나가 새장으로 향했다. 라자르와 테레즈는 창 너머로 헬무트가 마름모꼴 창살 사이에 손을 밀어넣어 금화조들에게 먹이를 주는 모습을 바라보았다. 새들은 평소와 달리 낯선 사람을 경계하지 않고 그의 손에 놓인 옥수수 알갱이를 쪼아먹었다.

"저 아이 누구야?" 놀란 테레즈가 물었다.

라자르는 서둘러 거짓말을 지어냈다.

"남쪽에 사는 친구의 아들이야."

"그런데 왜 독일군 군복을 입었어?"

"제정신이 아닌 것 같아."

그뒤로 한 달 동안 산토도밍고 거리에서 헬무트 드리히만의 정체를 궁금해하는 사람들은 매번 같은 대답을 들었다. 오래전 라자르가 은제 귀금속을 파는 원주민들과 함께 돌아다니던 시절, 카혼델마이포에서 알고 지내던 친구의 장남이라고. 사람들은 더 묻지 않았고, 일주일쯤 뒤에는 모두가 동네에 갑자기 나타난 청년의 존재를 받아들였다. 산토도밍고 거리의 주민들은 그가 전쟁에 나갔다가 마음의 상처를 크게 받아서 저렇게 되었다고 믿었다. 헬무트 드리히만은 누구도 귀찮게 하지 않았고, 그저 긴 잠에서 깨어난 사람처럼 놀란 듯 천진난만한 눈길로 세상을 지켜보았다.

죽은 사람이 그렇게 가족의 일원이 되었다. 그는 한 달 뒤 롱소니에가에 엄청나게 크고 가혹한 흔적을 남기게 된다. 하지만 그 5월에는 신선한 공기처럼 롱소니에가에 나타나서, 마르고의 부재로 인한 긴장감을 달래주었다. 매일 아침, 어디에서 오는지는 알 수 없었지만, 아무튼 그는 규칙을 준수하는 군인처럼 빠짐없이 나타났다. 어느 방에 들어가든 아무런 소리도 내지 않았고, 거의 먹지도 않았다. 그는 순수한 호기심으로 가득한 눈으로 새장을 조용히 바라보았다. 유령이었지만 멋대로 돌아다니지도 않았다. 동백꽃 다발 안에 숨지도, 음흉하고 달아나기 좋아하는 난쟁이 요정처럼 이불 속에 몰래 들어가지도 않았고, 심지어 사라질 땐 이제 그만 가봐도 되겠냐고 미리 허락을 구했다. 그는 매혹적이고 평화로운 존재였다. 낡은 제복을 입고 있는데도 오래된 것들이 풍기는 불쾌한 냄새가 나지 않았다. 사람들이 이런저런 질문을 던져보았지만, 그는 과거도 없고 미래에 대한 열망도 없는 사람 같았다. 사람들이 질문하면 대개 어깨를 살짝 으쓱하며 천진한 미소를 짓는 것으로 대답을 대신했다. 마치 죽음의 명령으로 삶의 일들에 대해 말하지 못하는 것 같았다. 하녀들은 때로 열려 있는 부엌문 틈으로 헬무트를 훔쳐보면서 귀공자처럼 고귀한 그의 아름다움에 매혹되어 낯을 붉혔다. 차분하고 힘찬 헬무트의 존재가 산토도밍고의 방들을 우아한 게르만풍 아름다움으로 채워나갔다.

라자르는 헬무트가 찾아와서 다행이라고 생각했다. 그는 오래전부터 자신의 죽음이 헬무트를 통해 예고될 것임을 알고 있었다. 헬무트는 이미 너무도 긴 세월 동안 그와 동행해왔고, 언제부터인가 그들 사이에는 정중한 유대가 형성되어 있었다. 마침내 헬무트가 실제로 눈앞에 나타나자, 라자르의 내면 깊이 잠들어 있던 보이지 않는 힘이 깨어났다. 죽음을 몇 주 앞두었을 즈음부터 그는 자기 자신이 더없이 젊게 느껴졌다. 때가 왔다는 확신이 오히려 기이한 활력을 주었고, 그 어떤 슬픔도 그의 마음을 파고들지 못했다. 라자르는 생각했던 때보다 몇 년 일찍 죽게 된 것을 오히려 기뻐하면서, 미처 마무리하지 못한 사업에 온전히 헌신했다.

'차라리 마음이 편하군.' 그가 생각했다. '누구든 자기가 죽을 때를 아는 편이 나은 것 같아.'

쉰한 살이 된 라자르는 주위에서 부러워할 만큼 정정했고, 모범적인 예로 입에 오르내릴 만큼 우아했다. 이제는 늘 복스 가죽* 구두를 신고 체크무늬 트위드 양복만 입었다. 멀어져가는 젊음을 따라잡기 위해 영국 향수를 뿌렸고, 수염 오일도 사용했다. 가벼운 관절염 때문에 걸을 때는 손잡이 부분이 동그랗게 휜 지팡이를 짚어야 했지만, 그리고 주머니에 늘 안약을 챙겨 다녀야 했지만, 자기관리를 철저히 하며 열심히 일하는 그의 모습에는 노화를 거부하는 사람들 특유의 미세한 저항심이 드러났다. 그는 더이상 사용되지 않는 고상한 어법의 프랑스어로 유언장을 쓰고 공장 운영은 엑토르 브라카몬테에게 맡겼다. 엑토르는 자기가 처음 이 공장에 어떻

---

* 크롬으로 유제처리를 한 송아지 가죽. 유명한 구두 장인 조지프 복스의 이름에서 유래했다.

게 들어왔는지 잊지 않은 터라 다시 한번 도둑질을 하는 듯한 느낌을 받았다.

그즈음 테레즈는 그야말로 매력의 절정에 이르렀다. 마흔네 살의 사랑스럽고 상냥한 남프랑스 여인의 분위기로 사람들의 마음속에 든든한 온정을 일깨웠다. 겉으로는 생기 잃은 꽃처럼 약해 보이지만 아무리 나이를 먹어도 얼굴과 또렷한 몸의 윤곽선이 젊음을 그대로 간직하는 여인들이 있는데, 테레즈도 그런 부류에 속했다.

하지만 그녀에게는 말 못할 근심거리가 있었다. 몇 달 전부터 마르고의 소식이 끊긴 것이다. 그녀는 초조하게 종전을 기다렸다. 때로는 환한 빛 같고 또 때로는 암흑 같은 삶을 살아오면서 자신의 시대가 전쟁으로 점철된 것에 이미 체념한 상태였지만, 하나밖에 없는 자식을 다시 볼 수 없다는 생각만큼은 도저히 견딜 수 없었다. 테레즈는 마르고를 기다리면서 딸의 방을 목련 향기로 채우고, 침대 시트를 갈아놓고, 선반에 놓인 비행 관련 서적들의 먼지를 털고, 어서 돌아오기를 바라며 푸른 양초를 피웠다. 그녀는 단 한 순간도 마음이 평화롭지 못했다. 그나마 유령으로 와 있는 헬무트 드리히만 덕분에 고통이 조금 덜어졌다. 헬무트가 깊은 고독에 잠긴 채 거실과 새장을 오가고, 작은 샘에서 흘러나오는 물을 기이하게 바라보다가 말없이 둥지 안에 손을 넣어 옥수수 알갱이를 뒤지는 모습을 지켜보면서 테레즈는 그가 새를 아주 잘 아는 사람이라고, 자기와 똑같이 새들을 향한 열정을 지녔다고 믿었다.

"저 아이도 새의 영혼을 가졌어." 어느 날 테레즈가 남편에게 말했다.

그녀는 하늘에서 온 그 아이에게 깊은 감동을 받아서, 그가 창살 사이로 손바닥을 내밀어 새들에게 먹이를 줄 수 있도록 비둘기용 잣과 곡식 낱알, 달걀 사료가 섞인 먹이 그릇을 정원 곳곳에 가져다놓았다. 그러다가 어느 날 팔을 비틀어가며 안으로 뻗어서 참새들에게 먹이를 주는 헬무트에게 테레즈가 새장의 문을 열어주며 말했다.

"들어가고 싶으면 그래도 돼."

헬무트 드리히만은 수반으로 다가가더니 양동이를 기울여 물을 채웠다. 그는 그렇게 새장 안에서 지내며, 유럽에서의 전쟁이 끝나고 마르고 롱소니에가 집으로 돌아온 그날 아침까지 기억 속 참호들에 물을 퍼 날랐다.

6월의 어느 날, 예고도 없이 마르고가 정원에 나타났다. 그녀는 거무죽죽하고 울퉁불퉁한 돌덩이처럼 늙은 모습으로, 잔뜩 수척해진 얼굴은 수명을 다한 별들에 뒤덮인 채, 네 해 동안 함께한 목의 통증까지 달고 나타났다. 그러니까, 산토도밍고의 집 앞에 완전히 무너진 여자가 서 있었다. 정원에서 삽질을 하다가 그녀를 본 테레즈는 가슴이 철렁했다. 딸은 눈가가 푸르스름하고, 입은 마치 죽은 사람의 것 같고, 온 얼굴이 창백하니 신경질적으로 변해버렸다. 그동안 마르고의 비행기가 영불해협 어딘가에서 물속으로 곤두박질치는 광경을 수없이 상상해왔지만, 막상 피로에 지치고 음울한 후광에 싸인 딸의 몰골을 보자 어머니는 아이가 지난 몇 년 동안 숙소에서 웅크린 채 잠을 설쳤음을, 모욕과 싸웠음을 짐작할 수 있었다.

"크리스토 산토[맙소사]! 도대체 무슨 일이 있었던 거니?" 테레즈가 외쳤다.

마르고는 죽는 날까지 그날 자기가 어떻게 집에 돌아왔는지 분명하게 떠올리지 못했다. 반면 새장에 앉아 있는 헬무트 드리히만을 발견한 순간은 또렷하게 기억했다. 마르고는 정원을 지나다가 새장 창살 사이로 그의 모습을 보았다. 그를 본 순간 헬무트의 슬픔도 혼란도 고독도 마르고의 눈에는 들어오지 않았고, 오로지 그의 옷에 달린 토텐코프가 그녀를 다시 전쟁의 구렁텅이로 밀어넣었다.

"푸차!" 마르고가 외쳤다. "독일인을 집에 들인 거예요?"

헬무트 드리히만은 정중한 태도로 일어섰다. 그는 마르고 보다 머리 하나만큼 더 컸다. 마르고는 마음속 분노에 받쳐 나치가 왜 여기 있느냐고 소리치며 주먹을 날리고 싶었지만, 이내 마음을 가라앉혔다. 그녀는 아무 말도 하지 않았다. 이후에도 아홉 달 뒤 자신이 직접 고른 아들의 이름을 말하느라 다시 입을 열 때까지 침묵을 이어갔다.

마르고는 평범한 일상으로 돌아가기 위해 노력했지만, 영국을 떠올릴 때마다 일라리오의 기억 때문에 고통스러웠다. 그와 함께 싸우고 함께 기뻐한 몇 년의 세월이 뒤엉켜서 뒤죽박죽된 장면들이 머릿속에서 충돌했다. 무엇보다 그녀는 어느 날 미지의 전령이 찾아와서 일라리오가 살아 있다는 놀라운 소식을 전해줄지도 모른다는 공상 같은 희망을 포기하지 못했다. 마르고는 산티아고에서 한동안 조종사들과 함께 일했다. 하지만 뛰어난 재능을 발휘하던 그녀가 이제 에어쇼와 선전 방송을 위한 비행을 하는가 하면 꼬리에 플래카드를 매단 채 날고, 거리에 전단지를 수북하게 쌓는 일밖에 하지 않았다. 그렇게 일상적인 일들, 평화로움, 도시의 소일거리로 돌아간 생활이 너무나 밋밋해서 알 수 없는 현기증이 밀려왔다. 식구들이 아무리 신경을 써주어도 마르고의 상태는 나아지지 않았다. 서른 해 전에 똑같은 일을 겪은 라자르만이 딸의 상태를 이해했다. 그가 마르고에게 조심스럽게 말했다.

"너에게 필요한 건 비행기가 아니라 남자겠구나."

하지만 칠레에 돌아온 지 얼마 되지 않은 마르고의 삶에서 오랫동안 일라리오 다놉스키가 차지해온 자리를 다른 남자가 차지하는 일은 불가능했다. 눈을 감으면 여전히 전투기들의 굉음 속에서 낙하산에 매달려 있던 일라리오의 모습이, 어깨에 꿰맨 칠레 국기를 만지면서 마치 제왕처럼 독일군의 발톱 사이로 떨어지던 모습이 눈에 선했다. 그렇게 오랫동안 기억을 되씹던 마르고는 불현듯 일라리오와 함께 만든, 난파한 배처럼 버려져 풍화되고 있는 옛 비행기를 고치고 싶다는 생각을 했다. 그녀는 인내심을 발휘하여 규칙적인 노동의 일상으로 스스로를 가누기 시작했다. 전쟁에서 배운 가르침들이 도움이 되었다. 낮에 해놓은 일을 밤에 원래대로 되돌려놓는 게 아닌가 싶을 정도로, 마르고는 정말로 천천히 일했다. 일라리오 다놉스키의 기억을 지우기 위해서가 아니라, 그 기억을 되살리기 위한 일이었다. 이따금 테레즈는 발코니에서 딸이 일하는 모습을 바라보다가 낭패감에 젖은 깊은 한숨을 내쉬곤 했다.

"저 아이 인생에서 가장 큰 사고는 아마도 사고를 겪지 않았다는 걸 거야."

마르고는 비행기를 어느 정도까지 고칠지조차 알지 못하는 상태로 계속 일했다. 요란스러운 연장 소리가 헬무트 드리히만의 관심을 끌었다. 마르고는 그가 정원 저편 새장에서 마치 겁먹은 짐승 같은 얼굴로 자기를 관찰하고 있다는 걸 깨달았다. 겉으로 드러내진 않지만 그녀를 염려하는 것 같았다. 그는 새로 등장한 금속 새뿐 아니라 마르고에게도 매혹된 것 같았다. 마르고는 한참 일에 열중하다가 갑자기 공간을 가득 채우는 낯선 냄새, 진흙과 낡은 장화와 비의 냄새에 놀라곤 했다. 그 냄새가 나면 헬무트 드리히만이 가까이 지나가고 있다는 뜻이었다. 그는 손에 양동이를 들고, 소리 없이, 무표정하게, 마치 도망치는 그림자처럼 재빨리 지나갔다.

한 달이 지났다. 라자르가 죽음을 맞게 되는 그날, 테레즈는 저녁식사로 코코뱅*을 만들었다. 마르고는 식사를 마친 뒤 곧바로 자기 방으로 들어가 이불을 덮고 누웠다. 금세 잠이 들었지만, 몇 분 뒤 무언가 부딪치는 소리 때문에 깨어났다. 처음에는 몰랐는데, 정원에서 들려오는 소리였다. 창밖

---

* 닭고기와 야채에 포도주를 넣고 조린 프랑스 요리.

으로 내다보니 어슴푸레한 저녁의 나뭇잎들 사이로 정원 안쪽 깊숙이 희미한 불빛이 보였다. 훗날 그때를 다시 떠올릴 때마다 마르고는 자신이 왜 그렇게 행동했는지 이해할 수 없었다. 그날 그녀는 어릴 때 지붕에 올라가 몽상에 젖기 위해서 그랬던 것처럼 덧창을 열었고, 퍼케일 잠옷 바람으로, 신발도 신지 않은 채, 까치발을 하고 정원으로 나갔다.

집안은 조용했다. 불도 전부 꺼져 있었다. 새장 창살에 달아놓은 모빌 공예품과 채소밭의 열매가 산들바람에 흔들렸다. 조용한 새장 안에 새들이 색색의 줄에 올라앉아 잠들어 있었다. 종달새들이 움푹한 구석에 만들어놓은 둥지와 창살에 부리를 갈고 있는 귀공자 같은 문조들이 눈에 들어왔다. 새장은 푸른빛에 잠겨 있었다. 무언가 아주 특별한 순간이 분명했다. 마르고는 걸음을 멈추고 가만히 서서, 모든 요소가 한데 모여 야릇한 완전성을 이룬 정지된 순간의 아름다운 장면을 응시했다.

그때였다. 비행기 안에, 동체 유리 너머로 형체 하나가 눈에 띄었다. 헬무트 드리히만의 머리였다. 그가 조종석에 올라가서 계기판을 고치고 있었다. 반짝이는 눈, 희고 고운 눈썹, 상아 같은 이마가 당장이라도 사라질 듯 평소보다 더 창백하고 파리하고 투명했다. 헬무트 드리히만이 마치 다른 시간에서 온 듯한 가늘고 우수에 젖은 목소리로 입을 열었다.

"이 비행기가 왜 이륙을 못했는지 알겠어."

그때까지 마르고에게 헬무트 드리히만은 정신이 나가버린, 여기저기 떠돌다 이 외진 곳까지 온 유령이었다. 그런데 그날은 무언가 아주 조금 달랐다. 헬무트가 아마 재킷을 벗고 모직 셔츠 소매를 걷어올렸다. 마르고는 뒤로 물러나려 했지만, 이미 그가 몸을 숙이고 입을 맞췄다.

거대한 뱀의 살갗이 입술에 닿는 것 같았다. 무언가 차가운 기운으로 혈관이 얼어붙는 느낌이 들었다. 헬무트가 힘껏 껴안는 순간 마르고는 얼음덩어리 속에 들어서는 기분이었다. 그녀는 몸에 힘을 빼고 고개를 젖히면서 다리를 벌렸고 손으로는 비행기 날개를 움켜잡았다. 꽉 붙잡아야 했다. 그리고 이웃 사람들이 깨지 않도록 한 손으로는 입을 가려야 했다. 그때였다. 알 수 없는 진한 기운이 그녀의 몸속을 마치 창이 관통하듯 지나갔다. 몸이 꺾이면서 두동강날 것만 같았다. 금속성의 열광에 휩싸인 마르고는 격정의 쾌락에 맞서기를 포기했다. 그녀는 도전과 복종이 뒤섞인 표정으로 헬무트 드리히만을 바라보았다.

마르고 롱소니에와 헬무트 드리히만은 그렇게 단 한 번 관계를 가졌다. 헬무트는 더없이 능숙했지만, 마르고가 느끼기에는 분명 첫 경험이었다. 죽은 병사가 너무 일찍 죽는 바람에 살아서 알지 못한 것, 바로 그것을 마르고가 준 것이다. 새장에서 쉼없이 날아다니는 새들과 불결한 기름 냄새가 함께한 그날의 구름처럼 몽롱한 쾌락은 완벽하게 충만했다. 헬무트 드리히만을 향한 그날의 수치스러운 열정은 마르고의 삶에서 가장 몽환적인, 심지어 비행학교의 상공을 날던 때보다 더 강렬한 감정이었다. 쉰 해가 지난 뒤에도 마르고는 외로운 밤이면 그날을 떠올렸다.

마르고가 그렇게 사랑의 첫날밤을 보내는 동안 라자르는 사랑의 마지막 밤을 보냈다. 라자르는 그날 온종일 너무도 태연했고, 평소와 다름없는 규칙적인 리듬으로 일했다. 그 누구도 그에게 다가온 죽음의 전조를 알아채지 못했다. 라자르는 마치 훈장 수여식을 준비하는 사람처럼 놀라울 정도로 침착하게 죽음을 기다렸다. 저녁에는 자신의 예배당을 치우고 서류들을 정리했다. 마지막으로 밀가루 냄새를 한번 더 들이마신 뒤 우수에 젖은 손으로 작업장의 불을 끄고 밖으로 나섰다. 가벼운 동요가 일었지만 이어 거대한 안도감이, 해방감이 밀려왔다. 어쩌면 태어난 뒤 줄곧 이 순간을 기다려 왔을지도 모른다는 생각이 들었다.

그가 방에 들어갔을 때, 옷을 다 벗은 테레즈가 마치 운디

네[*]처럼 욕조의 물위에 떠 있었다. 그날 밤은 라자르와 테레즈가 혼례를 올리고 처음 함께 보낸 밤, 수레국화와 고수 향기에 젖어 있던 그 밤만큼 눈부시게 아름다웠다. 더는 신부의 드레스도 당밀 내음도 폭죽도 없었지만, 이제 라자르와 테레즈는 사랑을 하기 위해 가을의 단순함이 필요한 나이였다. 몸이 새의 발처럼 가늘어진 여인, 탄탄하던 허리와 풍만한 엉덩이를 잃은 여인이 보내는 눈길에는 고통스러운 믿음이 어려 있었다. 다른 한 몸이 옷을 벗었고, 그들은 미지근한 물속에 같이 누웠다. 모든 추억이 물위로 떠올랐다. 라자르는 아내가 만들어놓은 아슬아슬한 균형을 깨지 않기 위해서 그녀를 아주 살짝 껴안았다. 이미 죽은 채로 살아왔던 라자르는, 다가올 슬픔은 까맣게 잊은 채로, 아내를 너무 늦게야 이해했다는 생각에 불현듯 부끄러웠다. 그는 아내를 품에 안았고, 두 몸이 욕조 안에서 한데 엉킨 가운데, 라자르가 그어떤 극적 과장도 없이 나지막하게 중얼거렸다. 테레즈가 끝내 이해하지 못한 남편의 마지막 말이었다.

"내가 헬무트 드리히만을 죽였어."

이튿날 테레즈가 눈을 떴을 때 라자르는 이미 숨을 거둔

---

* 게르만신화에 등장하는 물의 정령.

뒤였다. 그녀는 잠시 남편의 차가운 팔에 그대로 안긴 채로, 움직이지 않는 그의 얼굴을 바라보았다. 라자르의 눈은 텅 비어 있었다. 하지만 테레즈는 그 눈길 속에서 낯선 우물을 향하고 있는, 두려움을 자아내는 얼어붙은 미광을 발견했다.

  오후 세시, 테레즈는 라자르의 몸에 몰약을 바르고, 가슴 시린 애정이 실린 느리고 부드러운 손길로, 라자르가 쥐오줌풀을 플라워홀에 꽂아 장식하던 체크무늬 양복을 입혔다. 수염에는 향유를, 라자르가 직접 바를 때보다 훨씬 더 섬세하게 발랐다. 놀랍게도 라자르의 몸은 마치 죽음이 그 일부를 앗아가버리기라도 한 듯 너무 마르고 쪼그라들어 있었다. 어제저녁 욕조에서만 해도 원기 넘치는 강한 남자였는데, 이제는 바싹 메마른 구멍투성이 돌멩이 같았다. 등뼈가 튀어나왔고, 가슴에는 흉한 연보라색 흉터가 두드러졌다. 야심과 반항으로, 결혼해 함께한 삶과 불모의 고통으로 쉰한 해를 살아낸 라자르의 몸에는 폐 하나로 치러낸 긴 싸움의 흔적이 남아 있었다. 그의 머리카락에 포마드를 발라 뒤로 빗어 넘기자 정맥이 비치는 푸르스름한 이마가 드러났다. 테레즈는 자수 장식을 수놓은 여섯 개의 쿠션을 세워 남편의 목을 받쳐주었고, 사랑이 너무 늦게 오는 바람에 반쯤 시들어버린 마지막 키스를 했다. 은은한 몰약 향기 속에서, 마치 혼례를 치르러 가는 사람처럼 우아한 차림으로 두 팔을 배 위에 엇갈려 놓은 라자르의 모습은 그녀가 알던 남자보다 훨씬 아름다웠다.

"당신은 죽음도 잘 어울리네." 테레즈가 중얼거렸다.

부부 침실에 짙은 색 거즈 천으로 된 가벼운 커튼을 달고 모슬린 휘장을 늘어뜨려 일종의 고딕식 벽감壁龕을 만든 뒤 그곳에서 망자를 기리며 밤샘을 했다. 침대 맡 작은 테이블에는 제단을 차리듯 촛불을 밝혀놓았다. 이튿날 포플러나무와 가로등이 줄지어 선 산토도밍고 거리, 오래전 마르고가 비행기 이륙을 시도했던 그 거리를 장례 행렬이 가랑비를 맞으며 조용히 지나갔다. 집에서 나오다가 마르고를 알아본 몇몇 이웃이 모자를 벗어 경의를 표했다. 마르고는 장례식 내내 붉게 충혈된 눈과 창백한 얼굴로 아무 말도 하지 않았다. 한 달 사이에 자기 인생에서 가장 중요한 두 남자가 세상을 떠났다는 것이, 그리고 세번째 남자에게 처음으로 몸을 내주었다는 사실이 도무지 믿기지 않았다. 라자르가 우물에서의 일에 대해 30년 동안 침묵을 지킨 것처럼, 마르고는 헬무트 드리히만과의 일을 아무에게도 말하지 않기로 했다. 그 침묵 때문에 그녀는 더 외로웠고, 밤에는 잠을 이루지 못했다. 첫 2주 동안은 자다가 강한 식초 냄새에 욕지기가 일어 깨기도 했다.

생리가 늦어졌다. 마르고는 임신 사실을 깨닫고 헬무트 드리히만을 떠올렸다. 씁쓸한 애정을 되새기면서 손가락으로 날짜를 꼽아보았다. 아버지를 잃고 동시에 한 아이를 잉태한 그녀는 두 가지 감정에 시달렸다. 헬무트 드리히만은 아버지를 죽이면서 아이를 남겼다. 이 역설 앞에서 마르고는 두려움에 휩싸였다. 마르고의 남자가 누구인지 아는 사람이 없었기에, 그녀의 배가 불러오자 전쟁에 나가 있을 때 임신했다는 소문이 돌았다. 두 달이 더 지날 무렵 그녀는 급진적인 평화주의자로 변신했다. 비행사들이 모이는 연회나 참전 용사의 만찬 자리에는 발길을 끊었다. 안 그래도 조용히 혼자 있기를 좋아했던 성향이 더 강해졌다. 이제 하늘은 그녀와 아무 관계가 없는 곳이었다. 공중에서 벌어지는 싸움도 항공우편 업무도 더는 상관없었다. 마르고는 비행장에 일절 발을 들여놓지 않았고, 피마자기름* 냄새를 참지 못했으며, 프로펠러 소리도 싫어했다. 누구도 그녀 앞에서 착륙이나 동체 같은 단어를 꺼낼 수 없었다. 그렇게 조종사로서의 소명을 버리면서 마르고 롱소니에는 겉으로 드러내지는 못한 채로, 행복에 가

---

* 식용이나 의약품으로 주로 쓰이지만, 윤활유로도 사용된다.

까운 수치스러운 기쁨을 느꼈다.

　라자르 롱소니에와 일라리오 다놉스키의 빈자리를 엑토르 브라카몬테가 채웠다. 서른 살이 된 엑토르는 공장 관리자가 되고도 여전히 구릿빛 피부를 가진 부지런한 농부, 과묵한 대장장이의 모습이었다. 그는 경험이 쌓이고 자신감이 생길수록 더욱 충실하게 일했다. 엑토르는 라자르의 신화를 따르기 위해 콧수염을 기르려 했지만, 털이 많지 않아 코 위에 만들어진 가늘고 지저분한 그림자에 만족할 수밖에 없었다. 그래서 콧수염 대신 완고한 목소리로 권위를 갖추려 했고, 그 덕분에 한층 성숙하고 사려 깊어 보였다. 겉보기엔 엄하고 과묵한 사람 같았지만 실제로 그는 주변 사람들에게 친절을 베풀었다. 자신이 맡은 일에는 거의 선교사처럼 헌신적이었다. 주어진 역할을 정확하고 공정하게 해내면서 회사를 훌륭하게 이끌어가는 엑토르 브라카몬테가 훗날 바닥에 쓰러져 발길질을 당하게 되리라고, 개처럼 끌려가 다른 사람을 위해 목숨을 내놓게 되리라고 그 누구도 짐작할 수 없었다.

　그의 헌신은 모범적이었다. 그는 회사에 해가 되는 일은 절대 용납하지 않았다. 동료였던 노동자들이 교묘하게 게으름을 피우는 것을 알아채면 잘 달래서 생산량을 늘렸다. 결함이 있으면 모조리 찾아내고 사소한 나태까지 적발해내는 그의 숙련된 눈 앞에서 규율은 느슨해질 틈이 없었다. 그는 노동자들과 친근하면서도 엄격한 관계를 유지했다. 자기 밑에서 일하는 사람들이 어떤 약점을 지녔고 어떤 점에서 위대한지 잘 알았기에, 그들이 스스로 알지 못하는 능력을 일깨워주려 애썼다. 하지만 그는 곧 자기를 대하는 옛 동료들의 태도가 달라졌음을 감지했다. 열여덟 살에 처음 공장에 온 뒤로, 권위에 맞서는 것을 신조로 삼은 거칠고 고집 센 이들 틈에서 잔뼈가 굵은 엑토르 브라카몬테였다. 라자르가 죽은 뒤 노동자들은 노동조건을 개선해달라고, 위생적인 화장실과 깨끗한 하수구가 필요하다고, 점심식사 후 휴식시간을 연장해달라고 요구했다. 그들에게 엑토르는 더이상 자기들과 같은 체스판의 졸이 아니라 엄격하고 완고한, 두려움의 대상인 주인이었다. 그가 갑자기 높은 자리에 올라간 데 대한 불신도 있었다. 엑토르는 달라진 분위기에 맞서 온 힘을 다해 열정적으로 싸웠지만, 소문과의 싸움은 시작도 하기 전에 이미 진 싸움이었다.

　노동자들이 파업 투표를 결의했다. 밀가루 반죽 통의 모터가 멎고 펌프 롤러가 식었다. 주문한 트럭 서른 대 분량의 밀가루도 배달되지 않았다. 성체 공장은 마치 대성당처럼 침묵에 빠졌다. 또다른 무리도 들고일어났다. 공장에서 일한 지 오래되지 않은, 붉은색 셔츠를 입고 별이 그려진 모자를 쓴 젊은 노동자들이었다. 그들은 불만의 표시로 모든 작업을 중단했다. 크레셀*과 휴대용 클랙슨, 낡은 냄비와 가축용 워낭, 심지어 치즈 상자에 끈 두 개를 묶어 급조한 북까지 등장했다. 파업의 외침이 너무 시끄러워서 마르고도 나가보지 않을 수 없었다. 공장에 들어선 그녀는 기계가 모두 멈춘 것을 보았다. 노동자들이 팔짱을 낀 채 버티고 서 있었고, 제일 과격한 이들은 분노로 얼굴이 벌겋게 달아올라 엑토르 브라카몬테에게 흙주머니를 쌓아 바리케이드를 세우겠다고, 문과 창문을 전부 막고 공장을 중세의 성채로 만들어버리겠다고 위협했다.

임신 8개월 3주째에 접어든 마르고도 격론의 현장에 있었지만 논쟁에 끼어들지는 않았다. 야유의 휘파람과 북소리가 말소리를 덮어버렸다. 모든 노동자가 팔을 치켜들고 엑토르를 향해 고함을 쳤다. 그때였다. 혼란의 와중에 마르고는 빈 동굴 깊은 곳에서 울리는 듯한, 대지의 창자에서 솟아나오는

---

* 나무로 된 날개들끼리 부딪쳐 소리가 나게 하는 악기. '래칫'이라고도 불린다.

듯한 울음소리를 들었다. 처음에는 공장 저편에서 들려오는 소리라고 생각했는데, 곧 그것이 자기 배에서 나오는 소리임을 깨달았다. 소란스러운 함성에 깨어난 아기가 엄마 배에 몸을 부딪치면서 세상에 나오겠다고 알리고 있었다.

　공간의 에너지가 노동 파업에서 산파들의 야단법석으로 순식간에 바뀌었다. 너도나도 황급히 차를 찾았고, 거실에 있다가 딸의 외침을 듣고 놀라서 달려온 테레즈에게 길을 내주었다. 가슴이 떡 벌어지고 덩치가 큰 남자가 마르고를 안아 차로 옮기기로 했다. 그녀의 다리 사이에서 이미 흘러나온 노르스름한 물이 바닥을 적셨다. 마르고는 그날 자기가 얼마나 끔찍한 상태로 병원에 도착했는지 두고두고 기억하게 된다. 원피스 단추가 풀리고, 가슴은 벌건 반점에 뒤덮이고, 배는 우둘투둘하고 갈라진 채로, 정신 나간 여자처럼 벽을 두드리고 울부짖었다. 그토록 모험심이 강하던 마르고도 병원 침대에 누울 때는 몸을 제대로 가누지 못했다. 산파들이 서둘러 달려와 대야와 깨끗한 흰 천을 준비했다. 마르고는 두 눈에 눈물이 그렁그렁한 채로 힘을 주기 시작했다. 골반뼈 어긋나는 소리가 마치 떡갈나무 뿌리가 뽑히는 소리처럼 요란해서 복도까지 들릴 정도였다. 아기는 빨리 나가 살겠다고 발길질을 해대고 심하게 요동치며 어머니의 배를 찢어놓았다. 마르고는 자기 몸에서 소 한 마리가 나오고 있는 것만 같았다.

아이는 엉덩이부터 세상에 나왔다. 두 다리는 발끝이 귀에 닿게, 몸통과 나란히 위쪽을 향했다. 산파들이 아이를 어머니의 가슴에 내려놓았다. 벌거벗은 채 땀에 흠뻑 젖은 마르고는 탈진해 헐떡이면서 아이를 품에 안았다. 피를 뒤집어쓰고 머리카락이 달라붙은 연보랏빛 작은 생명체가 마치 누군가의 목을 조르기라도 하듯 자그마한 두 주먹으로 허공을 힘껏 움켜쥐고 있었다. 작은데다가 발육 상태도 그다지 좋지 않아 그저 끔찍한 살덩어리 같아 보였지만, 아기는 이미 두 눈을 부릅뜨고 주위를 살폈다. 그 눈에 담긴 호기심을 보면서 마르고는 야릇한 불안감과 함께 아이의 이상한 아버지를 떠올렸다. 좀더 살펴보니 오른쪽 무릎에 반점이 있었다. 저항심 강한 사람들의 전형적인 특징이었다.

'이 아이는 그 누구 앞에서도 무릎을 꿇지 않을 거야.' 마르고는 생각했다.

아이는 칠레 호적부뿐 아니라 해외 거주민으로 프랑스 영사관에도 등록되었다. 그 덕분에 27년 후 목숨을 건지게 된다. 마르고는 아기를 아버지 이름 그대로 헬무트라 부르고 싶었지만, 독일 이름 때문에 편견 어린 시선을 받을까봐 포기했다. 유행하는 프랑스식 이름도 생각했지만, 뿌리 뽑힌 혈통의 징표를 되풀이하고 싶지는 않았다. 결국 그녀는 자기 마음속에서 울림을 갖는 유일한 이름, 한순간 너무도 분명하게 떠오른 단순하면서도 강렬한 이름을 골랐다. 가족의 반대에도 개의치 않았다. 아이의 이름은 일라리오였고, 일라리오 다놉스키와 구별하기 위해 성을 줄여서 이름에 붙였다. 그렇게 아이는 '일라리오 다'가 되었다.

엑토르 브라카몬테

    일라리오 다가 태어나던 날 롱소니에 노인은 아흔한 번째 생일을 맞았다. 세월의 위력과 외로움, 게다가 포도 수확의 노고에도 불구하고, 그는 죽음을 받아들이지 않았다. 심지어 자기가 아직 얼음같이 차가운 석호에서 발가벗고 헤엄칠 수 있을 만큼 기운이 팔팔하다며 건강을 자랑했다. 실제로 어느 저녁에는 물에 빠져 죽은 아내를 만나야겠다면서 호수 깊은 곳까지 들어가기도 했다. 그는 산타카롤리나 농장에 머물며 롱소니에가에서 대를 이어 일어난 탄생과 죽음을 조용한 인내로 지켜보았다. 단 한 가지, 포도주 생산 외에는 그 어떤 일에도 관심이 없어 보였다. 1월, 롱소니에 노인은 전보다 덜

기계화된 경작법을 고안해 생산에 새로운 박차를 가했다. 종전 이후 미각과 식물의 섬세한 연금술을 되살리려 한 프랑스인들의 기술에서 영감을 얻은 경작법이었다. 그는 포도밭 가장자리에 무화과나무를 심었다. 귀하지 않은 열매를 새들에게 내어주는 대신에 포도를 지키기 위해서였다. 또한 직접 일종의 요구사양서를 만들어 발효 전에 포도즙을 여과하고 황산염 함량에 변화를 주기도 했다. 롱소니에 노인은 그런 일들을 하다가 손녀 마르고가 아들을 낳았다는 연락을 받았다. 그는 오랜만에 포도밭과 지하 저장고와 호수를 버려두고 포도주 한 상자를 챙겨 기차에 올랐다. 그리고 몇 시간 뒤, 아카시아처럼 튼튼한 모습으로 산토도밍고의 거실에 나타나 포도주를 담은 첫 젖병을 증손자에게 물렸다.

"이 유산은 유언장을 쓸 필요도 없지." 그가 말했다.

아무도 아이가 누구의 자식인지 의심하지 않았다. 마르고와 어찌나 닮았는지 어머니 혼자 가졌다고 해도 믿길 정도였다. 하지만 조용하고 신중한 아이였던 마르고와 달리 일라리오 다는 시끄러웠고, 성격이 불같고 자주 말썽을 부렸다. 밤중에 자지 않고 마치 연극배우가 소리치듯 기운차게 울어댈 때면 동네 사람들은 아이가 나중에 커서 가수가 되려나보다고 걱정스레 수군거렸다. 갓 태어나 등나무 바구니 안에 누위 있을 때부터 아이는 끊임없이 두리번거리면서 일 분에 수천 곳에 눈길을 보냈다. 잘 때도 눈을 뜨고 있었고, 근육 힘이 놀라울 정도로 빨리 붙어 기기도 전에 걸어다녔다. 사람들은 아이가 숨겨진 자신감과 힘, 그 조용한 능력을 바탕으로 장차 수많은 열정을 품게 되리라고 생각했다. 어머니 마르고만이 그런 목마른 에너지는 삶이 복잡해지리라고 예고하는 징표임을 알아차리고 불안해했다.

일라리오 다는 성체 공장을 울타리 삼아 자라났다. 아직은 밀고와 극한의 불안이 만연하기 전이었고, 산티아고는 안전한 도시였다. 더욱이 성체 공장은 고유의 규칙과 법칙으로 돌아가는, 외부와 단절된 세계였다. 엑토르 브라카몬테 덕분에 그곳은 일라리오 다의 평화로운 피난처가 되었다. 아이는 밀가루, 밀 통, 기름, 먼지, 습기, 압축기 냄새 속에서 자라나며 윙윙거리는 기계음과 노동자들이 내뱉는 욕설에 익숙해져갔다. 어머니의 이름보다도 엑토르의 이름을 먼저 배웠다. 아이는 순진한 조급함에 휩싸여 엑토르를 불렀고, 수줍은 영감이 떠오를 때도 엑토르를 불렀다. 그때는 알 수 없었지만, 일라리오 다는 훗날 투쟁과 고통의 삶을 마치고 마지막 숨을 거두는 순간에도 엑토르의 이름을 부르게 된다. 도둑질하러 들어왔다가 가족이 된 엑토르, 카리브해 사람들과 선지자들의 오랜 혈통을 이어받았고 평생 아는 거라고는 공장 안의 위계뿐이었던, 초석 같은 얼굴의 엑토르는 일라리오 다가 늘 갈망한 용기와 존엄성을 지닌 유일한 인간이었다.

　라자르가 죽고 4년이 지났을 무렵, 엑토르 브라카몬테는 마침내 자신의 입지를 굳혔다. 회사를 일종의 협동조합 형태로 바꾸는 일도 성공적으로 마무리했다. 아버지도 할아버지도 없는 일라리오 다는 엑토르를 무조건적으로 따랐다. 공장의 넓은 중앙 통로 아래 창고에서 밀가루 부대에 올라 젖은 밀가루 반죽의 냄새를 맡으며 놀았고, 그러는 동안 무정부주의가 추구하는 자유에 대해, 인민 은행에 대해, 마푸체족 저항의 역사에 대해,* 붉은 기병대에 대해 어른들이 하는 말을 들었다. 일라리오 다가 이키케의 산타마리아 학교에서 벌어진 사건**을 열번째로 들려달라고 조르자, 엑토르는 이제 그 얘기 말고 차라리 참을성 있고 규율을 잘 지키며 꼼꼼한 노동자가 어떻게 일하는지 관찰해보라고 대답했다.

　"가장 위대한 투쟁은 우리가 싸우는 현장에서 이루어진단

---

* 역사적으로 마푸체족은 잉카제국과 스페인 콩키스타도르에 맞섰고, 독립 이후에는 칠레와 아르헨티나 정부와도 대립했다.
** 1907년 칠레 북부 이키케에서 정부가 군대를 동원하여 파업중인 초석 노동자들과 가족까지 약 2000명을 학살한 사건을 말한다.

다." 엑토르가 자주 하는 말이었다.

엑토르는 주인의 아들을 친아들처럼 아꼈지만 그런 속내를 드러내지 않았다. 아이에게 입을 맞추기보다는 남자다운 침묵을 지켰고, 어머니 같은 너그러움보다는 매일매일의 의무를 중요시했다. 해야 하는 일이 많아서 다정한 말을 건넬틈이 없기도 했다. 그렇게 무관심해 보여도, 삶의 양쪽 끝에서 있던 무뚝뚝한 노동자와 사생아는 서로의 메마름에 젖어들었다. 남자 대 남자의 묵계로 결합된 그들은 서로에 대한의무를 받아들였다. 마르크스주의적인 노동계급의 애정을받아들인 일라리오 다는 건조한 영혼에 만족하는 똑똑하고완고한 아이가 되었다. 실제로 그는 죽는 날까지 쓸데없는어리광이나 여인들의 애무를 피하게 된다.

일라리오 다에게는 무신론이 종교였다. 그는 노동자들과함께 음식을 먹었다. 아침으로 찐 채소와 달걀 네 알을 먹었고, 걸쭉한 초클로도 아주 많이 먹었다. 아이는 겨울을 불평없이 견디는 법과 특권을 버리는 법도 배웠다. 여섯 살 때는어머니의 품에 안겨, 결국 이바네스 장군에게 패하기는 했지만, 젊은 사회당 후보로 대통령 선거에 나선 살바도르 아옌데를 지지하며 거리를 행진했다.* 그 사건은 일라리오 다에게 깊은 인상을 남겨, 어른이 되어서도 재물의 유혹이나 사치스러운 취향에 절대 굴복하지 않았다. 그 시기 민중 봉기를 체험하면서 일라리오 다의 마음속에는 계급 차별에 대한 혐오와 억압받는 계급을 향한 찬미가 영원히 뿌리내렸다.

아홉 살이 된 일라리오 다는 신비스러운 핏줄의 비밀만 빼면 칠레 땅의 여느 프랑스 아이들과 다른 점이 없었다. 그즈음 마르고는 아들의 얼굴에서 헬무트 드리히만의 각지고 창백한 얼굴을 보았다. 하지만 어느 날 정원에서 웃통을 벗은 채로 새장에는 아무런 관심도 없이 놀고 있는 아들을 보면서 불현듯 아이가 아버지에게서 물려받은 것은 오로지 생물학적 성별뿐임을 깨달았다. 어느 날 저녁 일라리오 다가 학교를 마치고 집으로 돌아오는 길에 어머니에게 물었다.

"내 아버지는 누구예요?"

마르고는 아직 아이라 해도 진실을 알 권리가 있다고 생각했다. 그래서 최대한 정직하게 대답했다.

"나."

그날 이후 일라리오 다는 자기는 아버지와 어머니가 같다

---

* 이바녜스는 1927년 칠레의 대통령이 되어 친미 정책을 시행하다가 추방당했으나 1952년에 다시 입후보해서 대통령이 되었다. 당시 사회당 후보였던 살바도르 아옌데는 약 5퍼센트의 득표율로 낙선했다가 나중에 몇 차례 더 입후보한 뒤 1970년에 대통령에 당선되었다.

말했고, 더이상 누구도 그의 아버지를 궁금해하지 않았다. 일라리오 다의 유년기는 성체 공장에서 열리는 노동자들의 집회와 한 달에 한 번 이야기보따리와 발명품들을 들고 찾아오는 아우칸의 방문으로 채워졌다. 모험의 삶 덕분에 더 젊어진 아우칸은 차가운 나무껍질의 요란스러운 향기를 풍기며 주머니에 허브 사탕, 옥수수 봉지, 아몬드 과자를 잔뜩 넣은 채로 깡충거리듯 뛰어왔다. 놀라운 능력과 뛰어난 말재주를 가진 그는 이제 지쳐 보였다. 그는 무지한 사람들 사이를 돌아다니며 마술을 부리고, 닭과 퓨마를 훔치는 이들 틈에서 재주를 낭비하고, 마법 시장을 휘젓고 다니는 삶을 그만두겠다고 했다. 그리고 산티아고에 정착하기 위해 가까운 변두리에 집을 하나 구했다. 일라리오 다는 그곳을 자주 찾아가서 노새의 등에 실려 코르디예라를 넘나들던 소가죽 책이 가득한 방에서 아우칸이 풀어 보이는 상상의 보따리에 빠져들었다. 그렇게 아이는 여자 전사들이 사는 곳, 거인들이 나무조각상으로 변하는 곳, 사탕수수의 불길 속에서 여자아이들이 태어나는 곳을 알게 되었다. 아이가 그런 경이로운 나라가 어디에 있냐고 물으면 아우칸은 흥분한 몸짓으로 등뒤의 서가를 가리키며 탄성을 내질렀다.

"전부 책 속에 있지!"

일라리오 다는 아우칸에게서 읽고 쓰는 법을 배웠다. 아우칸은 가장 기본적인 언어인 마푸체어로 시작하여, 아이가 옛 언어와 새 언어 두 가지를 함께 구사하는 데 어려움이 없을 만큼 민첩한 정신을 가졌음을 확인한 뒤 스페인어도 가르치기 시작했다. 일라리오 다는 이내 순결한 거위의 깃을 상아 병에 담긴 잉크에 찍어가면서, 거의 종교적인 경건함과 조금도 흔들림 없는 차분함으로 글자들을 쓸 수 있게 되었다. 그리고 태어나서 처음 쓴 그 단어를 마치 낭송하듯 과장된 동작과 함께 큰 소리로 읽어 보였다. 레볼루시온〔혁명〕. 아이는 방에 틀어박혀서 바닥 카펫 곳곳에 검은 잉크 얼룩을 남기며 같은 단어를 여러 장의 종이에 큰 글씨로 써나갔고, 그 다섯 글자로, 그 글자들이 장차 자신의 삶에서 얼마나 중요한 의미를 띠게 될지 알지 못한 채 공책들을 가득 채웠다. 마르고는 아들의 서툰 글씨로 빼곡한 공책들을 작은 빨간색 종이상자에 넣어 공장의 선반 위에 얹어두었다. 그렇게 그 공책들은 스무 해 뒤 독재 권력이 망각에서 끌어낼 때까지 라자르의 예배당 선반에 놓여 있게 된다.

열두 살이 된 일라리오 다는 너무 말라서 살이 조금만 더 빠지면 아예 사라져버릴 것만 같았다. 보는 사람이 놀랄 정도로 키가 쑥쑥 크는 동안에도 살이 전혀 붙지 않아, 전에는 크게 눈에 띄지 않았던 왜소함이 이제 누가 봐도 알 수 있을 만큼 두드러졌다. 열세 살에는 키가 165센티미터에 몸무게가 46킬로그램, 조국 칠레와 똑같이 길고 가는 몸을 갖게 되었고, 까막까치밥나무 줄기 같은 근육이 그 몸의 허약한 관절들을 지탱했다. 아직은 어른이 아니라 어린애에 가까웠지만, 마르고는 아들을 외증조부에게 소개할 때가 왔다고 생각했다.

9월의 어느 일요일, 마르고는 엘 마에스트로를 만나기 위해 아들을 데리고 리마체로 향했다. 하지만 에티엔 라마르트는 증손자를 보지 못한 채 그날 오후에 숨을 거두었다. 지사의 응접실에서 벨리니의 곡을 연습하다가, 트럼펫을 손에 든 채로, 자신의 악기들과 스무 명의 학생들에게 둘러싸여 마지막 순간을 맞은 것이다. 엘 마에스트로는 이미 소박한 식단에 따라 곡물과 당근, 꿀 바른 호두, 날생선만 먹으며 온종일 오페라 대본을 각색하거나 유명한 오페라 레코드를 들으며 지내던 터였다. 가방에 서른세 벌의 악기를 챙겨 대양을 건너왔을 만큼 모험심 강하고 축제 분위기를 좋아하던 짙은 피부색의 소년은 이제 투명해 보일 정도로 새하얀 머리카락을 가진 유령 같은 노인이 되어 있었다. 지휘대 앞에서 몸을 숙이고 지휘를 해온 탓에 등이 살짝 굽었고, 몸이 너무 약해져 길을 걷던 중에 가로등을 잡고 서 있어야 할 때도 많았다.

엘 마에스트로는 죽음을 맞는 날까지 지휘를 했다. 한 손으로 보면대를 붙잡고 다른 한 손에는 지휘봉을 든 채 3악장을 지휘하고 있을 때, 갑자기 공연 시작을 알리는 막대기 소리가 세 번 그의 가슴을 때렸다. 이어 완전한 침묵이 내려앉으며 벨벳 커튼이 그의 시야를 가렸다. 모르는 곡을 연주하는 듯한, 난생처음 겪는 느낌이었다. 그래도 표나지 않게 지휘를 마쳤다. 너무도 훌륭하게 해냈기에, 오케스트라석의 연주자 중 누구도 조금 전 엘 마에스트로의 심장이 잠깐 멎었다는 사실을 알아채지 못했다. 엘 마에스트로는 결국 지휘대에서 쓰러졌다. 다들 혼비백산해서 달려왔고, 그를 집으로 옮겨 소박한 침실의 침대에 눕혔다. 어느새 거리의 웅성거림이 방안으로 들어왔다.

"엘 마에스트로 세 에스타 무리엔도〔엘 마에스트로가 죽어가고 있어〕."

다섯 개의 베개로 머리를 받치고 누운 에티엔 라마르트는 트럼펫을 가져다달라고 했다. 트럼펫을 받아 입에 대보았지만, 시들어 기능을 잃은 그의 폐는 끔찍한 소리밖에 만들지 못했다. 그 거친 쉰 소리, 둔한 탄식 같은 소리를 듣는 순간 엘 마에스트로는 자신의 상태가 심각하다는 것을 깨달았다. 그가 마지막 한숨을 내쉬고 주먹을 꽉 쥔 채로 멀리서 들려오는 선율에 귀를 기울일 때, 때맞춰 찾아온 간계가 그의 눈을 감겼다.

그때 마르고와 일라리오는 포장 공사를 막 시작한 리마체의 광장까지 와 있었다. 광장 한가운데, 알록달록한 포스터가 붙은 벽과 3층 건물들 사이, 60년 전 엘 마에스트로의 연주회를 기념해 세운 빈첸초 벨리니의 흉상이 추키카마타산産 구리로 된 머릿결로 바람을 맞고 있었다. 두 남자가 흉상을 받침대에 고정한 볼트를 푸는 모습을 보는 순간 마르고는 불길한 예감에 사로잡혔다.

"엘 마에스트로 아 무에르토〔엘 마에스트로가 죽었어〕." 그녀가 갈라진 목소리로 말했다.

리마체 사람들 모두가 잠시라도 엘 마에스트로의 유해 앞에서 조의를 표하고 싶어했기에, 아흐레 동안 집 앞에 긴 줄이 늘어섰다. 네 모서리에 기둥이 달린 침대 옆에 서서 엘 마에스트로의 상앗빛 옆얼굴을 바라보던 일라리오 다는 외증조부가 산티아고의 공장에서 만드는 성체에 새겨지는 얼굴들처럼 창백하다는 생각을 했다. 일라리오 다는 아직 어리기도 했고 그때껏 외증조부를 한 번도 본 적이 없던 터라 그 죽음 앞에서 깊은 슬픔이 느껴지지는 않았다. 하지만 장례식 내내 조용히 있었고, 매장하는 순간도 지켜보았다. 그리고 일주일 뒤 바로 그날의 장면을 소재로 삼아 한 편의 이야기를 써내게 된다.

반면 마르고는 밤새도록 시신 곁에 머물면서 아버지 라자르가 죽었을 때보다 더 슬프게 울었다. 에티엔 라마르트는 마르고가 어렸을 때부터 그녀의 창조성을 믿어준 유일한 사람이었다. 그토록 끈끈하게 이어져 있던 존재가 한순간 사라져버린 것이다. 마르고는 너무 작고 늙어버린, 오그라든 할아버지의 모습을 보며 놀랐다. 흐트러진 머릿결과 세트의 선원을 연상시키는 분위기만 그대로 남아 있었다. 마르고는 엘 마에스트로에게 다정한 말을 속삭이면서 재킷의 깃을 올린 뒤, 그가 영원히 매고 있게 될 나비넥타이를 바로잡아주었다. 침대에 누워 있던 몸이 관으로 옮겨질 때는 덜컥 두려움에 휩싸이기도 했다. 그는 지휘봉을 손에 쥐고 관 속에 평온하게 누웠다. 사람들은 엘 마에스트로가 자기를 코르디예라 산자락으로 데려와 음악을 하게 만들어준 이와 함께 잠들 수 있도록 벨리니의 흉상을 마치 신성한 유물처럼 관에 같이 넣었다.

성대한 장례식 행렬이 이어지는 동안 마을 사람 모두가 리마체 역사상 최초의 작곡가였던 엘 마에스트로에게 경의를 표했다. 음악은 없었다. 리마체에서 가장 웅장한 소리를 만들어낸 사람을 기리기 위해 그에 걸맞은 침묵을 선택한 것이다. 그렇게 음악 소리 하나 없이 모두 관을 따라 걸었다. 이후에도 2주 동안 모두가 음악이 사라진 침묵 속에 깨어 있었다. 엘 마에스트로의 유해는 묘지에 묻히지 않았다. 마치 하늘도 땅도 아닌 중간에 있는 존재인 양, 그는 묘지가 마주보이는 작은 언덕 아래 잠들었다. 묘비에는 황금빛 높은음자리표와 함께 "마에스트로"라는 단어만 새겨졌다. 이틀 뒤, 벨리니의 흉상이 있던 광장의 자리에는 엘 마에스트로의 동상이 세워졌다.

이튿날 잠에서 깬 일라리오 다는 아우칸에게 선물받은 공책에 전날 자신이 본 장면을 글로 써보고 싶다는 유혹에 이끌렸다. 그렇게 일종의 심심풀이로 시작한 문장들이 곧 기쁨의 근원이 되었고, 이어 필연성의 한 형태가 되었다. 글을 쓰기 시작하자마자 인물들이 마치 축제장을 찾아오듯 불쑥 나타나 그의 정신이라는 대성당을 채웠다. 그의 머릿속은 그렇게 만들어진 이야기로, 전투로 가득찬 나라가 되었다. 일라리오 다는 너무도 행복하게, 너무도 뛰어난 솜씨로 그것들에 살을 붙였다. 종이 한 면이 다 끝나기도 전에 어느새 다음 면을 채워나갔다. 작은 글씨가 마치 빨리 앞으로 나아가려고 조급해하는 것처럼 촘촘하게 바짝 붙어 있었다. 'p'와 'q'의 세로줄은 꼬리처럼 길게 늘어지고, 'l'과 'd'의 세로줄은 탑처럼 높이 솟았다. 고리처럼 굽은 곳과 동그라미는 눈에 띄지 않고, 뜨거운 피가 잉크가 되어 펜을 재촉하기라도 하는 양 온통 길게 뻗은 검과 뾰족한 바늘귀뿐이었다.

열여덟 살이 된 일라리오 다는 깊은 생각에 빠진 듯 담배를 입에 문 채 실존주의자들의 태도를 흉내냈다. 늘 체크무늬 펠트 외투를 입었고, 하루에 열일곱 잔이나 마시는 커피 때문에 숨결이 짙어졌다. 이제 그는 역사적 사건의 세부적 내용에 대해 몇 시간이고 논지를 흩트리지 않으면서 이야기할 수 있었고, 마르지 않는 우물처럼 반전에 반전을 거듭하며 말할 수 있었다. 일라리오 다는 대중 연설가처럼 매혹적이며 점쟁이처럼 교활했다. 필요할 때 요령껏 말을 멈추고 서술적 긴장이 담긴 침묵을 이어가는 법을 알았고, 이야기의 도약을 가로막지 않기 위해 인물의 감정을 눌러둘 줄 알았다. 말하지 않으면서 설명하는 법, 교묘한 방법을 찾아내 이야기가 다시 도약하게 만드는 법을 알았으며, 풍경을 묘사할 때면 듣는 사람이 그 안에 들어가 있다고 느껴질 정도로 사실적으로 진짜같이 그려낼 줄 알았다.

그렇게 대학생이 된 알라리오 다는 학생들에게 소식을 알리는 벽보용 주간신문을 창간했다. 그의 턱과 가슴에는 두껍고 억센 털이 자라났다. 콧수염도 길렀는데, 갈색 콧수염 끄

트머리가 담배 때문에 누렇게 변했다. 그는 흔히 예술가들이 예술에 매혹되듯이 정치에 매혹되기 시작했다.

그즈음에 일라리오 다는 베네수엘라 MIR[혁명좌파운동]의 활동가인 페드로 클라벨을 만났다. 황갈색 피부에 광대뼈가 튀어나온 클라벨은 종려나무 같은 덥수룩한 머릿결이 아름다운, 활력 넘치는 남자였다. 못이 잔뜩 박인 두 손과 여드름투성이 피부는 그가 열대의 산맥에서 보낸 시간을 증언해주었다. 페레스 히메네스* 독재 권력 말기에 카스트로의 가르침을 받아들인 그는 처음에는 평범한 농부로 토지개혁을 위해 싸웠다. 처형당할 위기를 기적적으로 피해서 니카라과로 간 뒤로 위험한 만큼 감동적인 경험을 통해 투쟁을 위한 믿음을 쌓아갔고, 그 믿음은 시간이 갈수록 더 깊고 진지해졌다.

일라리오 다는 그를 링콘 칼리엔테[뜨거운 구석방]라 불리는 카페에서 만났다. 매주 목요일이면 젊은 활동가들, 쿠바 사회주의자들, 아르헨티나 운동가들이 모였다. 그들은 포도주병과 엠파나다를 앞에 두고 구리광산의 파업과 트럭 운전사들의 태업에 대해, 대중을 선동하는 방식에 대해 토론했다. 어

---

* 베네수엘라의 군인이자 정치가. 1952년부터 6년간 대통령으로 재임하면서 반공 독재체제를 구축했다.

느 날, 권위주의적 자유주의에 관한 심오한 토론에 심취한 일라리오 다는 아침에 페드로 클라벨을 따라 산티아고 교외에 있는 그의 집으로 향했다. 돼지와 토끼들로 가득한 뒤뜰의 별채가 그의 거처였다. 그는 일라리오 다를 향해 침대 위쪽에 달린 선반들을 가리켰다. 초라한 서가 역할을 하는 세 단짜리 선반에는 종이가 가득했고, 사무용지에 휘갈겨쓴 편지들도 쌓여 있었다. 페드로는 마라카이보에 사는 가족에 대해, 아내 셀레스트에 대해, 베네수엘라라는 이름을 가진 멋진 여동생에 대해 말했다. 훗날 일라리오 다는 파리에서 운명처럼 바로 그 베네수엘라를 만나게 된다.

대화의 주제가 자유주의자의 독재가 어째서 위험한지, 모든 가능성에 대비하는 게 어째서 중요한지로 넘어갔다. 일라리오 다의 눈에 페드로 클라벨은 지혜와 용기의 표본이었다. 열정에 휩싸여 자신이 치러낸 투쟁들을 회상하는 페드로를 보면서 일라리오 다는 그의 겸손에 큰 감명을 받았다. 그 시절 젊은 투사들은 산티아고에서 출간된 니콜라이 오스트롭스키의 『강철은 어떻게 단련되었는가』*를 돌려 가며 읽었는

---

* 소련 시절 한 청년이 굳은 신념을 가진 공산당원으로 성장하는 과정을 담은 자전적 소설이다.

데, 책의 표지가 이미 한 면이 사용된 두꺼운 종이로 만들어져 있어 펼치면 오래전의 계산 장부 일부가 보였다. 페드로 클라벨이 가진 그 단 한 부의 책은 귀퉁이가 군데군데 접히고 주석이 달려 있었고, 비에 젖고 모기를 때려잡은 흔적으로 누렇게 변해 있었다. 그가 소비에트풍의 장엄한 동작으로 일라리오 다에게 책을 건네며 말했다.

"당에는 너 같은 사람이 필요해."

일라리오 다는 놀라움을 감추지 못했다.

"무슨 당?"

"MIR." 페드로 클라벨이 목소리를 낮추며 대답했다.

그렇게 일라리오 다는 프롤레타리아독재와 노동계급의 해방을 옹호하는 혁명적 극좌파 운동 MIR에 합류했다. 그는 때로는 경악하고 때로는 신뢰하며 새로운 가족이 된 사람들과 함께했고, 평생 그들을 저버리지 않겠다고 말없는 맹세를 했다. 그는 다니던 대학교를 그만두고 다른 학교에 가서 협동조합, 최저임금, 퇴직연금과 유급휴가 같은 새로운 이야기를 하는 사람들과 만났다. 머리를 길렀고, 볼셰비키 문화의 보물을 다시 접했고, 연방의 옛 공화국들이 묻어버려 잊힌 예술가들의 향기를 음미했다. 일라리오 다는 정확히 알 수는 없지만 자신이 역사 속에 기억될 만한 순간을 살고 있다고 느끼면서, 그런 정치적 순간을 놓치지 않기 위해 최선을 다했다. 이따금 예고 없이 가죽재킷과 빨간색 티셔츠 차림에 챙모자를 쓰고 긴 부츠를 신은 모습으로 불쑥 집에 들를 때면, 그의 태도는 판테라[표범]라는 별명이 어색하지 않을 만큼 단호했다. 그는 자신의 계급으로 인한 장애물을 격렬하게 거부했다. 이미 헌신적인 참여의 삶이 발아한 그 고집스러운 이마 위로 헝클어진 더러운 앞머리가 흘러내렸다.

"저 아이는 결국 마르크스주의자가 될 거야." 동네의 늙은 여자들이 탄식했다.

1970년 9월에 아옌데가 대통령이 되었다. 그의 승리는 거대한 반향을 일으켜, 그때까지 볼 수 없었던 새로운 얼굴의 젊은이들이 거리로 나와 조상들의 팔린* 채와 깃발과 팻말을 흔들면서 민중의 목소리가 소수 지배계급의 목소리를 물리친 역사적 순간을 기념했다. 일라리오 다와 페드로 클라벨은 모네다궁으로 달려갔다. 국민의 절반이 모여서 지켜보는 가

---

* 하키와 비슷한 마푸체족의 전통 놀이로, 긴 나무막대기를 사용한다. 칠레인들은 시위 때 저항의 의미로 팔린 채를 자주 사용했다.

운데, 검소한 옷차림에 어깨띠를 두른 민중의 대통령이 그곳 발코니에 서 있었다. 곧 마흔여섯 곳의 공장이 국유화되었고, 은행 대출의 문턱이 낮아졌다. 농지개혁으로 1000만 헥타르가 넘는 토지가 수용되었고, 완전고용이 이루어졌으며, 급여도 인상되었다. 우니다드포풀라(인민연합)*가 일시에 단행한 민주적 법 절차를 통해, 미국 기업에 착취당해온 구리광산이 다시 칠레인의 것이 되었다.

그즈음 일라리오 다는 감출 수 없는 열정으로 며칠이고 밤을 새워가며 자본주의체제를 비판했다. 그에게 자본주의는 불완전하고 강제적인, 사방에 촉수를 뻗어나가는 악마 같은 질서였다. 그는 자본주의에 맞서 싸워야 한다는, 자본주의를 다시 써나가야 한다는 믿음을 가지고 있었다.

종종 그는 어머니와 함께 일요일을 보냈다. 그사이 마르고는 히피가 되었다. 머리카락을 물들여서 땋고, 헐렁한 옷을 입고, 씨앗으로 만든 목걸이를 걸고, 양 손목에 치렁치렁한 팔찌를 찬, 그야말로 무일푼의 집시 행색이었다. 불타는 열정과 거친 야생의 용기를 지녔던 비행사 시절, 군사학교에서

---

* 1969년에 결성된 칠레의 여섯 개 좌파 정당 연합체. 이후 중도 세력까지 아우르는 광범위한 인민전선을 시도하였으나 실패했고, 1973년 피노체트의 쿠데타 이후 활동을 금지당했다.

성장하고 유럽에서 영국 공군과 함께 참전한 시절의 모습은 찾아볼 수 없었다. 그녀는 겨울 동안 집 응접실에서 평화주의자 모임을 열었고, 마치 수도회 모임 같은 그 자리에 옛 동료 10여 명이 참석했다. 그런데 어느 날 놀랍게도 멋지게 차려입은 노인 하나가 나타났다. 갈기처럼 성성한 백발에 살갗은 뽀얀 가루를 칠한 것 같고 코는 독수리 부리 같았다. 노인은 지난날의 무게에 잔뜩 짓눌려 있는 듯했고, 뿌리 뽑힌 사람들에게서 흔히 볼 수 있는, 길을 잃고 영원히 헤매는 듯한 분위기를 풍겼다. 노인은 베르나르도 다뇹스키였다. 아들의 죽음 이후 30년 동안 너무도 무거운 무기력에 짓눌려 살아온 탓에, 오래전 마르고의 집으로 찾아왔던 남자와 전혀 다른 사람이 되어 있었다. 그는 토발라바 비행장에서 일한다고 했다. 문을 닫은 로스세리요스 비행 클럽을 라레이나*의 넓은 땅으로 옮겨 다시 개장한 곳이었다. 터가 워낙 넓고 설비도 많이 갖춘 터라 오히려 비행기 수가 모자랄 정도였다. 마르고는 베르나르도 다뇹스키를 반갑게 맞이했고, 그날 이후 노인은 마르고가 주최하는 테르툴리아〔회합〕에 빠짐없이 참석했다. 그는 매번 빨간색 베고니아 꽃다발을 들고 와서, 그 꽃이

---

* 산티아고 교외 지역.

있으면 방안에 활주로 냄새가 퍼진다고 말했다.

어느 날 저녁 베르나르도 다놉스키가 마르고와 함께 정원을 돌아보다가 오래전 아들이 그녀와 같이 만든 비행기를 발견했다. 그는 가슴이 뭉클해져 마르고에게 아들을 위해 저 비행기를 토발라바 비행장의 격납고에 옮겨놓게 해달라고, 그렇게 아들을 기억하고 싶다고 말했다.

"누가 알아? 저 비행기가 뜰 수 있을지." 그가 말했다.

비행기를 실어가기 위해 트럭이 왔고, 비행장에서는 마르고가 직접 격납고 한 곳에 비행기를 집어넣었다. 비행기는 몇 년 뒤 마지막 비행을 위해 다시 밖으로 나올 때까지 그곳에서 기다리게 된다.

일라리오 다가 그 누구 앞에서도 무릎 꿇지 않으리라는 마르고의 예측은 서서히 현실이 되어갔다. 정치 문제에 있어 마르고는 아들의 의견에 동의할 수 없었다. 어머니와 아들은 끊임없이 부딪쳤다. 마르고는 전쟁은 유럽인들의 문제일 뿐 칠레는 낙원처럼 평화로운 곳이라는 믿음으로 평화주의적 저항을 지지했다. 자신이 세상 그 무엇보다 사랑하는 나라에서 대서양 너머에서와 똑같은 부당한 일이 일어날 수 있으리라고는 전혀 생각하지 않았다. 하지만 일라리오 다는 그런 믿음을 비웃으며 체제를 바꾸는 일은 체제를 통해서는 불가능하다고 응수했다. 혁명은 투표로 이루어질 수 없다는 게 그의 믿음이었다.

"투표를 통한 혁명이라는 말 자체가 이미 의미론적으로 모순이에요." 일라리오 다는 단언했다.

어머니와 아들이 마주앉아 밤새워 열띤 토론을 하다보면 서서히 논지가 흐려지며 길을 잃곤 했다. 일라리오 다는 달변으로 자기 생각을 펼쳤고, 마르고는 경험으로 맞섰다. 하지만 대화는 다른 길을 거쳐 매번 같은 결론에 이르렀다. 같은 연안을 목표로 기운이 다 빠지도록 헤엄친 뒤, 어머니와 아들은 각자 역사는 자기편이라 확신하면서 침묵을 지켰다. 그러다 어느 오후에, 불현듯 마르고가 불안에 떨면서 아들에게 말했다.

"혹시라도 무슨 일이 생기면 프랑스로 네 증조할아버지의 가족을 찾아가겠다고 약속해주겠니?"

그러곤 덧붙였다.

"그분 이름은 미셸 르네란다."

같은 시각, 엑토르 브라카몬테는 오래전의 납품서를 찾기 위해 공장에 들렀다. 그는 사무실로 올라가 라자르의 물건들을 뒤지다가 우연히 벽에 걸려 있던 재킷의 안주머니에서 권총을 발견했다. 어린 엑토르가 도둑질을 하러 처음 공장에 들어왔을 때 놀란 라자르가 에르네스트 브룅 상점에 가서 사온 권총이었다. 엑토르는 권총을 제자리에 두고 조용히 공장으로 내려왔다. 그때 테레즈가 사색이 되어 뛰어들어왔다.

"에스탄 봄바르디안도 라 모네다〔그들이 모네다를 폭격하고 있어〕."
테레즈가 소리쳤다.

아닌 게 아니라, 한 시간 전 군이 콘스티투시온광장*을 폭격하기 시작했다. 나중에 보도된 바에 따르면 아옌데 대통령은 피델 카스트로가 선물한 무기를 들고 모네다궁에 갇혀 있다가 그의 구릿빛 목소리가 라디오에서 울려퍼지는 동안 스스로 목숨을 끊었다.** 전하는 얘기로는 쿠데타군 장교들이 줄을 서서 기다렸다가 마치 죽음의 의례를 집행하듯 한 명씩 아옌데의 몸에 총을 쐈고, 마지막 장교는 개머리판으로 얼굴

---

* 모네다궁을 비롯하여 정부 기관들이 있는 산티아고의 중앙 광장.
** 피노체트의 쿠데타군은 미국 기업이 소유해온 구리광산의 국유화 등 아옌데의 사회주의 정책에 불만을 품은 미국 정부의 지원을 등에 업고 1973년 9월 11일 모네다궁을 공격했다. 아옌데 대통령은 갇힌 상태로 대국민 라디오 연설을 통해 "결코 사임하지 않겠다"는 고별인사를 했다. 이후 쿠데타군에게 사살되었다는 설도 있지만, 사람들을 모두 내보낸 뒤 카스트로가 선물한 자동소총으로 자결한 것으로 전해진다.

을 으깨놓았다고 했다. 9월 말 수의로 얼굴을 감싼 아옌데의 시신을 관 속에 누였을 때, 그 누구도, 심지어 그의 아내조차 천을 걷고 아옌데의 얼굴을 볼 수 없었다. 쿠데타 공습은 모두가 놀랄 정도로 정확하고 노련했다. 사건의 실체를 파악하는 데는 긴 조사가 필요하지 않았다. 유니타스 작전*의 일환으로 출격한 미국의 곡예비행사들이 칠레 해안에 날아와 공습을 시작한 것이다. 그 최종 설계자는 바로 몇 년 뒤 노벨평화상을 받을 헨리 키신저**였다.

쿠데타 이후 며칠 동안 헬리콥터들이 산티아고의 가난한 동네 상공을 선회했다. 신흥계급으로 부상한 군인들, 탱크와 장갑차, 깃발과 행렬이 산티아고를 점령했다. 그들은 이미 알려진 노조 지도자들을 몇 주 만에 제거했고, 자신들에 맞서던 사회주의자들을 체포했다. 좌파 정당도 해체되었다. 그리고 어느 날 아침 〈엘 메르쿠리오〉***는 국회와 시의회까지 전부 해산되었음을 알렸다. 통금 시간이 되면 카라비네로〔총을

---

* 1959년 라틴아메리카에서 소련의 영향력을 견제하기 위해 시작된 미국 주도의 다국적 해상 훈련.
** 닉슨 행정부의 국가 안보 보좌관으로, 1973년에 미국-소련 간 데탕트 정책과 중국의 개방을 이끌어 노벨평화상을 수상했다. 국무장관이 된 뒤 미국의 외교정책에 주도적인 역할을 했다.
*** 1900년에 창간된 칠레의 보수 일간지. 피노체트의 쿠데타를 지지했다.

는 병사]들이 이집 저집 문을 박차고 들이닥쳐 침대에 누운 부부를 끌어냈다. 끌려간 사람들의 소식은 더이상 알 수 없었다. 그렇게 많은 사람이 끝없이 긴 쿠데타군의 블랙리스트 속으로 사라졌다. 십대 아이들이 공터에서 등에 총알 세 발을 맞은 채 시신으로 발견되는가 하면, 시내 한복판 잡화점 벽 앞에서 총을 맞기도 했다. 어디든 전투기가 하늘을 날아다녔고, 무장 군인을 태운 버스가 공산주의자를 잡아들이기 위해 도시를 옮겨다녔으며, 가택수색으로 책이 몰수되었다. 새 정부의 지도자들은 선글라스를 끼고 훈장과 약장을 가득 단 채 모네다궁 응접실에 앉아 언론에 등장했다. 17년 동안 이어질 독재 정부가 시작된 것이다.

칠레는 체포, 즉결 처형, 가짜 재판의 나라가 되었다. DINA*는 대학과 도서관과 연구소를 닥치는 대로 뒤져서 가장 식견이 뛰어난 이들을 잡아 가두었다. 2만 5000명의 학생이 쫓겨나고, 20만 명의 노동자가 해고되었다. 교수, 지식인, 음악가, 예술가가 교도소를 가득 채웠다. 포도 농장들이 취조실로 바뀌어 그곳에서 시인, 빵장수, 악기 제조인, 인형극 기술자 들이 고문을 당했다. 저녁에 거리를 돌아다니는 것이

---

* 국가 정보국. 1974년 창설된 피노체트 군사정권하의 비밀경찰 기구.

금지되었고, 머리를 기르는 것도 범법행위가 되었으며, 시를 읽는 사람은 수상한 인물로 간주되었다. 군사정권은 바람을 막은 채 풍차를 돌리려 했다.

　이제 일라리오 다는 밀고가 일상이 된 세상에서 살게 되었다. 독재정권이 심하게 옥죄어왔고, 곳곳에서 저항이 한계에 부딪혔다. 지하실에서는 급하게 작성한 원고에 정취라고는 찾아볼 수 없는 제목을 붙인 유인물이 잉크가 번진 채로 찍혀나왔다. '아옌데'라는 이름은 행운의 상징, 목에 걸고 다니는 부적이 되어, 분노를 억누르지 못한 이들이 마치 부적을 어루만지듯 그 이름을 되뇌었다. 그렇게 칠레가 치러온 많은 전투 가운데 가장 고결한 전투가 은밀하게 이어졌다. 불법이 된 정당들의 조직원이 사람들의 눈을 피해 모였고, 지하 창고에 숨어서 전단을 작성했다. 일라리오 다는 혈관처럼 이어진 산티아고의 은밀한 길들을, 모든 골목과 비밀 통로를 익혔다. 혹시라도 경찰을 피해 도망쳐야 할 경우를 대비해 집에 갈 때는 일부러 좁은 지름길로 다녔다. 부르주아이면서 투사라는 이중의 정체성은 그에게 불안과 흥분을 동시에 안겼다. 가면을 쓴 그는 미지의 인물들이 투쟁을 이어가는 이 눈부신 도시에, 숨겨진 무기를 가진 나라에, 가족이라는 신성한 끈보다 강한 또다른 신성한 끈으로 묶인 동지들의 세계에 속했다. 은신처와 비밀 통로들을 품은 땅굴 속에서 일라리오 다는 젊음의 힘으로, 위험을 두려워하지 않는 믿음으로 훌륭하게 버텨냈다. 저항에 뛰어든 젊은이들은 언제든 끌려가서 고문을 당하고 감옥에 갇히고 추방당할 위험을 감수해야 했다. 그것은 비행을 도와줄 그 어떤 장치도 없는 비행기에 오른, 하늘에 목숨을 맡기고 날아오른 첫 비행사들 못지않은 용기였다.

9월의 어느 금요일 오후 세시, 통금이 되려면 아직 한참 남은 시각이었다. 엑토르 브라카몬테는 공장 문을 난폭하게 두드리는 소리에 놀라 일어섰다. 번호판을 달지 않은 대형 밴에서 내린 분견대원 5명이 대기실로 들이닥쳤다. 그들은 기계와 성체를 굽는 화덕들을 전부 뒤졌다. 그중 사복을 입은 2명이 노동자들에게 모두 신분증을 가지고 모이라고 명령했다. 일라리오 다는 상대의 눈을 피하며 신분증을 내밀었다. 한 명이 그를 뚫어져라 바라보았다.

"너 MIR 소속이지?"

"어디요?" 허를 찔린 일리라오 다가 되물었다.

군인이 일라리오 다를 노동자들 틈에서 끌고 나왔다. 다른 밴에서 내린, 머리를 짧게 깎고 코 위에 선글라스를 걸친 중위가 앞으로 나서더니 무심한 듯 나른한 표정으로 신분증을 분류하기 시작했다.

중위는 모자도 요대도 없이 위장복 차림에 무릎까지 올라오는 카키색 군화를 신고 있었다. 긴장이 감돌기는 했지만, 험악한 분위기는 아니었다. 군인들은 일하다가 불려나온 지친 노동자들에게 관심도 없어 보였다. 중위가 부하들에게 큰 가방과 서랍장들을 살펴보라고, 작업장의 모든 가구를 뒤지라고, 기계들을 옮기고 밀가루 부대를 뒤집어서 증거를 찾으라고 했다. 몇 분 뒤 2명이 빨간색 종이상자를 들고 왔다. 마르고가 아들의 물건을 정리해둔 상자였다.

"수색영장 가져왔어요?" 일라리오 다가 물었다.

중위는 입술을 거의 움직이지 않으면서 대답했다.

"질문은 내가 해."

그는 곧바로 상자를 열었다. 상자 안에는 스무 해 전 일라리오 다가 레볼루시온이라는 단어를 적어놓은 종이들이 들어 있었다. 그 밑에 에르네스트 브룅 상점에서 산 총알이 가득한 주머니 두 개도 보였다.

"이 집에 아이들이 있나보군. 이거 누구 거지?" 중위가 두 개의 주머니를 내밀며 물었다.

일라리오 다의 얼굴이 창백해졌다. 그가 대답하려는 순간 엑토르 브라카몬테가 먼저 나섰다.

"내 거요."

"어디서 났지?"

"크리스마스 선물로 받은 거요." 그가 대답했다.

중위가 입을 꽉 다물었다. 당장이라도 그 얼굴에 갑작스러운 분노가 번질 듯한 긴장된 순간이었다. 중위가 갑자기 엑토르의 코앞까지 다가가더니 팔꿈치로 힘껏 그의 턱을 가격했다. 엑토르는 피를 뿜으며 쓰러졌고, 빠진 치아 몇 개가 반대편으로 굴러갔다. 중위는 순간적으로 솟구친 분노에 휩싸여 미친 사람처럼 마구 엑토르를 때렸다. 엑토르는 두 팔로 머리를 감싼 채 몸을 웅크렸다. 그를 지키려는 노동자들에게도 사방에서 위협적인 주먹이 날아왔다. 군인들은 노동자들을 벽 쪽으로 몰아붙인 뒤 다리를 벌리고 서서 꼼짝 못하게 했다. 그러곤 관자놀이에 총구를 겨눈 채로 한 명씩 주머니와 지갑을 뒤졌다.

잠시 뒤 공장과 집이 붙어 있다는 것을 알게 된 군인들이 산토도밍고의 울타리를 넘어갔다. 테레즈는 정원에서 새들의 모이통에 귀리를 채우고 있었다. 총을 든 군인들이 다가오는 것을 보면서 처음에는 사고가 일어난 줄 알았다. 그러다 안마당에서 들려오는 명령에 따라 군인 2명에게 끌려나와 두 손을 목덜미에 얹고 바닥에 엎드렸을 때에야, 그녀는 다른 일이 일어나고 있음을 깨달았다.

"어리석은 짓 할 생각 마." 군인들이 말했다.

중위가 나타났다. 그는 한쪽 무릎을 꿇고 테레즈를 향해 몸을 굽혔다.

"부인의 새들도 공산주의자들이오?"

테레즈는 중위를 향해 턱을 치켜들어 상대의 오만한 눈길을 마주했다. 중위가 허리춤에서 권총을 뽑더니 새장 안에서 제일 처음 다가오는 새를 향해 발사했다. 그 순간 새장이 요동치기 시작했다. 시든 꽃과 마른 나무껍질이 흩날리는 가운데, 이마 한가운데 총알을 맞은 테레즈의 부엉이가 눈꺼풀이 뒤집힌 채 날개를 뒤로 파드득대며 떨어졌다. 부엉이의 보드라운 털 위로 시큼한 피가 길게 흘러내렸다. 중위가 다시 무릎을 꿇고 몸을 숙였다.

"아는 걸 다 말하시오." 속삭이듯 나지막한 목소리였다.

충격으로 넋을 잃은 테레즈는 눈물이 가득찬 눈으로 말없이 중위를 바라보았다.

"할 수 없지. 전부 없애." 중위가 명령했다.

오래된 포도나무의 연보랏빛 속에서 군인 2명이 기관소총을 난사했다. 십 분 동안 학살이 이어졌고, 그 십 분 사이 롱소니에 가족이 수십 년에 걸쳐 모아온 새들이 하나둘 쓰러졌다. 화약 연기 속에서 새들이 죽어가는 동안, 무력하게 두 손으로 귀를 틀어막은 테레즈의 비명은 새들이 내지르는 소리에 묻혀버렸다. 병사들이 돌아간 뒤 새장에는 단 한 마리의 새도 남지 않았다.

정원에서 첫 총소리가 들릴 때 일라리오 다는 공장 내벽에 붙어서서 기도를 하고 있었다. 총소리가 이어지자 그는 최악의 상황을 상상했다. 자기 인생에서 가장 고통스러운 시기가 시작되고 있음을 느낄 수 있었다. 하지만 부엉이를 죽인, 새의 뇌를 박살내고 동공을 허옇게 만든 총알이 테레즈를 서서히 광기로 몰아가기 시작했다는 사실만은 알지 못했다. 군인들은 일라리오 다를 개머리판으로 내리쳐가며 차가 서 있는 쪽으로 끌고 갔다. 엑토르 브라카몬테도 입속에 피를 가득 머금은 채로 끌려나갔다. 하지만 공장을 나서기 직전, 그가 경이로울 정도로 침착한 어조로, 사무실에 올라가서 재킷을 챙겨 올 수 있게 해달라고 청했다.

"왜, 아예 칫솔도 가져오지?" 군인 하나가 되물었다.

"그 정도 권리는 있잖소." 엑토르가 대답했다.

"빨리 다녀와."

엑토르는 계단을 올라가 이 분 뒤 안주머니에 권총이 숨겨진 라자르의 재킷을 입고 다시 나타났다. 밖에는 대형 밴 두 대가 차문을 열고 기다리고 있었고, 그 앞뒤로 무장한 군인들이 지키고 서 있었다. 군인들이 그중 한 대로 엑토르와 일라리오 다를 마치 던지듯 밀어넣었다. 차에서 시큼하고 역한 냄새가 났다. 차 안 오른쪽 창가에 먼저 붙잡힌 다른 사람 하나가 목에 피를 흘리며 앉아 있었다. 일라리오 다가 가운데, 엑토르가 운전석 뒷자리인 왼쪽에 앉았다.

중위가 조수석에 올라탔다. 그 순간 엑토르의 얼굴은 마치 토템처럼 그 어떤 표정도 드러내지 않았다. 중위가 안전벨트를 매기 위해 몸을 움직이는 순간, 엑토르가 권총을 꺼냈다. 그리고 상대가 방심한 틈을 노려 그의 귀에 대고 방아쇠를 당겼다.

총소리가 천둥처럼 울렸다. 피와 함께 뇌수의 일부가 계기판에 튀었고, 충격으로 날아간 머리통이 창유리에 부딪쳤다. 엑토르는 곧바로 총구를 내려 중위의 다리 사이를 겨누어 한 번 더 발사했다. 두 개의 고환이 풍선처럼 터져 좌석을 피로 물들였다. 시동을 걸려다가 놀란 운전석의 병사가 뒤돌아서 엑토르에게 달려들었다. 그는 엑토르의 팔을 움켜쥐고 몸싸움을 벌이며 총구의 방향을 돌리려 애썼고, 마침내 엑토르의 이마를 겨누었다. 그가 방아쇠를 당겼다.

붉은 피가 엑토르의 아름다운 얼굴을 양쪽으로 나누며 흘러내렸다. 그의 두 눈을 마지막으로 스친 것은 승리의 빛이었다. 엑토르 브라카몬테는 얼굴과 셔츠에 피가 흥건한 채로 미소 지었다. 한때 자신이 재산을 훔치려 했던 한 사람을 위해 일해온 스무 해를 마무리짓는 미소였다. 군인들이 서둘러 그의 시신을 차에서 끌어내 다른 차에 감춘 뒤 두꺼운 시트로 덮었다. 초석을 닮은 엑토르 브라카몬테의 시신은 나중에 아름다운 얼굴이 갑각류에 뜯어먹힌 채로 바다 밑바닥에서 발견된다.

오후 다섯시경, 그러니까 엑토르가 차 안에서 죽음을 맞았을 때 마르고는 베르나르도 다눕스키가 내온 박하차를 다 마신 참이었다. 새들이 전부 죽었다는 것도, 넋이 나간 어머니가 여전히 새장 앞에서 무릎을 꿇고 있다는 것도 알지 못했다. 그날 이후 마르고는 그런 상황에서 자기 혼자 자리를 비웠다는 사실을 계속 자책하게 된다. 베르나르도 다눕스키의 집을 나서 산토도밍고로 돌아온 마르고는 거리에 내려앉은 기묘한 고요와 자기 집 앞에 모인 몇몇 이웃의 모습에 놀랐다. 자신에게 다가오는 한 여자를 보면서 마르고는 불행을 직감했다.

"일라리오 다가 잡혀갔어요." 이웃 여자가 말했다.

같은 시각 군인 병원에는 붙잡혀온 청년들이 벽을 따라 서 있었다. 갑자기 요란스러운 소리와 함께 군인들이 들이닥쳤다. 일라리오 다는 그들이 뒤로 다가오는 소리를, 접착 테이프를 뜯는 소리를 들었다. 곧 일라리오의 눈이 테이프로 덮였다. 차가운 플라스틱이 살에 닿으면서 눈썹과 코를 세게 눌렀다.

"눈감아. 평생 속눈썹 없이 살고 싶지 않으면 절대로 뜨지 말고."

그들은 일라리오 다를 다시 차에 태웠다. 노면이 고르지 않고 시골길을 달릴 때처럼 차가 덜컹거리는 것으로 보아 산티아고를 벗어나는 것 같았다. 잠시 뒤 차가 멈췄고, 문이 열리자마자 누군가의 손이 머리카락을 거칠게 끌어당겨 그를 차에서 끌어냈다. 등뒤로 수갑을 찬 일라리오 다가 땅바닥에 코를 박으며 쓰러지자 누군가 허리에 발질길을 하며 일어나라고 외쳤다. 이어 앞으로 가라고 밀쳤지만, 발밑에 있는 장애물들에 대해서는 말해주지 않았다. 아무것도 보이지 않는 상태로, 계단에서 비틀거리면서, 벽에 부딪치면서, 철조망과 유리 조각에 어깨를 긁히면서 일라리오 다는 한참 동안 걸어갔고, 마침내 축축한 매트리스 위에 던져졌다. 5명이 곤봉을 휘둘렀다. 그는 머리를 두 다리 사이에 처박고 몸을 웅크린 채, 손톱이 손바닥에 박힐 정도로 주먹을 꽉 쥐고 아랫배에 힘을 주면서, 입에 피거품을 물고 매질을 견뎌냈다.

매질이 조금 잦아들자 일라리오 다가 그 틈을 타서 소리쳤다.

"난 아무것도 몰라요!"

고문중에 처음 내뱉은 말이었다. 그는 앞으로도 그 말 외에는 어떤 말도 하지 않겠다고 결심했다.

"네가 MIR 당원인 거 다 알고 있어! 죽일 놈의 반역자 새끼!"

"난 몰라요."

"저는 모릅니다!" 일라리오 다의 귀에다 대고 누군가 고함을 쳤다. "'난 몰라요'가 아니라 '전 모릅니다'라고 해!"

일라리오 다가 막 대답하려는데 갑자기 팔이 독사 굴에 들어가기라도 한 듯 수많은 바늘이 찌르는 듯한 느낌이 들며 온몸이 굳어버리는 것 같았다.

"말 안 하고 버티면 이런 맛을 보게 되는 거야." 누군가 말했다.

첫번째 전기고문이 그의 팔꿈치에 가해진 것이다. 전류가 마치 뾰족한 크리스털 조각처럼 온몸의 뼈를 찌르며 지나갔다. 일라리오 다는 붙잡혀 있는 동안 바로 그 전기 충격에 가장 큰 두려움을 느끼게 된다.

"전 아무것도 모릅니다."

두번째 전기 충격이 배꼽 부위를 덮쳤고, 그 순간 강력한 전류가 발끝부터 머리끝까지 관통했다. 온몸이 산산조각나는 것만 같았다. 군인들이 바지를 벗겼고, 일라리오 다는 발가벗었다. 차가운 전극이 그의 쪼그라든 성기로 다가왔다. 너무도 잔혹한 고문 앞에서 일라리오 다의 온몸이 떨렸다. 미처 피할 틈도 없이 전류가 흘렀다. 고환이 폭발해버리는 것 같았다. 성기가 종처럼 크게 부풀어오르는 동안 일라리오 다는 엉덩이에 힘을 주면서 끔찍한 비명을 내질렀다. 몸이 젖혀지고, 발가락이 벌어지고, 혀는 교수형당한 시체처럼 늘어지고, 콧구멍이 벌어졌다. 관절이 전부 어긋나고 그 어긋난 뼈들이 살갗을 찢는 것 같았다. 머리카락과 온몸의 털이 타버리고, 이가 전부 부러지고, 두 눈이 눈구멍 속에서 터져버리는 느낌이었다. 전기 충격이 몇 초 동안 이어진 뒤, 일라리오 다의 몸이 힘없이 바닥에 쓰러졌다. 성기 끝에서 한 줄기 피가 흘러내렸다. 지독한 고통이었다. 눈이 가려져 있었지만, 일라리오 다는 독재정권에 의해 던져진 어둠 속에서 엑토르 브라카몬테를 보았다. 엑토르는 원주민 천사가 되어 밝은 빛 속에서, 콘도르가 살고 성체가 쌓여 있는 꿈결 같은 하늘을 향해 올라가고 있었다. 일라리오 다는 여전히 땅에서 겁에 질린 채로 다시 닥칠 전기 충격을 기다려야 했다.

군인들이 녹슨 가위로 그의 머리카락을 잘랐다. 머리에서 피가 흘렀다. 그들은 일라리오 다 앞에서 비밀 무기고와 공산주의자 청년의 아지트로 추정되는 주소들을 읽어나갔다.

"전부 처음 듣는 얘깁니다." 일라리오 다가 바짝 마른 입을 열어 떨리는 목소리로 대답했다.

그들은 일라리오 다의 머리에 난 상처에 전극을 붙였다. 살에서 연기가 피어올랐다. 일라리오 다는 마구 발길질을 해대면서 온 힘을 다해 몸부림쳤다. 한 시간 동안 불지 않고 버티자 군인들이 그를 일으켜세웠다. 간신히 서 있는 일라리오 다의 입에서 침이 흘러내리고 온몸에서 피가 흘러나왔다. 사방이 조용해지자 일라리오 다는 더 큰 불안에 휩싸였다.

"입을 열지 않으면 단두대로 보내는 수밖에." 마침내 목소리가 들렸다.

머리카락을 잘랐던 녹슨 가위의 날이 위태롭게 성기를 조이는 것이 느껴졌다. 뾰족한 한쪽 끝이 이미 왼쪽 고환을 찌르고, 날카로운 날이 점점 더 안쪽으로 파고들기 시작했다. 이어 고개가 돌아갈 정도로 강한 따귀가 날아왔다.

"자지가 떨어져도 계속 영웅 행세를 하려고? 멍청하게 굴지 마. 어떤 여자가 널 좋다고 하겠어? 잘 생각해봐. 전단지에서 읽은 말, 지금 다른 감방에서 네 이름을 불고 있을 놈들의 말, 하나도 믿지 말라고! 바보처럼 굴지 마! 확 잘라버릴 테니까."

가윗날이 다시 바짝 조여오자 일라리오 다는 울음을 터뜨렸다. 처음에는 작고 불규칙적인 미세한 신음이었지만, 이윽고 그의 내면에서 무언가 부서져내렸다. 롱소니에가에서 세대를 이어 내려온 딜레마가 이번에는 그의 목을 죄어왔다. 고문 때문에 다른 누군가의 이름을 대지 않으려면, 살아남으려면, 모든 것을 엑토르에게 뒤집어씌울 수밖에 없었다. 엑토르에 대한 배신이 아니라, 군인들이 저지른 짓을 이용해서 유리한 상황을 만드는 것이었다. 일라리오 다는 누군가의 이름을 대지 않고서는 벗어날 수 없다는 걸 알았고, 설령 가장 존경했던 사람의 기억을 더럽힌다 해도 무사히 집으로 돌아갈 수는 없으리라는 걸 깨달았다. 허위자백을 하기로 마음먹은 그는 울면서, 평생 스스로 용서하지 못할 말을 내뱉었다.

"엑토르 브라카몬테가 다 압니다."

군인들은 일라리오 다의 젊음이 돌이킬 수 없이 꺾일 때까지, 인간으로서의 존엄성이 부서져 한 줌 가루로 변할 때까지 가위를 점점 더 세게 조이면서 기다렸다.

"시간 좀 줄 테니 더 생각해봐." 마침내 누군가 가위를 빼면서 말했다.

4명의 군인이 그를 똑바로 세웠다.

"꺼져, 개 같은 놈."

일라리오 다는 바로 그날 오후에 죽은 이가 입었던, 허리부터 무릎까지 찢기고 딱딱하게 말라붙은 배설물이 달라붙어 있는 바지를 받았다. 그는 등을 굽힌 채 천장이 낮은 복도를 지나, 희미한 조명 아래 삐걱거리는 구불구불한 계단을 한 번에 네 단씩 내려갔다. 마침내 철문이 열렸다. 차가운 공기로 마당에 나왔음을 알 수 있었다. 그 순간 갑자기 주먹이 날아와 배를 때리는 바람에 일라리오 다의 몸이 앞으로 꺾였다. 그는 숨도 못 쉬고 오른쪽 팔이 뒤틀린 채 무릎을 꿇었다. 더러운 바지, 수갑, 낡은 모직 스웨터, 모든 게 그의 몸을 찔렀다. 목이 너무 말라서 입속의 침조차 삼킬 수 없었다. 입천장에 붙은 시큼한 것을 훑어서 씹자 토사물 맛이 났다.

누군가 뒤쪽으로 지나갔다. 수갑이 풀리고 그 대신 식물성 섬유로 만든 굵은 줄이 그의 몸을 결박했다. 손목을 묶은 줄이 다리 사이를 지나 두 발목에 감겼다. 군인 하나가 다가와서 일라리오 다의 귀에 대고 중얼거렸다.

"네가 말한 그 엑토르라는 놈, 죽었든 살았든 그놈은 널 구해주지 못해."

일라리오 다

엑토르 브라카몬테가 죽고 일리라오 다가 끌려가자 마르고는 하루 만에 늙어버렸다. 죽은 새들을 다 치우고 난 뒤 그녀는 방에 틀어박혔다. 그러다 군인들이 분명 다시 들이닥쳐 집안을 더 뒤지리라는 생각이 들어 아들의 책을 롱소니에의 욕조에 넣고 사흘에 걸쳐 전부 태워버렸다. 테레즈는 소용돌이처럼 피어오르는 연기를 보면서 오래전 비행기를 만들기 위해 레몬나무를 베어낸 딸이 다시금 가족의 기억을 없애고 있다고 생각했다. 하지만 이번에도 그녀는 마르고의 마음을 돌려놓을 수 없었다.

"넌 우리의 모든 추억을 연기로 날려보내는구나." 어머니가 말했다. "유산이라고는 재밖에 남지 않겠어."

마르고는 군사정부가 분명 일라리오 다에게 사형선고를 내리리라 생각했다. 그녀는 거실 창문을 모슬린 천으로 가려 둔 채 아무데도 가지 않았다. 정원에 나가는 게 전부였다. 먼 지투성이의 무겁고 긴 판초를 입고 두 눈은 울어서 벌게진 상태로, 그녀는 자신의 가문이 남반구에서 3대에 걸쳐 저주를 받고 있는 게 분명하다는 결론을 내렸다. 그렇게 지내느라 10월의 어느 오후에 구리 팔찌들을 끼고 이마에 모직 띠를 두른 남자가 산토도밍고에 갑자기 나타난 것도 모르고 있었다. 오후 세시였고, 마르고는 옆에 휴지를 산처럼 쌓아둔 채 부모의 결혼식 때 수를 놓아 장식한 쿠션들에 파묻혀 여전히 침대에 누워 있었다. 그런데 일라리오 다가 어렸을 때 이후로 소식이 없던 아우칸이 갑자기 노크도 없이 방에 들어선 것이다. 그는 콘셉시온에서 산티아고까지 밤새 말을 달려 왔다면서 예지몽으로 본 급한 소식을 전했다.

"일라리오 다 에스타 비보[일라리오 다는 살아 있어]." 그가 말했다. "내가 꿈에서 봤지."

한 치의 오차 없이 정확한 꿈의 과학에 근거하여 나온 그 말이 마르고의 가슴에 커다란 반향을 일으켰다. 마치의 신비한 예언을 믿거나 밤의 선물로 찾아오는 계시라는 미신을 믿어서가 아니라, 그 말이 마르고에게 아들을 불길에서 끌어내려면 재 위에서 허우적대지 말고 다시 일어서야 함을 증명했기 때문이다. 그녀는 프랑스 대사관으로 달려가 외교적 압력을 가해달라고 요청했다. 하지만 대사관 측에서는 일라리오다가 범법 행위를 저질렀다는 이유로, 더구나 공장에서 찾은 빨간색 종이상자에 권총과 총알 주머니가 들어 있었다는 사실을 확인하고는 개입을 망설였다. 마르고는 히피 판초를 벗어던졌다. 더는 밤마다 정원을 방황하지도 않았다. 그녀는 다시 전사가 되었고, 영불해협 상공에서 독일군 전투기에 맞서던 때로 돌아갔다. 거의 미친듯이 날뛰면서 투사의 명성도 되찾았다. 옆에서 지켜보던 테레즈는 군인들이 다시 들이닥칠지 모른다는 생각에 두려워했다.

그즈음 테레즈의 피부는 도마뱀처럼 갈라지고 치아는 갈색으로 변했다. 오랫동안 새장을 돌보느라 등이 굽었고, 풍성하던 머리채는 칠레소나무의 길고 뾰족한 잎처럼 가늘어졌다. 무표정하게 있을 때면 근엄한 이마 때문에 나이가 더 들어 보였다. 이제 그녀는 지쳐버린 매의 모습이었다. 얼굴에는 오랜 경험의 결실인 절제된 우수가 깃들었다. 어느 날 식탁에서 채 썬 당근 위에 놓인 닭고기를 보고는 혐오스럽다는 듯이 접시를 밀어냈다.

"새는 안 먹는다." 테레즈가 말했다.

그날 이후 테레즈는 귀리와 함께 빻은 옥수수만 도기로 된 받침 접시에 담아 먹었다. 아직 아무도 알아채지 못했으나, 그녀는 마치 저 먼 유년기로 조용히 되돌아간 듯 나이에 맞지 않게 엄지손가락을 다시 빨기 시작했다. 몇 안 되는 친구들은 그녀의 음울한 얼굴을 보면서 칠레의 정치적 상황으로 인한 향수 때문이라고 생각했다. 하지만 테레즈만은 자신의 상태를 알고 있었다. 이따금 명철한 정신이 돌아올 때면 그녀는 자신이 서서히 미쳐가고 있음을 깨달았다. 화창한 날 아침에 시아버지 롱소니에가 쓰던 흔들의자에 앉아 창밖을 바라보다가 마치 일라리오 다가 여전히 정원에 있기라도 한 양 손자의 이름을 불렀고, 그러다 정신이 돌아오면 바보 같은 웃음을 터뜨렸다. 일라리오 다의 석방 문제로 대사관에서 씨름하느라 너무 바빴던 마르고는 광기의 늪 속에서 방황하는 어머니를 위해 간호사를 구하는 공고를 냈다.

그다음주 월요일, 완벽하게 다린 치마를 입고 무릎까지 올라오는 흰 양말을 신은 셀리아 필로메나가 갈아입을 옷, 지혈대, 붕대, 습포가 들어 있는 작은 짐가방을 들고 산토도밍고에 나타났다. 스무 살도 안 되었을 텐데, 고집스러워 보이는 시선 때문에 더 나이들어 보였다. 셀리아 필로메나는 마치 평생 해온 일을 하듯 익숙한 동작으로 거실에 물건을 내려놓았고, 그날 이후 테레즈가 마지막 숨을 거두는 순간까지 곁에 있어주었다. 그녀는 테레즈의 얼굴을 캐모마일 에센스 오일로 닦아주고, 브라소 데 레이나*를 만들어 둘세 데 레체를 뿌려 내왔다. 그녀가 청소를 하고 나면 방마다 잘린 풀 향기가 남았다. 저녁이면 셸리아는 일라리오 다가 써놓은 서툰 글들을 테레즈에게 읽어주었다. 진심으로 테레즈에게 연민을 품고 헌신하는 셸리아의 모습을 보면서, 마르고는 어쩌면 두 사람이 전부터 알던 사이가 아닐까 생각하기도 했다. 하지만 그런 보살핌에도 테레즈는 여전히 몇 시간이고 창가에 앉아 정원의 새장만 바라보았다. 학살당한 새들의 핏자국이 남아 있는 새장 안에 그녀의 가장 행복했던 기억이 그대로 놓여 있었던 것이다. 상황을 이해한 셸리아 필로메나가 어느 날 대사관에 갈 준비를 하는 마르고에게 말했다.

"새 한 마리를 사드려야 할 것 같아요."

오래전 부엉이가 상자에 담겨 산토도밍고에 왔을 때처럼, 이번에는 키가 50센티미터인 앵무새 한 마리가 왔다. 연철

---

* 칠레에서 많이 먹는 파운드케이크 형태의 과자 빵. 우유를 설탕과 끓인 '둘세 데 레체'를 안에 넣거나 겉에 뿌려 먹는다.

새장은 벽토로 만든 아라베스크 문양으로 장식되어 있었다. 수정처럼 투명한 도가머리가 흡사 머리카락을 뒤로 빗어 넘긴 탱고 가수 같은 앵무새는 음악을 들려주면 대가리의 수북한 털을 곤두세웠다. 급류가 흐르는 인도네시아의 강에서 온 새의 울음소리는 떠나온 군도의 신비한 언어를 닮았지만, 마치 산토도밍고에서 얼마 떨어지지 않은 곳에서 태어나기라도 한 것처럼 테레즈를 좋아했다. 그런데 새가 사람처럼 말을 하고, 고양이처럼 가르랑거리고, 이따금 웃음을 터뜨려도 테레즈는 무관심했다. 그녀는 언제나 거실 한구석에 놓인 등나무 안락의자에 앉아 버려진 정원을 살폈고, 낮이나 밤이나 갈풀, 호박씨, 껍질 벗긴 귀리를 섞어 작은 그릇들에 담아두었다. 셀리아 필로메나는 롱소니에가의 욕조를 테레즈의 침대 발치에 가져다놓게 한 뒤 목욕을 시켰다. 2주 넘게 매일 욕조에 따뜻한 물을 채우고 당밀액에 적신 작은 수건으로 등을 문질러주었다.

"폐가 아파." 이따금 테레즈가 진짜 아픈 사람처럼 말했다.

젊은 간호사는 테레즈를 위해 새장을 다시 만들면 좋겠다는 생각을 했다. 결국 산토도밍고의 찬란했던 시절에 그랬던 것처럼, 다시 한번 세계 각지에서 온 새들이 집안을 가득 채웠다. 열차 검문소들을 피해가며, 혹은 먼바다에서 들여오는 은밀한 짐들 사이에 끼어서 새들이 산토도밍고로 왔다. 이번에는 정원의 새장이나 거실이 아니라, 아예 전부 테레즈의 방으로 데려다놓았다. 사자 발이 지탱하는 욕조에 누워, 향기를 위해 물에 띄운 수레국화에 둘러싸여, 테레즈는 숲처럼 고요한 침묵 속에서 날아다니는 새들을 바라보았다.

하지만 그녀의 상태는 나아지지 않았다. 정신이 점점 더 자주 허공을 헤맸고, 어쩌나 말라가는지 누워 있을 때면 유리로 된 나이팅게일 한 마리가 침대 시트를 둥지 삼아 웅크리고 있는 것 같았다. 봄기운이 정원의 포도나무를 감싸기 시작하던 10월 무렵, 테레즈는 어릴 때 리마체에서 그랬던 것처럼 지독한 기침에 시달렸다. 어느 날 오후에는 숨을 쉬지 못하겠다고, 목이 너무 아프다고 하소연했다. 좋은 음식이 약 못지않게 효능이 있음을 어머니에게 배워 알고 있던 셀리아는 테레즈를 위해 흰털박하를 넣은 닭발 요리를 만들기로 했다.

재료로 쓸 만한 것을 찾느라 서랍을 전부 열어보았지만 마땅치 않았다. 그녀는 스툴에 올라서서 선반 안쪽을 뒤졌고, 긴 세월 버려져 있던 비스킷 상자 안에서 오래된 닭뼈를 찾아냈다. 40년 전 아우칸이 산토도밍고 집에 와 공중부양 이야기를 했을 때 맡겨두고 간, 파타고니아에서 찾았다던 공룡

일라리오 다 223

뼈였다. 그날 셀리아는 아무것도 모른 채 선사시대의 화석을 물에 넣고 한참 동안 삶았다. 기름을 살짝 뿌려 낸 그 음식이 어찌나 맛있었던지, 테레즈는 자신이 6000만 년을 살아남은 골수까지 먹어치우고 있다는 생각은 꿈에도 하지 못한 채로 작은 뼈를 손으로 들고 빨아먹었다.

정말 공룡 화석 때문인지 아니면 방을 날아다니는 많은 새들 때문인지, 아무튼 몇 시간 뒤 테레즈는 모래찜질을 하는 코뿔소처럼 이불 속에서 몸을 굴리며 전설의 동물들이 가득한 고생물학 세계로 여행을 떠났다. 그녀는 입에서 나오는 대로 자유롭게 말했고, 가벼운 걸음으로 환각 속을 돌아다녔으며, 내면을 관통하는 원시의 힘에 휩싸였다. 마치 마음껏 하늘을 나는 듯한 기분이었다. 후광에 둘러싸인 환영도 보았다. 코르디예라 정상에서 보았던 콘도르가 거대한 날개를 펼치고 새장 주위를 걸어다녔고 헐떡이며 오페라를 노래했다. 테레즈는 정말로 오랜만에 행복의 눈물을 흘렸다. 그리고 리마체에서 백일해에 걸리기 전에 모두가 알아주었던 맑은 목소리로 말했다.

"미셸 르네는 없는 사람이야."

롱소니에가에서 테레즈의 마지막 고백을 직접 들은 단 한 사람은 그 뜻을 이해하지 못했다. 셀리아는 테레즈가 남긴 말을 노인성 섬망의 증상으로 여기며 성탄절인 일요일이었던 그날 저녁, 텅 빈 새장 앞에서 세상을 떠난 테레즈 라마르트의 마지막 순간을 지켜보았다. 테레즈는 세멘테리오 제네랄*의 라자르 곁에 누웠다. 남자 넷이서 뱃사람들이 쓰는 밧줄로 관을 내렸고, 무덤 위를 해바라기로 덮었다. 롱소니에가의 마지막 후손이 칠레를 떠나는 날까지 새들이 그 무덤으로 날아와 쉬곤 했다.

같은 시각 일라리오 다는 그의 젊은 시절 가운데 가장 어두운 시간을 보내게 될 고문실로 향하고 있었다. 당시에 비야 그리말디**는 암흑의 공원이었다. 똑같이 생긴, 천장의 구멍만이 유일한 창문인 좁은 감방들이 길게 늘어서 있었다. 나무판자를 세우고 철조망과 쇳조각으로 덧댄 것이 얼핏 크리브*** 같았고, 죄수들이 어둠 속에 마치 옥수수처럼 쌓여 있었다. 세운 지 얼마 되지 않은 녹색 외벽 안에는 지나간 역

---

* 19세기 초에 세워진 산티아고의 공동묘지.
** 피노체트 정권 당시 억류와 고문이 자행된 산티아고의 비밀 수용소.
*** 수확한 옥수수를 보관하는 구조물. 기둥을 세운 뒤 그 사이를 철망으로 막고 안에 옥수수를 쌓아놓는다.

사도 다가올 미래도 없었다. 그 벽으로 둘러싸인 곳, 꽃 없는 정원에는 침울한 우수만 고여 있었다.

일라리오 다는 차가 멈추자마자 끌려나왔다. 등으로 발길질이 날아왔다. 대령 하나가 앞에 서서 고압적인 태도로 말했다.

"여기서는 벙어리도 말하게 된다."

갑자기 들려온 기관총을 난사하는 소리에 일라리오 다는 가슴이 철렁했다. 누군가 다가오더니 그를 거칠게 끌어당겨 감방으로 데려갔다. 눈이 여전히 가려져 있었지만 그는 자신이 들어온 방이 죄수들로 가득차 있음을 알 수 있었다. 남자가 그를 앉힌 뒤 밖으로 나가 문을 잠그면서 소리쳤다.

"너희는 누구 말을 들어야 하지?"

"대장님입니다!" 마치 합창대처럼 한목소리로 외치는 우렁찬 대답이 돌아왔다.

일라리오 다는 감방 하나에 죄수가 너무도 많다는 사실에 놀랐지만, 무엇보다 죄수들이 규율에 완벽하게 길들어 너무도 일사불란하게 복종하는 것에 놀랐다. 그는 머리를 벽에 기대고 앉아서 눈을 가린 테이프 아래 살짝 벌어진 틈으로 감방 안을 살펴보았다. 가로세로 각기 4미터 2미터 정도 되는 공간은 어림잡아 세어본 16명이 지내기에는 너무 비좁았다. 벽의 파란 페인트는 곳곳이 벗어졌고, 천장에는 밤새도록 켜두는 끔찍한 전구 하나가 매달려 있었다. 가구라고는 벽 앞에 나란히 놓인 의자 여섯 개, 길게 늘어선 이층침대와 나무로 만든 베개가 전부였다.

일라리오 다는 젊은 죄수들의 얼굴을 하나씩 살폈다. 다들 탈진한 상태 같았다. 대부분 얼굴에 골절상이 있고 피로에 지쳐 머리를 축 늘어뜨린 모습에, 손목이 묶인 채로 지내느라 두 손의 살갗이 연보라색으로 변해 있었다. 벌리고 앉은 두 다리 사이 흥건하게 고인 침이며 더러운 옷과 긴 수염까지, 하나같이 패배와 치욕과 징벌에 꼼짝없이 묶인 몰골이었다. 몇 명은 심각한 화상을 입었고, 또 몇 명은 자상이 깊었다. 모두 침묵에 빠져 있다가 간수가 지나가면 매번 누군가 비통한 목소리로 불렀다.

"아구아, 포르 파보르〔물 좀 줘요, 제발〕."

전기고문은 갈증을 유발했다. 한 시간 정도 아무도 말이 없다가 감방 제일 안쪽에서 조용한 웅얼거림이 들리기 시작했다. 일라리오 다는 군인들이 죄수로 위장하고 들어와서 대화하는 척 정보를 알아내려는 거라고 생각했다. 처음에는 소곤거리는 작은 소리였는데, 옆 사람들이 말없이 들어주는 동안 점점 더 커졌고, 그러다가 또다른 목소리가 가세했다. 잠시 뒤 복도에서 발소리가 들리자 대화가 끊겼다.

"누구야, 입을 연 게?" 간수가 물었다.

아무도 대답하지 않았다.

"392번, 너야?"

"아닙니다."

"그럼 네 애인 년이겠군."

392번 옆에 열여덟 살 정도 되어 보이는, 머리가 길고 셔츠가 찢어진, 고문을 받다 흘린 피로 가슴께가 젖은 청년이 앉아 있었다. 간수가 그의 목을 잡아 끌고 나간 뒤 채 이 분도 지나지 않아 비명이 들려왔다. 어떻게 구타하고 어떻게 전기 고문을 하는지, 죄수들에게 다 들렸다. 끌려간 청년은 계속 잘못했다고, 자기는 아무것도 모른다고 필사적으로 되풀이했다. 그러다 몇몇 이름들을 댔지만, 이미 탈출한 혹은 죽은 사람의 이름이었을 테니 고문하는 이들을 만족시킬 수 없었다. 며칠 뒤 알려진 바에 따르면, 새로운 고문 기술, 그러니까 죄수의 두 발을 전기케이블로 묶어 철제 침대에 눕혀놓고 항문으로, 발가락 사이로, 겨드랑이 밑으로, 눈가로 전기를 흘려보내는 이른바 석쇠 기술이 사용되었다고 했다. 청년은 자기는 저항운동과 아무 상관이 없다고, MIR에 가입한 적이 없다고, 그 조직을 만들고 이끌어가는 사람들과 아무런 관계가 없다고 말하며 전부 부인했다. 고문은 다섯 시간 동안 계속되었다.

그렇게 온종일 수난이 이어졌다. 일라리오 다는 모든 고문을 버텨냈다. 자존심과 자부심으로, 혹은 엑토르 브라카몬테가 저승에서 비난할지 모르지만 자기 짐을 그의 등에 지워야한다는 현실을 마침내 받아들였기 때문이었을 것이다. 감옥에서 지내는 동안 일라리오 다는 얼굴이 딱딱해졌다. 산토도밍고 시절의 오만하고 매혹적인 젊은이는 갇혀 지낸 몇 주 사이 무너져버려 이목구비가 낫도끼로 찍어낸 듯 우락부락해졌다. 피부색은 칙칙하게 불그죽죽했고, 언제나 풍성하던 머리카락은 가늘어지고 끝이 갈라졌다. 이제 그에게는 어머니의 뜨거운 불길도 아버지의 당돌한 젊음도 남아 있지 않았다. 비야 그리말디에서 그는 짐승이고 시체였다.

감방 입구에 놓인 병의 물을 작은 잔에 따라서 나눠주는 일은 늘 392번이 맡았다. 그는 도형수들 사이에 은밀한 위계질서가 존재하기라도 하듯 분명한 순서에 따라, 물을 흘리지 않기 위해 한 손으로 잔 가장자리를 잡고서 다른 손으로 천천히 따랐다. 차례가 오기까지 오래 걸렸고, 모두 말없이 기다렸다. 어찌나 조용한지 옆 사람의 목구멍으로 물 넘어가는 소리가 들릴 정도였다. 물을 다 마시면 취침 명령이 떨어졌다. 일부는 이층침대를 사용하고 다른 일부는 의자 두 개를 붙여 그 위에서 잤지만, 나머지는 마치 바다사자들처럼, 누군가의 머리가 다른 누군가의 무릎에, 발이 다른 사람의 등에 올라간 채로 뒤엉켜서 잤다. 모두 몸이 아팠고, 입이 바짝 말랐고, 배가 고팠다. 붙잡힌 사람들 간의 연대, 억압당하는 이들 간의 단결이 존재하는 법이지만, 비야 그리말디에서는 각자 앞가림을 해야 했다.

이튿날 간수들이 지시 사항을 전달했다. 말하지 말고, 간수를 부르지 말고, 징징대지 말 것. 다시 말해 열여덟 시간 동안 의자나 바닥에 앉아 그저 고문 차례가 돌아오길 기다리라는 것이었다. 심지어 죄수들은 전기고문을 받던 테이블에서 밥을 먹었다. 여전히 눈을 가린 채로, 절대 한 마디도 하지 말고, 6명씩 줄지어 앉아 고개를 숙이고 먹어야 했다. 그들에게는 간수들이 먹고 남긴 것들, 그러니까 올리브씨, 오래된 닭뼈, 귤껍질, 연골 조각, 씹어놓은 쌀알 따위를 한꺼번에 큰 냄비에 넣고 끓인 더러운 음식이 주어졌다. 그 이후 죽는 날까지 일라리오 다는 배가 고프면 뭐든 먹을 수 있다고 입버릇처럼 말하게 된다.

언제부터인가 죄수들은 간수의 명령을 어기고 감방 안에서 자기들만의 법을 세워나갔다. 자리도 바뀌었다. 더 편하기 위해서가 아니라, 온종일 이어지는 똑같은 일상에 변화를 주기 위해서였다. 일라리오 다는 다른 죄수들이 자신과 비슷하다는 것을 알게 되었다. 그들은 학생, 강사, 교수, 변호사, 상인이었고, 이 나라를 떠날 수만 있다면 그 어떤 서류에도 서명할 준비가 되어 있었다. 칠레만 아니라면 어디라도 가고 어떤 여정이라도 받아들일 터였다. 프리게〔전쟁 포로〕라고 불린 이들은 랑카과, 리나레스, 탈카*의 감옥에서 젊음을 보내게 된다. 그들은 감옥에서 수학, 영문학, 천체물리학, 스칸디나비아어를 가르쳤고, 수업의 수준이 높아 군인들이 철창 너머에서 노트에 그 내용을 받아 적기도 했다.

비야 그리말디에서 일라리오 다는 호르헤 트루히요라는 사람을 알게 되었다. 일하던 공장에서 짧은 파업이 일어난 뒤 그저 의심스럽다는 이유만으로 체포되어 온 그는 비유적인 표현을 써서 말하지 않았고, 정치 이론도 몰랐다. 말을 잘하지도 많이 하지도 않았다. 그는 겸손했고, 스스로를 순교자로 여기지 않았다. 호르헤 트루히요는 비야 그리말디에 온 지 얼마 되지 않아 곧 사라졌다. 전하는 얘기에 따르면, 고문을 받던 중 어느 식당이 MIR 조직원들의 접선 장소로 쓰인다

---

* 랑카과와 리나레스는 칠레 중부, 탈카는 북부의 도시다.

는 자백을 한 뒤 그에게 포로테아르〔밀고자〕임무가 주어졌다. 즉, 혼자 식당에 앉아서 다른 자리의 사람들을 살피다가 찾는 사람이 나타나면 조심스러운 동작으로 신호를 해서 알려야 했다. 그날 그는 메뉴판에서 제일 좋은 포도주와 요리를 주문했고, 먹는 내내 단 한 번도 고개를 들지 않았다. 종업원이 계산서를 가져오자 그는 민간인 복장으로 대기중이던 군인들을 손가락으로 가리키면서 말했다.

"계산은 저분들이 할 겁니다."

호르헤 트루히요는 그렇게 마지막 만찬을 즐겼고, 이후 아무도 그를 다시 보지 못했다.

초석 광산에서 일하던 나이 많은 노동자도 있었다. 돈 우고라 불린 그는 레카바렌*의 숭배자였고, 공산당에서 활동한 적도 있었다. 반정부 활동에 절대 끼어들지 못하게 한 아내 때문에 몰래 미겔리토스, 그러니까 휜 못을 만들었다. 통금이 시작되기 직전에 군부대나 경찰서 가까운 도로에 그 못을 뿌려 순찰차들의 타이어를 펑크나게 할 계획이었다. 그런데 문제가 생겼고, 지금 그는 가족들과 떨어져 무거운 수갑을 흔들면서 읊조리곤 했다.

---

* 칠레의 정치가. 칠레 노동운동의 선구자로 꼽힌다.

"늘 마누라 말을 잘 들어야 한다니까."

키가 크고 갈색 머리에 명랑한 성격의 남자도 있었다. 아버지와 함께 돼지고기 가공품 상점을 운영하던 그는 체포되기 전날 계좌 잔고가 빈 상태로 도매업자에게 수표를 끊어주었다고 했다.

"여기서 나가도 난 어차피 사기죄로 다시 감옥에 들어갈 거야."

마흔 살쯤 된 카르멜로 디비노 로하스라는 사람도 있었다. 그는 콘셉시온에서 잡지를 발간하던 기자였는데, 나중에는 아르만도 라베린토스라는 기자가 프랑스에서 그 일을 이어가게 된다. 체포될 즈음 그는 이미 정치적인 문제에 얽히지 않기 위해 잡지 일에서 손을 떼기로 결심한 상태였고, 그날 아침에도 조카와 도미노게임을 하고 있었다. 문을 두드린 사람들은 영장도 제시하지 않았고 체포 이유도 말해주지 않았다. 무작정 때리고 고문한 뒤 비야 그리말디로 보냈다. 기자로 대우해달라고 요구했지만 결국 다른 사람들과 같은 감방에 들어왔다. 그는 이따금 화가 치밀어오르면 참지 못하고 큰 소리로 말했다.

"적어도 당신들은 왜 여기 와 있는지 이유라도 알잖아요. 왜 죽는지 알면 버티기가 좀 낫지. 하지만 난 우파라고요. 여기 있을 사람이 아니에요."

그날은 간수가 발길질로 문을 열었다.

"누구야? 누가 입을 열어?" 간수가 소리쳤다.

아무도 움직이지 않았다.

"카르멜로 너지? 어차피 넌 이제 작별인사 해야 돼. 조금 전에 판결이 났거든. 총살이 정해졌어."

간수들이 그를 끌어냈다. 이어 그를 묶어놓고 머리에 검은색 두건을 씌웠다. 그리고 차출된 3명의 경비병이 처형 대열로 서서 소총을 겨누었다. 네번째 병사가 선고문을 읽은 뒤 신호를 했다. 하지만 총소리 대신 웃음소리가 들렸다.

"저놈 기절했어! 계집애 같으니!"

카르멜로가 처음 겪은 가짜 처형이었다. 그는 기절한 상태로 취조실로 끌려가 한 시간 동안 고문을 받았다. 자백 유도제인 펜토탈도 삼켜야 했다. 그는 해질 무렵에야 성한 곳 하나 없이, 산 채로 껍질이 벗겨진 채, 반죽음이 되어 감방으로 돌아왔다. 죄수들은 방에서 가장 좋은 침대에 그를 눕혔다. 잠시 뒤 그가 간신히 입을 열어 중얼거렸다.

"난 영원히 풀려나지 못할 거야. 다 말했어."

12월, 버드나무숲 한가운데 우뚝 선 낡은 탑* 안에서 죄수들과 고문 기술자들이 함께 크리스마스를 보냈다. 저녁 여섯 시쯤 간수 하나가 라디오를 들고 와서 우아치파토와 우니온 에스파뇰라**의 축구 경기를 틀었다. 라디오 소리가 컸기 때문에 죄수들도 철창 너머로 경기 상황을 따라갈 수 있었고, 두 팀에 대해 갑론을박하면서 이야기가 끊어질 틈 없이 토론이 이어졌다. 간수들은 크리스마스 저녁에도 일터에 와 있어야 하는 처지가 지겨워 죄수들에게 한 명씩 재미있는 얘기를 해보라고 했다. 제일 먼저 지목된 392번은 눈을 바닥으로 내리깔고 몸을 떨면서 자그마한 목소리로 외설적인 이야기를 했다. 같이 공중변소에 들어간 두 사제 이야기였다.

일라리오 다의 차례가 되었다. 그는 구석에 말없이 앉아 있었다.

"전 아는 얘기가 없습니다."

"그럼 노래라도 불러봐."

"노래할 줄 모릅니다."

---

* 비야 그리말디 한쪽 구석에 있는 탑처럼 생긴 높은 건물 안에 고문실과 감옥이 있었다.
** 우아치파토는 콘셉시온을 연고로 하는 축구팀이고, 우니온 에스파뇰라는 산티아고를 연고로 하는 축구팀이다.

간수의 분노가 폭발했다.

"하는지 못하는지 두고 보면 알겠지. 빨갱이 새끼."

간수가 문을 열고 들어서자 모두 일어섰다. 그가 일라리오 다의 팔을 붙잡고 복도로 끌어내려 할 때, 갑자기 감방 안에서 노래가 흘러나왔다. 탱고였다. 카를로스 가르델의 「귀향」이었다. 외로운 목소리의 주인은 카르멜로 디비노 로하스였다. 그는 탈진한 상태였음에도 다른 감방까지 노랫소리가 들리도록 얼굴을 창살에 바싹 붙인 채 노래를 불렀다. 다른 목소리들이 그의 노래에 더해졌고, 한순간 비야 그리말디는 음악과 함께 깊은 묵상에 빠졌다. 그 순간 일라리오 다는 모두가 아직 완전히 죽은 건 아니라는 생각을 했다. 벽 너머로, 철조망 너머로, 눈을 가린 테이프 너머로, 귀향과 생기 잃은 이마*를 이야기하는 똑같은 꿈이 퍼져나갔다.

잠시 뒤 일라리오 다가 다시 일어서는데 갑자기 밖이 시끌벅적해졌고, 그 요란한 소음 속에 다른 목소리가 섞여 있었다. 노인 하나가 끌려오고 있었다. 간수가 그에게 아들이 숨은 곳을 대라고 윽박질렀지만 노인은 버티면서 전부 부인했다. 여러 명이 달려들어 노인을 곤봉으로 때렸다. 그는 9월

---

* '생기 잃은 이마'는 카를로스 가르델의 노래 〈귀향〉에 나오는 표현이다.

11일 이후 전국 수배령이 내려진 MIR의 고위 간부 훌리안의 아버지였다. 삼십 분 뒤 간수가 노인을 감방에 던져 넣고는 거칠게 문을 잠갔다. 노인은 문에서 제일 가까운 의자에 조용히 자리를 잡았다.

"어차피 오늘은 못 나갈 줄 알았어." 노인이 말했다.

죄수들 사이로 거북한 웃음이 번졌다. 하지만 그날 그 노인은 소중한 정보도 하나 가져왔다.

"저놈들 말이, 프랑스 대사관에서 압력이 심하대. 오늘 프란추테* 한 명을 내보낸다더군."

처음에 일라리오 다는 믿지 않았다. 하지만 해질 무렵 정말로 복도에서 발소리가 들리더니, 간수가 문 앞에서 소리쳤다.

"프란추테! 일어나!"

12월 30일에 일라리오 다는 비야 그리말디를 나섰다. 빡빡 머리에, 죽도록 얻어맞고, 몸무게가 11킬로그램이나 빠진 채였다. 갑작스럽게 닥친 자유마저 그에게는 너무나 허술하고 부당해 보였다. 민간 차량인 폴크스바겐 K70에 올라탄 뒤에도 그는 이 모든 게 자기를 아타카마사막 어딘가에 내버리고 오기 위한 새로운 쇼일지도 모른다고 생각했다. 하지만 대도

---

* 스페인어로 프랑스인을 낮춰 부르는 말.

시의 클랙슨 소리, 상점과 버스에서 나오는 음악 소리가 점점 가까워지자, 일라리오 다는 자기가 산티아고 중심부의 오이긴스대로 혹은 시몬 볼리바르 대로에 와 있음을 알 수 있었다.

차에서 내릴 때 부드러운 손 하나가 일라리오 다의 머리를 잡아 문틀에 부딪치지 않게 해주었다. 한 여자가 그를 건물 안으로 데리고 들어간 뒤 눈꺼풀에 붙은 테이프를 조심스럽게 떼어냈다.

"눈을 살살 떠봐요." 그녀가 말했다. "빛이 너무 밝을 거예요."

일라리오 다에게 다시 세상이 나타났다. 그는 주위를 둘러보았다. 그곳은 피스칼리아 밀리타르〔군검찰청〕였다. 여자가 그를 계단 아래 있는 좁은 대기실로 데려갔다. 지하에 늘어선 사무실마다 넥타이를 맨 남자들이 타자기 앞에 앉아 있었다. 여자가 담배 한 대를 내밀었지만, 일라리오 다는 정중하게 거절했다.

"이번 기회에 끊어볼래요."

일라리오 다는 사무실 한 곳으로 들어갔다. 책상 하나가 놓여 있고 맞은편 벽에 확대한 아우구스토 피노체트의 사진이 걸려 있었다. 그리고 수염을 말끔하게 깎은 남자 2명이 금장 단추를 단정하게 잠근 셔츠 차림으로 앉아 있었다. 그들은 큰 소리로 일라리오 다의 성姓을 확인했고, 소매를 걷어올린 뒤 9월의 그날, 그 금요일에 있었던 일을 하나도 빼지 말고 전부 얘기하라고 했다.

일라리오 다는 자신의 상처를 드러내지 않으면서 차분하게 엑토르 브라카몬테가 극좌 운동의 극렬 활동가였다고, 공장에 무기를 숨겨두고 있었다고 다시 한번 말했다. 자기는 이중국적의 중산층일 뿐이라고, 경박하고 변덕스럽고 어리고 생각이 모자라 그 일에 연루된 거라고 해명했다. 일라리오 다의 진술이 끝나자 두 남자 중 하나가 펜을 건네주면서 서명하라고 했다. 서류를 다시 읽어볼 시간도 주지 않았다. 그곳을 나서면서 일라리오 다는 엑토르를 떠올렸다. 어린 일라리오 다에게 존경받을 만한 인물로 기억되기 위해 평생 힘들다는 말도 싫은 내색도 없이 애쓴 사람이었다. 그저 배가 고팠다는 죄밖에 없었던 엑토르 브라카몬테의 이름은 58년 뒤 역사의 고아들 중 하나로 기록된다.

미셸 르네

5월 21일에 롱소니에 노인은 118번째 생일을 맞았다. 오랫동안 포도 수확을 하느라 등이 굽기는 했지만, 그는 인간의 나이가 시간의 흐름과 무관함을 보여주는 살아 있는 증거였다. 하지만 그런 그도 몇 달 전부터는 칠레에 오기 전 자기이름이 무엇이었는지 기억하지 못했다. 새로 얻은 신분에 너무도 잘 적응한 나머지 원래의 신분을 잊어버린 것이다. 그는 흐릿해진 과거 속을 주춤거리며 떠다녔다. 이제 포도밭을 일구던 젊은 농사꾼의 모습은 기억에서 완전히 사라져버렸다. 그럼에도, 파리에서 도망 나온 사람을 처음 만난 가을의오후만큼은 여전히 또렷하게 기억했다.

"이름이 미셸 르네였어." 롱소니에 노인이 그 사람의 이름을 공책에 적으면서 말했다.

칠레에서 쿠데타가 발발하기 한 세기 전인 1873년에, 롱소니에 노인은 롱르소니에의 언덕 위 보잘것없는 포도밭을 물려받았다. 그때만 해도 몇 달 뒤 그를 세상 반대편으로 떠나보낼 놀라운 운명의 징조는 보이지 않았다. 8월 말에 부모가 장티푸스로 사망했고, 곧이어, 마치 집안에 저주가 내리기라도 한 듯 포도나무들이 죽어가기 시작했다. 어느 정도는 예견된 재앙이었다. 몇 년 전 미국에서 프랑스 땅으로 옮겨온 야생 진디 필록세라가 이미 보르도와 바스크 지방에 큰 피해를 입히고 있었다. 남프랑스 아를에 사는 M. 들로름이라는 수의사의 포도밭에서 하룻밤 사이 잎이 전부 노랗게 변했다는 이야기를 롱소니에도 들어 알고 있었다. 이제 그의 포도나무들 역시 안데스의 창백한 황금빛으로 변해갔고, 매끄럽던 표면이 진디 때문에 부풀어올랐다. 몇 주 만에 모든 포도나무가 속이 비고 말라버렸다. 한 그루 쓰러질 때마다 눈에 보이지 않는 수많은 진디가 바람 속에 퍼져, 비를 타고 다른 포도밭과 다른 그루터기로 번졌다. 진디의 앞길을 가로막는 것은 줄기들 사이에 늘어진 거미줄뿐이었다. 몇백 년 동안 일구어온 포도밭이 그렇게 황폐해졌다. 프랑스의 포도 경작 역사에서 다시 볼 수 없을 재앙이었다. 몇 달 만에 에로에서 알자스*까지 모든 포도나무가 쓰러졌다.

나라에서는 병든 토양을 침수시키라고 했지만, 필록세라가 물의 공격에서도 살아남는다는 사실이 밝혀지기까지 그리 오래 걸리지 않았다. 화학제품도 써보았으나 그러면 진디가 오히려 더 빨리 퍼져서 가까이 있는 사과나무와 토마토까지 죽었다. 군청에서 나와 포도나무 뿌리를 장작처럼 쌓아놓고 태울 땐 그 불길이 파리코뮌**의 불길을 연상케 했다. 필록세라 대책위원회도 조직되어 황산구리와 이황화탄소를 뿌리며 다녔다.

롱소니에의 포도밭은 동부 지역에 있었고, 그래서 한동안은 포도줏값이 올라 재미를 보았다. 하지만 어느 날 경사진 포도밭을 걸어내려가던 그는 포도나무 그루의 껍질에서 후끈한 열기와 함께 맵고 시큼한 냄새를 감지했다. 이미 갈색

---

* 에로는 남프랑스 지중해 연안 지역이고, 알자스는 동북부 지역이다.
** 1871년 프로이센과의 전쟁에서 패배한 뒤 수립된 제3공화국이 왕당파 주도로 굴욕적인 종전 협정을 체결했을 때, 이에 반대하는 파리 시민들이 수립한 사회주의 자치정부. 프러시아군과 합세한 정부군의 진압 작전으로 두 달 만에 무너졌다.

으로 변해 파르르 떠는 잎사귀에는 녹색 멍울이 맺혀 있고 청산가리 구슬 같은 알갱이가 가득했다. 몇 곳을 확인해보니 터널처럼 길게 파인 가지 속에 굶주린 벌레들이 우글대고 있었다. 벌레들은 수액을 타고 돌아다녔고, 땅을 오염시켰고, 지하의 독재자처럼 뿌리까지 전부 장악했다.

곡괭이로 갈라보면 빼곡히 줄을 이룬 누르스름한 점들을 맨눈으로도 볼 수 있었다. 모든 그루가 굶주렸고, 모든 송이가 쭈글쭈글했다. 오래된 몇 그루가 버티고 있기는 했지만, 롱소니에의 포도밭은 결국 섬 한가운데 덩그러니 버려진 왕국 꼴이었다. 포도나무가 길게 늘어선 그의 밭은 나병 걸린 식물들의 묘지, 처량하고 침울한 통로가 되었다. 몇 주 뒤에는 6헥타르의 포도밭에서 단 한 방울의 포도주도 얻을 수 없었다.

롱소니에는 그래도 버텨내려 애썼다. 그는 식물 의학 분야의 전문가처럼 곤충학 관련 서적들을 뒤졌고, 온종일 돋보기를 들고 나뭇가지를 관찰했다. 얼마나 열심히 필록세라와 싸웠는지, 그에게는 자신의 전투가 두 해 전 파리의 거리에서 코뮌 지지자들이 벌인 전투보다 더 대단해 보였다. 하지만 그렇게 수확한 포도는 가장 굵은 게 땅콩만했고, 제일 높이 자란 나무도 키가 12센티미터밖에 되지 않았다. 롱소니에의 포도밭은 그렇게 무너졌다. 그나마 병들지 않은 나무들을 접붙이고 황산구리를 뿌려봐도 아무런 효과가 없었다. 롱소니에는 자신의 싸움이 돌이킬 수 없는 패배로 끝났음을 인정할 수밖에 없었다. 벌목꾼들이 와서 포도나무를 베어냈다. 건축업자와 악기 제작자들에게 가져가 팔기 위해서였다. 두 달 뒤 롱소니에의 포도나무들은 바이올린이 되고 술집의 의자가 되었다.

절망한 롱소니에는 아무렇게나 살았다. 죽은 포도나무들에 대한 애도 기간이 끝나갈 즈음 그의 집은 폐가가 되어 있었다. 고독이 내려앉은 저녁이면 부모의 유령이 음침한 집의 을씨년스러운 복도를 돌아다녔다. 포도밭의 병이 집안에도 그대로 번졌다. 벽은 바닥부터 올라온 이끼와 습기로 뒤덮였고, 문들은 녹슨 경첩 때문에 여닫을 때마다 삐걱거렸다. 선반은 마치 눈이 쌓이기라도 한 듯 거미줄로 하얗게 뒤덮였고 부엌 한쪽에는 쓰레기 산이 생겼다. 화병 속 꽃들은 모두 썩어버렸고, 구석마다 풀더미처럼 쌓인 먼지는 개미들의 영토가 되었다.

불현듯, 롱소니에는 그곳을 떠날 때가 되었다는 확신이 들었다. 이미 5년 전부터 전국에서 포도밭을 버리고 새로운 꿈을 일구러 식민지로 떠나는 사람들이 늘어가고 있었다. 아직 결혼을 안 한, 가족도 없고 물려받을 유산도 없는 젊은이들이 제일 먼저 캘리포니아행 배에 올랐다. 샌프란시스코 북동쪽의 나파밸리에서 생산된 포도주들이 언젠가 파리의 시음회에서 프랑스 포도주와 어깨를 나란히 하게 되리라고들 했다.

떠날 결심을 굳히자 더는 돌아볼 것도 걱정할 것도 없었다. 그러던 어느 날, 목요일 아침이었다. 일어나서 커피를 마시려던 롱소니에는 부엌 구석에 쌓인 쓰레기들이 사라진 것을 발견했다. 처음에는 너무 피곤해서 잘못 본 줄 알았다. 그런데 이틀 뒤에는 탑처럼 쌓여 있던 접시까지 깨끗이 설거지가 되어 있었다. 그달이 끝날 즈음에는 집안에서 개미가 사라졌고, 거미줄도 없어졌고, 경첩도 기름칠되어 더는 소리가 나지 않았다.

'맙소사.' 그는 생각했다. '이러다 유령들이 나까지 집에서 쫓아내겠군.'

집에서 왜 자꾸 이상한 일이 일어나는지 조사해보기도 전에, 어느 날 롱소니에가 공구 창고에 들어서자 짚단 위에 누워 있던 한 남자가 화들짝 일어섰다.

그는 겁을 먹은 듯 떨고 있었다. 누구를 해칠 사람처럼 보이지는 않았다. 롱소니에는 어쩌면 바다 너머 캘리포니아에서 온 사람일지 모른다고 넘겨짚었다. 하지만 미지의 남자는 아메리카에 대해 아는 게 없었다.

"전 파리에서 왔습니다."

남자는 부당한 소송에 휘말려 고민하다가 파리코뮌이 '피의 일주일'*에 휩싸였을 때 과일 수레에 몸을 숨겨 도망나왔다고 했다.

"절 돌려보내시면 그대로 교수형입니다." 그가 단숨에 말했다.

남자의 이름은 미셸 르네였다. 가진 것이라고는 벨벳 목깃이 달린 짧은 갈색 외투, 빨간색 줄무늬 바지, 체크무늬 챙모자가 전부였다. 회색 눈과 섬세한 코 때문인지 얼굴선이 여성적으로 느껴졌다. 몇 달 전이었더라면 롱소니에는 자기 집 공구 창고에 몰래 들어온 침입자를 곧바로 신고했을 것이다. 하지만 폐허가 된 풍경을 뒤로한 채 떠나기로 결심한 터였기에, 도망자를 보면서 어쩌면 그가 자신이 남기고 가는 포도밭을 되살려낼지도 모른다는 생각을 했다.

며칠 동안 롱소니에는 출발 준비에 매달렸다. 얼마 전까지 포도밭을 되살리기 위해 총동원했던 상상력을 모두 쏟아부었다. 그것은 현실을 회피하는 게 아니었다. 이 대륙의 내장에

---

* 파리코뮌을 진압하기 위한 무차별 공격이 벌어진 1871년 5월 21일부터 28일까지의 일주일을 말한다. 수만 명이 처형당하고 투옥되었다.

서 포도 한 송이라도 더 끌어내리라는 마지막 희망까지 다 잃었기 때문이었다. 롱소니에는 지도에 위치를 표시했고, 캘리포니아에 관한 책들을 밑줄을 그어가며 읽었다. 그곳까지 가는 동안 포도 그루를 보관하는 방법도 확인했다. 3월에 가구를 팔아 배표를 샀고, 이내 복주머니 가방, 종이상자, 물건으로 꽉 찬 여행가방이 그의 거실을 채웠다. 그리고 초봄에 르아브르를 떠나 아메리카대륙으로 향할 혼곶선을 기다렸다.

　미셸 르네는 롱소니에가 잠들고 나면 어김없이 일어났다. 매일 밤, 자신이 직접 만든 공구 상자를 들고 어둠 속에서 창고를 나선 뒤 조용히 1층 복도를 돌아다녔다. 그는 기울어진 선반을 고쳤고, 벽난로를 청소했고, 등잔 기름을 갈았다. 몸놀림이 어찌나 신중하고 조용하고 조심스러운지, 롱소니에는 파리에서 온 도망자가 아마도 어느 부잣집의 집사였으리라 생각했다. 몇 차례 대화를 시도했지만 미셸 르네는 과거에 대해 말을 피했다. 그동안 힘든 농장 일을 하고 감옥의 소음을 견디고 떠돌이 집단의 규칙들을 지키며 지내느라 사람들에 지친 그는 폐허가 된 롱소니에의 포도밭에서, 이 유령들의 은신처에서 여생을 조용히 마칠 피난처를 찾은 듯했다. 그는 감사 혹은 동의를 표할 때만 입을 열었다. 많이 얻어맞으며 지내온 탓에 그의 눈에는 두려움이 어려 있었다. 금방

사라지고 말 그림자처럼, 또 수줍은 고양이처럼 포도밭 사이를 조용히 오가는 근심 어린 모습에서 그동안 겪어내야 했던 수모의 은밀한 흔적이 엿보였다.

그렇게 몇 주가 지나 하늘이 구름에 덮인 4월 11일, 롱소니에는 마지막 가방을 꾸린 뒤 병충해를 버텨낸 포도나무 한 그루를 뿌리째 파내어 챙겼다. 주머니에 30프랑과 함께 기름진 흙도 조금 넣었다. 드디어 떠나는 날이었다. 그는 짐 상자를 나사로 고정해 잠그고 도기 저금통을 깨서 마지막 남은 돈을 챙긴 다음 창고로 갔다. 바로 그날, 창고에 들어서면서 그는 처음으로 모자를 쓰지 않은 미셸 르네를 보았다. 롱소니에는 그동안 그가 긴 머리채를 검은색 망사로 감싸고 있었다는 사실을 알게 된 그 순간을 이후 오랫동안 기억하게 된다. 그제야 자세히 뜯어보니 미셸 르네는 남자라 하기에는 엉덩이가 너무나 풍만하고 탄력 있었고, 단추를 조금 풀어둔 푸른 셔츠 아래 생기 있고 둥근 가슴도 눈에 들어왔다. 미셸 르네는 여자였다.

그녀는 파리 주민이고, 30대였다. 블랑슈광장* 전투에 참

---

* 파리 9구에 있는 광장으로, 피의 일주일 동안 이곳에서 120명의 여성들로 구성된 부대가 정부군의 진압에 맞서 싸웠다.

여해 남자처럼 제복 비슷한 웃옷에 빨간색 줄무늬 바지를 입고 바리케이드에 올라서서 싸웠다. 부상을 입고 쫓기게 된 뒤로는 어디든 닥치는 대로 들어가서 숨었다. 공동묘지로 가서 집처럼 생긴 큰 무덤에 들어가 있기도 했고, 도축장으로 쓰이던 곳에서도 숨어 지냈다. 심지어 나폴레옹 시절 오귀스탱 무쇼라는 이름의 수학자가 해시계를 세웠다는 황실 작업장에 가 있기도 했다. 문간에 나타난 롱소니에를 보자 그녀는 얼굴을 붉히면서 재빨리 담요로 몸을 가렸다.

"쫓아내지 말아주세요." 그녀가 부탁했다.

그녀는 그동안 매번 쫓겨났다고, 일할 권리, 배울 권리, 민법의 보호를 받을 권리, 무기를 들 권리를 지켜내기 위해 파리의 모든 구, 모든 외곽 지역을 돌아다녔다고 했다. 롱소니에가 왜 남자 옷을 입고 다니냐고 묻자, 그녀는 놀라우리만치 단호하게 대답했다.

"여자일 권리조차 잃었으니까요."

롱소니에는 많이 놀랐지만 망설이지 않았다. 그는 내려놓았던 가방을 든 뒤 집 열쇠들을 그녀에게 건네주었다.

"이곳이 다시 태어난다면, 그건 여인의 손으로 가능할 거야." 그가 말했다.

그날 저녁 롱소니에는 석회질의 땅, 곡식이 자라고 삿갓버섯과 호두가 자라는 그 땅을 떠나, 르아브르를 출발해서 캘리포니아로 향하는, 쇠로 만든 커다란 배에 올랐다. 파나마 운하가 개통되기 전이어서 남아메리카 남단을 돌아가야 했다. 혼곶선을 타고 바다를 건너는 40일 동안, 새장과 200명의 사람이 빼곡히 들어앉은 선창이 어찌나 시끄러운지 배가 파타고니아 해안에 이를 때까지 그는 한순간도 제대로 눈을 붙이지 못했다.

5월 21일, 롱소니에는 운명의 장난으로 발파라이소에 내렸다. 스스로는 깨닫지 못했지만, 그것은 프랑스로 싸우러 떠나게 될 아들 라자르의 용기, 비행기를 몰고 영불해협 상공을 날아다닐 마르고의 용기, 고문을 당하면서도 입을 열지 않을 일라리오 다의 용기 못지않은 대단한 용기였다. 롱소니에는 후손들이 이루게 될 몸통을 위해 뿌리를 이식한 셈이었다. 몇 년 뒤 산티아고에서 가족을 이루어 살아갈 즈음에는 자기가 정말로 미셸 르네라는 사람을 만난 적이 있는지 헷갈릴 때도 있었다. 하지만 어느 날 아들 라자르가 프랑스의 조상에 대해 물었을 때, 도망친 사람들과 진디들로 채워진 롱소니에의 오랜 추억 속에서 갑자기 그 이름이 튀어나왔다.

"프랑스에 가면 미셸 르네를 만나게 될 거다. 그가 다 얘기해줄 거야."

그 이후 한 세기 동안 미셸 르네라는 이름은 마치 부적처럼 소중하게 다음 세대로 이어졌다. 1973년 9월 아들이 칠레의 감옥으로 사라졌을 때 마르고가 필록세라로 프랑스의 포도밭이 황폐해진 100년 전 그해를 원망한 것은 그래서였다.

일라리오 다가 체포된 지 3주가 지났지만 아무것도 알 수 없었다. 기껏해야 군사정권이 범법행위, 과실, 범죄를 눈감아주고 있고, 자신들이 저지르는 권력 남용에 대해 그 어떤 기록도 남기지 않는다는 것만 알려졌다. 마르고는 카라비네로들의 사무실을 찾아다니며 고집스럽게, 고독하게, 말없이 기다렸다. 프랑스 대사관에 편지를 얼마나 많이 썼는지, 손가락에 묻은 잉크가 아무리 씻어도 지워지지 않을 정도였다. 일라리오 다가 돌아오리라는 희망을 잃은 지 오래였지만 그녀는 옛날 롱소니에의 집 복도를 돌아다니던 미셸 르네처럼 경찰서 이곳저곳을 헤매고 다녔다. 그러다가 문득 거울을 보면 수척하고 메마른, 모든 것을 체념한 자기 얼굴이 DINA의 데사파레시도〔행방불명자〕 명단 속 얼굴들과 다르지 않아 보였다. 마르고는 시체공시소와 병원을 돌아다니며 수소문하기 시작했고, 집으로 돌아올 때면 한 세대 전체가 학살당했다는 끔찍한 현실을 목도한 충격으로 휘청거렸다. 빛이 어슴푸레한 뒷마당, 젊은 시절 짜릿한 과학의 매력에 빠지고 사랑의 갈망을 경험했던 그곳에서, 마르고는 남편을 잃고 홀로 남은 여인처럼 가슴이 갈가리 찢긴 채로 무너져내렸다. 집안에 손님도 더는 들이지 않았다. 베르나르도 다놉스키만이 예외였다.

 "저를 이해하는 유일한 분이세요." 그녀가 베르나르도 다놉스키에게 말했다. "저처럼 아들을 잃으셨잖아요."

 노인은 1월 내내 게필테피슈*, 사탕무 수프, 빌칼레**, 베레니케*** 같은 유대 음식을 준비해서 마르고를 찾아왔다. 그 음식들의 알싸한 향이 텅 빈 방을 채웠지만, 마르고의 영혼이 썩어가는 냄새를 없앨 수는 없었다. 베르나르도 다놉스키는 비행기 동체 같은 금속성 색채를 띤 마르고의 피부를, 움츠러든 어깨와 쪼그라든 두 손을 보았다. 이제 마르고에게는 죽음을 기다리는 일과 살아남아 있다는 불행한 감각밖에 없

---

 * 송어나 잉어 따위에 달걀, 양파 등을 섞어 끓인 수프.
 ** 감자와 양파가 들어간 작은 빵.
 *** 감자와 양파가 들어간 라비올리.

었다. 베르나르도는 그녀에게 평화주의 모임을 다시 열어보라고, 집안의 가구를 바꿔보라고, 정원에 식물을 심어보라고 했다. 하지만 광기 직전의 절망에 빠진 마르고는 예지몽, 타로점, 찻잎이나 담뱃재 안에 숨겨진 상징 속에서 필사적으로 아들을 찾으려 애썼고, 온갖 마법의 신탁을 기다리면서 허우적댔다. 그렇게 상실감에 짓눌려 있느라, 어느 토요일 오후 세시쯤 누군가 초인종을 눌렀을 때에도 그녀는 자리에서 일어나지 않았다.

'악마가 찾아왔나보네.' 그녀가 생각했다.

굶주려 뼈만 앙상한 한 소년이 아무 말도 없이 집을 가로질러 정원까지 왔다. 무릎 아래로 다 찢어지고 허리띠 대신 노끈으로 묶은 바지부터 해서 그야말로 누더기 차림이었다. 머리는 빡빡 밀었고, 셔츠에는 피가 묻어 있고, 낡아서 구멍 난 헝겊 모자가 머리에 가득한 흉터를 가리고 있었다. 더이상 소년이라 말할 수 없었다. 독재의 유령, 이미 살해당한 국민을 보여주는 거칠고 끔찍하고 공포스러운 은유였다. 처음에 마르고는 음식을 얻어먹으러 들어온 아이인 줄 알았다. 눈이 마주친 뒤에도 아들을 알아보지 못한 채로, 지난 식민지 전쟁에서 탈영한 또다른 유령이라고만 생각했다.

"내 집에 또 유령이 찾아왔네." 그녀가 말했다.

잠시 뒤, 부서지고 모욕당하고 탈진한 일라리오 다를 알아본 마르고는 아들이 오래전 자신이 살아낸 지옥보다 더 고통스러운 지옥에서 돌아왔음을 깨달았다. 아들의 귀환에 놀라 어쩔 줄 모르던 마르고는, 목욕이 불행을 치료하는 약 중 하나라는 롱소니에가 전통의 믿음에 따라, 재빨리 욕조에 물을 채웠다. 어머니 앞에서 옷을 벗은 아들의 몸에는 마치 군부대 전체가 밟고 지나가기라도 한 것처럼 깊은 상처와 흉터가 남아 있었다. 마르고는 일라리오 다를 할아버지 롱소니에의 욕조에 눕혔다. 아마씨 가루를 뿌린 털실 장갑으로 피부를 닦아주고, 관자놀이에 장미 열매로 만든 팩을 붙여 세 시간 동안 상처를 가라앉히고, 열이 내리도록 머리에 얼음주머니를 얹어두었다. 아들의 상태를 보면서 마르고는 롱소니에가의 두 남자가 똑같은 고통을 겪었으니 치료법도 같아야 하리라는 고통스러운 결론에 이르렀다. 그래서 오래전 아우칸이 라자르의 폐를 치료할 때 했던 것처럼 풀을 빻고 검은 암탉의 피를 섞어 만든 습포를 아들에게 붙여주었다.

목욕을 마친 뒤 일라리오 다는 잠이 들었다. 하지만 곧바로 소스라치며 깨어나 도와달라고 외쳤다. 마르고가 달려와서 모르핀 액을 물에 타 마시게 하고서야 비로소 발작이 가라앉았다. 엑토르 브라카몬테의 죽음, 다시 끌려가 고문을 당할지 모른다는 공포, 여전히 살아 있는 육체적 고통의 트라우마, 이 모든 것이 끊임없이 일라리오 다의 내면에서 오래전 라자르가 병상에서 동생들의 사망 소식을 들었을 때 겪은 것과 같은 악몽의 영상들을 불러냈다. 그렇게 일라리오 다가 돌아온 뒤 며칠 동안, 어머니는 죽음에 맞서고 아들은 광기에 맞서는 전투를 이어갔다. 그리고 서서히 어머니와 아들 사이에 서툴지만 경이로운 관계가 자리잡았다. 일라리오 다가 두 눈이 퉁퉁 붓고 입에 거품을 문 채로 엑토르 브라카몬테의 이름을 부르고 카르멜로 디비노 로하스를 들먹이며 헛소리를 늘어놓던 날 저녁, 마르고는 결심을 했다. 결코 되돌릴 수 없는 최종적인 결심이었다.

"일주일 뒤에 이 나라를 떠나자."

출국 허가를 받으려면 너무 오래 기다려야 한다는 것을 알았기에, 마르고는 직접 해결책을 찾기로 했다. 낯선 대륙으로 가 자유프랑스군에 입대했을 때처럼 이번에도 본능적인 결정이었다. 일라리오 다가 한시라도 빨리 회복하게 만드는 일은 아우칸에게 부탁해놓은 뒤 그녀는 토발라바 비행장으로 갔다. 오래전 자기가 만든 비행기를 고칠 생각이었다. 그녀는 전쟁이 끝난 뒤에도 연락을 주고받던 나이든 비행사들을 모아, 찰스 린드버그의 스피릿 오브 세인트루이스처럼 거칠게 조립한 자기 비행기가 코르디예라를 넘어갈 수 있다고 단언했다.

마르고의 단엽기는 천장이 높은 격납고 한가운데, 요란스럽게 부르릉대는 다른 비행기들 틈에서 마치 대성당 안 같은 차가운 미광에 감싸여 잠들어 있었다. 마르고는 매일 비행장으로 향했고, 젊음이 되살아난 듯 활기차게 정비사들에게 계기판을 맞춰달라고, 날개를 보강해달라고, 가스 전달장치를 갈아달라고 요구했다. 서서히 성능을 예측하기 힘든 괴물이 완성되어갔다. 젊음의 끈기에도 불구하고 실패로 끝났던 놀라운 계획이, 전선에서 돌아온 이후 마르고의 마음 깊숙이 어둠 속에 잠들어 있던 전사의 본성에 다시금 불을 지폈다. 그녀는 끈기 있게 그 일을 마쳤고, 마침내 떠날 준비를 끝냈다. 베르나르도 다놉스키가 코르디예라 지도를 상세하게 연구한 뒤 가장 확실한 항로를 알려주었다.

"해가 나면 더 잘 보일 거다. 이른 새벽에 활주로를 준비해두마." 그가 말했다.

하지만 마르고는 베르나르도에게 속내를 알 수 없는 부드러운 눈길을 보냈다. 그녀는 현기증이 날 정도로 야심 찬 자신의 계획에 위험이 따를 수밖에 없음을 아주 잘 알고 있었다. 너무도 오랫동안 기다려온 비행이었기에, 메시아의 부름

과도 같은 영감을 받은 이후 너무도 많은 희생을 치르며 기다려온 일이었기에, 베르나르도의 조언을 거부하는 그녀의 목소리에는 조그마한 떨림조차 없었다.

"해가 나면 저들 눈에도 더 잘 띄어요."

그동안 베르나르도가 본 적 없는 결의에 찬 냉정한 모습이었다. 그녀는 야수 같은 눈길로 그를 응시했다. 베르나르도는 차마 만류할 수 없었다.

"오늘밤에 이륙할래요." 그녀가 덧붙였다.

마르고를 아끼는 사람들이 신중해야 한다고 조언했지만 소용없었다. 안데스의 빙벽도, 향수라는 덫도, 그 어떤 것도 마르고를 붙잡지 못했다. 그녀는 집으로 돌아와 방을 정리하고 그동안 모은 얼마 되지 않는 돈을 작은 통에 넣었다. 그런 뒤 정원에 나가 시들어가는 잎새들 아래 몸을 구부린 채, 할아버지 롱소니에가 처음 그것을 심었을 때처럼, 마치 신성한 의식을 치르듯 경건한 자세로 포도나무 그루를 뽑았다. 일라리오 다가 높은 고도에서 산소 부족을 버텨낼 수 있도록 온몸에 기름을 바르고 양파 껍질을 문지르게 하는 것도 잊지 않았다. 도끼도 하나, 필요해서라기보다는 미신 때문에 의자 밑에 넣어두었다.

밤 열시, 베르나르도가 활주로 한 곳에 조명을 밝혀둔 덕에 마르고와 일라라오 다는 토발라바 비행장을 무사히 이륙할 수 있었다. 마르고는 나선을 그리며 고도 4000미터까지 올라간 뒤 동쪽 안데스산맥을 향해 기수를 돌렸다. 삼십 분 뒤 비행기는 산 위를 날고 있었다.

어두워서 보이지 않았지만 간단한 계산으로 마르고는 그곳이 안데스산맥 중앙의 투풍가토 화산* 앞이라는 걸 알 수 있었다. 성채 같은 높은 봉우리에 둘러싸이고, 가느다란 초승달처럼 이어진 암벽 아래 눈 덮인 계곡들이 말안장 형태를 이룬 곳이었다. 그녀는 내내 밖을 내려다보면서 지도에서 본 아콩카과**의 봉우리들과 고개를 상상했다. 움푹하게 팬 바위투성이 땅과 거대한 분화구, 계절이 바뀌어 막 얼음이 녹기 시작한 호수가 그녀의 발아래 펼쳐졌다. 봉우리들 사이로 통과할 만한 공간이 거의 없었고, 틈이 벌어진 곳도 모두 구불구불해서 꼭 벽으로 둘러싸인 요새 안에 들어온 것 같았다. 비행기가 움직일 때마다 날개 끝이 바위의 살결을 어루만지는 느낌이었다.

사십오 분간 비행한 뒤 다시 계산해본 마르고는 안데스산

* 칠레와 아르헨티나의 접경에 위치한 안데스산맥의 산. 해발 6799미터로 활화산 중 가장 높다.
** 해발 6961미터에 이르는 아르헨티나의 산. 안데스산맥 최고봉이다.

맥을 절반 정도 넘었다는 결론을 얻었다. 그녀는 1밀리미터 단위로 노선을 정밀하게 확인했다. 고문 후유증으로 여전히 상태가 좋지 않은 알리라오 다는 창유리에 얼굴을 기댄 채 두려움과 졸음 사이를 오갔다. 밤 열한시경, 강한 난기류 때문에 비행기가 흔들리다가 튀어나온 암벽에 부딪칠 뻔했다. 마치 보이지 않는 힘이 비행기를 강하게 끌어당기는 듯했다. 마르고는 간신히 균형을 잡았다. 여러 차례 안데스의 경이로운 돌풍에 휘말려 중심을 잃고 추락 직전까지 갔지만, 그야말로 기적적으로 버텨냈다. 그러다 한층 강력한 바람이 세차게 몰아치자 비행기가 마른 낙엽처럼 바람기둥 속에서 흔들렸다. 마르고는 겁에 질렸지만 바위벽 사이로 난 급경사면을 찾아내서 간신히 빠져나왔다. 그런데 좁은 통로에 들어서자마자 깔때기 모양의 지형이 만든 소용돌이가 비행기를 아래로 끌어내렸다.

마르고는 동력을 끄고 활공비행을 시작했다. 멀리 착륙이 가능해 보이는 평평한 지형이 400미터 정도 이어진 것을 발견하고는 비행기 바퀴를 그쪽으로 돌렸다. 그런 뒤 정밀한 조작으로, 솟아오른 지점들과 바위들 사이 가루처럼 고운 눈이 쌓여 있는 평평한 땅에 비상착륙을 시도했다. 비행기가 요란한 충돌음과 함께 마구 흔들렸다. 동체가 풀쩍 튀어오르고 요동치면서 미끄러져 나아가 간신히 협곡을 피할 수 있었고, 드디어 멈췄다. 마르고는 곧바로 조종간을 놓고 비행기에서 내렸다. 돌아보니 얼음처럼 차가운 바람 속에서 거울처럼 반들거리는 봉우리와 바람이 획획대며 몰아치는 산등성이, 상앗빛 능선밖에 보이지 않았다. 마치 까마득하게 멀리까지 거인들의 무덤이 펼쳐진 듯했다. 마르고는 주변을 관찰했다. 산들 사이 폭이 무척 좁았다. 그나마 천만다행으로 비행기가 착륙한 평평한 땅이 완만한 경사를 이루었고, 그 경사 끝 두 봉우리 사이로 날개가 산에 부딪치지 않고 지나갈 수 있을 것 같았다.

"여기를 발판 삼아서 재이륙할 수 있겠어." 마르고가 미소지으며 말했다.

그들이 있는 곳은 해발 4000미터에 영하 10도였다. 하지만 마르고는 로스세리요스 비행 클럽과 런던의 항만을, 영불해협 상공에서 만난 독일군 전투기를 떠올리며 용기를 냈고, 그러자 근육의 힘이 솟아났다. 마르고는 다시 지형을 파악한 뒤, 격납고 안에서 비행기를 점검하는 정비사처럼 여기저기 살피며 동체와 랜딩 기어의 상태를 확인했다. 그때 불현듯 한 가지 생각이 떠올랐다. 그녀는 케이블을 가죽으로 감싸고, 철판을 망치로 두드리고, 후미 브레이크를 다시 폈다. 일라리오 다에게는 비행기의 무게를 줄이기 위해 필요 없는 부품을 들어내게 했다. 마르고와 일라리오 다의 손이 시퍼렇게 변하고 코피가 흐르기 시작했다. 안개가 어찌나 차가운지 얼어버린 발의 감각이 이후로도 이틀 동안 돌아오지 않을 정도였다. 냉각장치도 얼어붙어서 갈라지는 바람에 가방 속에 들어 있던 바지들을 다 꺼내 틈을 막아야 했다. 비행기 각 부분을 자기 몸의 일부처럼 잘 알고 있던 마르고는 믿을 수 없을 만큼 대담했다. 그녀는 오로지 비행기에만 집중하면서 한번 더 계산했고, 경사진 길을 이용해 이륙이 가능하다고 최종적으로 판단했다.

"이게 우리의 마지막 기회야." 그녀가 아들에게 말했다.

마르고는 조종석에 올라앉아 다시 시동을 걸었다. 밖에서 일라리오 다가 내리막을 향해 동체를 가볍게 밀어주었다. 비행기 바퀴가 서리로 덮인 땅 위를 서서히 구르더니 내리막길을 달리기 시작했다. 일라리오 다가 재빨리 뒤쪽에 올라탔다. 모험의 짜릿함에 달아오른 마르고는 이륙 지점에서 가속하며 추진장치를 힘껏 눌렀다. 그녀는 휘어질 정도로 기체를 세워 하늘로 오른 뒤 불어오는 바람을 그대로 맞으면서 버텨냈다. 그렇게 조금 전 비행기를 떨어뜨린 바로 그 바람을 이용해 마침내 계곡 위로 날아올랐다. 멀리 아르헨티나가 보였다.

자정 무렵 일라리오 다와 마르고는 멘도사*에 도착했다. 그 날을 기억하는 사람들은 하얘진 하늘에서 갑자기 이상한 비행기가 나타나더니 머리를 길게 땋은 여자와 머리를 빡빡 밀고 발이 얼어 잘 걷지 못하는 청년이 내렸다고 했다.

"너무 멋져." 마르고가 속삭이듯 말했다. "평생 이 일을 해야 했는데."

2월의 첫 화요일, 부에노스아이레스에서 생나제르**로 향하는 생트크루아호가 닻을 올렸다. 마르고는 배에 오르지 않기로 했다. 그녀는 아르헨티나의 부두에 서서 수평선 너머 상상의 한 점을 응시했다. 유럽 땅에 가봐야 변덕스러운 수많은 추억들만 기다릴 게 분명했다.

"난 못 가." 그녀가 말했다. "나의 첫 죽음을 지켜본 그 땅에서 내가 어떻게 살겠니."

마르고는 가방에서 무언가를 꺼내 아들의 짐에 넣었다. 귀퉁이가 접히고 누렇게 변한 종이들을 실로 묶어 만든 공책이

---

* 칠레 국경 지역에 위치한 아르헨티나의 도시.
** 프랑스 중부 루아르 지역의 항구도시.

었다.

"빨간색 종이상자 안에 있었어." 그녀가 말했다. "쓸 데가 있을 거야."

배가 트랩을 접고 하얀 뱀처럼 생긴 로프들도 거두었다. 일라리오 다는 서둘러 올라탔다. 어머니와 아들의 작별은 말도 몸짓도 없이 이루어졌다. 배가 멀어지는 동안 둘 중 누구도 인사하지 않았다. 마르고의 두 눈에 길을 잃은 듯한 헛헛함, 이후로도 사라지지 않을 베일이 드리웠다. 일라리오 다는 관자놀이의 부기가 다 가시지 않고 다리가 여전히 후들거렸다. 꼭 돌아오겠다고 다짐할 기력조차 없었다. 그의 마음속에 어머니는 전쟁으로 점철된 반세기를 어깨에 짊어진 고단한 모습으로 영원히 남았다. 배 위의 다른 승객들은 아무런 근심도 없어 보였다. 남자들도 여자들도 칠레의 독재 정부에 대해 전혀 모르는 것 같았다. 자기가 목숨을 구하기 위해 올라탄 배에 저토록 행복해 보이는 가족들이 함께 타고 있다는 사실이 일라리오 다에게는 부조리하게 느껴졌다. 하지만 그를 가장 고통스럽게 한 것은 앞으로 수많은 젊은이들이 자기처럼 조국을 떠나게 되리라는 확신이었다. 앞다투어 배에 오르고, 어떻게든 비행기에 끼어 타고, 노새 등에 앉아서라도 코르디예라를 건널 것이다. 그런 뒤에는 차가운 감방에서 외국인 관리국의 도장을, 세관의 통관증을, 군대의 통행증을 받을 날을, 자기들이 겪은 고통을 아무도 알지 못하는 먼 곳으로 갈 날을 기다리게 될 것이다.

그 시기 프랑스는 세계 각지의 정치적 망명자들을 받아들이는 새로운 피난처였다. 일라리오 다는 자기가 다시는 싸우지 못할지도 모른다는, 칠레로 돌아가지 못할지도 모른다는 생각을 단 한 번도 하지 않았다. 정치적 투쟁을 저버린 삶은 그에게 의미 있고 고귀하고 용기 있는 삶이 될 수 없었다. 이 중국적을 갖지 못한 동지들은 여전히 산티아고에 남아 있었다. 그 부당함을 절감하면서 일라리오 다는 자신이 언젠가 칠레에 돌아갈 것임을 의심하지 않았다. 하지만 그때까지 10년이 넘는 세월 동안 파리에 머물게 되리라는 사실은 알지 못했다. 콘도르도 없고 남양삼나무도 없는 파리의 좁은 다락방에서 자기가 고문받던 이야기를 기록하게 될 줄도, 한참 뒤 뱅센 숲에 축구 경기를 보러 갔다가 베네수엘라라는 이름의 여인을 만나게 되리라는 것도, 난초와 석유의 나라, 선박들이 향신료와 고통을 싣고 오가는 나라에서 온 그 여인이 그를 또다른 혁명의 길로 이끌어가리라는 것도 알지 못했다.

배 위에서 보내는 시간 동안 알리라오 다는 갑판에 나와 서성이면서 그동안의 날들을 되새겼고, 자신의 인생에서 가장 풍요로운 시간이 피어나는 것을 보았다. 그는 작은 짐가방에서 어머니가 만들어준 공책을 꺼내 글을 적어나가기 시작했다. 증언하기 위해서만은 아니었다. 잉크의 욕망은 더 멀리에서 왔다. 그것은 향수의 우물로부터, 아우칸이 들려준 수많은 이야기, 불길 속에서 태어나는 여자아이들과 나무조각상으로 변하는 거인들 이야기에 귀를 기울이던 시절로부터 솟아나왔다. 그렇게 과거를 비워내는 동안 일라리오 다의 눈앞에, 바닷물 위에, 엑토르의 밝고 차분한 얼굴이 또렷하게 나타났다. 배가 해안에서 멀어질수록 엑토르에 대한 기억은 점점 더 가까워졌다. 오래전 롱소니에 노인이 대서양을 건너던 날, 그는 후손들이 이어가게 될 이주의 체스판 위에 첫 말을 놓은 셈이다. 그로부터 100년 뒤, 그러니까 두 차례의 세계대전과 한 번의 독재정권 이후에 일라리오 다가 증조할아버지가 떠나온 땅으로 되돌아갔다. 다시 50년이 지난 뒤에는 아마도 또다른 후손의 이주가 이 길고 느린 사건들에 덧붙게 되고, 그렇게 탐색과 고통과 탄생의 끝없는 정글이 이어질 것이다.

프랑스 해안이 눈에 들어오자 비로소 일라리오 다는 프랑스가 실제로 존재하는 나라임을 실감했다. 가을의 어느 화요일, 그는 한쪽 주머니에 30프랑을, 다른 쪽 주머니엔 포도나무 한 그루를 넣고 프랑스 땅에 내렸다. 가진 것이라고는 회색 양복 한 벌과 짧은 가죽부츠가 전부였다. 그의 가방 속에는 칠레의 전선에서 치러낸 투쟁을 기록한 원고가 들어 있었다. 배에서 내린 일라리오 다는 이민국 창구 앞에 긴 줄을 서야 했다. 한 시간 뒤 세관 직원이 그에게 물었다.

"이름?"

이 야릇한 질문이 기억 속에 잠들어 있던 깊은 메아리를 깨워냈다. 칠레의 독재 정부와 군인들에게서 멀어졌는데도 대양 건너편에 있는 그들이 자기를 찾아나설지 모른다는 두려움이 남아 있었다. 빌려 쓸 이름, 가명, 암호명을 몇 가지 떠올렸지만, 일라리오 다의 입에서 나온 것은 선조들이 되풀이해 말했던 바로 그 이름이었다.

"미셸 르네." 일라리오 다가 대답했다.

창구에 앉은 여자는 고개도 들지 않았다. 그저 무심하게 손을 놀려서 서류에 그와 그의 후손들에게 새로운 삶을 줄 이름을 단 한 줄로 적었다.

미셸 르네.

100년의 디아스포라,
역사의 격랑 속에서 이어진 뿌리 찾기

　미겔 본푸아는 프랑스계 기원을 드러내는 본푸아Bonnefoy 라는 성과 스페인계 이름인 미겔Miguel로 짐작할 수 있듯이, 프랑스어와 스페인어를 모국어로 쓰는 프랑스-베네수엘라 국적의 작가이다. 1986년 파리에서 태어났고, 유년기를 베네수엘라에서 보낸 뒤 프랑스에서 공부했다. 베네수엘라인인 어머니는 파리 주재 베네수엘라 대사관에서 문정관으로 일했고, 프랑스계 칠레인인 아버지는 이 책에 등장하는 일라리오 다처럼 피노체트 군부독재를 피해 프랑스로 이주한 작가였다. 미겔 본푸아는 대학 시절에 소르본 누벨 대학이 재학생을 대상으로 주최하는 단편문학상에서 대상을 수상했고

(선정작의 제목은 「집과 도둑La Maison et le Voleur」이다), 첫 출간작은 이탈리아어로 미노타우로스 신화를 다시 쓴 짧은 글 『미로가 미노타우로스 속에 갇혔을 때Quando il labirinto fu rinchiuso nel Minotauro』(2009)였다. 이후 신화 다시 쓰기를 이어가 『난파Naufrages』(2012)를 출간했으며, 이듬해에는 단편집 『이카루스Icare et autres nouvelles』(2013)로 '젊은작가상'을 받았다. 2015년에는 첫 장편소설 『옥타비오의 여행Le Voyage d'Octavio』을 출간한 뒤, 직접 체험한 2주간의 아마존 탐험을 기록한 『정글Jungle』을 발표하기도 했다. 미겔 본푸아는 2017년, 카리브해를 배경으로 하는 두번째 장편소설 『흑당Sucre noir』이 페미나상 결선에 오르면서 본격적으로 이름을 알렸다. 『네 발 달린 법랑 욕조가 들은 기이하고 슬픈 이야기』(2021)는 그의 세번째 장편소설로, 미겔은 이 작품으로 2021년 프랑스 서점 대상을 수상했다. 이후 출간된 『발명가L'Inventeur』(2022)는 19세기에 태양광 에너지에 열정을 바친 과학자 오귀스탱 무쇼의 삶을 그린 소설이다. 그리고 최근 베네수엘라의 근현대사를 배경으로, 한 가계의 이야기를 그린 『재규어의 꿈Le rêve du jaguar』을 발표했고, 아카데미 프랑세즈 소설 대상과 페미나상을 수상했다.

　『네 발 달린 법랑 욕조가 들은 기이하고 슬픈 이야기』로 국내에 처음 소개되는 미겔 본푸아는 길지 않은 이력에도 불구하고(그는 아직 삼십대이다!) 현실과 허구를 절묘하게 버무린 이야기들로 전 세계 많은 독자들에게 사랑받고 있다. 특히 파리코뮌의 불길이 꺼진 지 두 해가 지난 1873년부터 피노체트의 쿠데타로 암울한 독재가 시작된 1973년까지, 프랑스와 칠레를 오가는 한 가족의 100년에 걸친 역사를 그린 이 소설은 미겔 본푸아의 창작 세계를 관통하는 특징을 가장 잘 보여주는 작품이다. 롱소니에-라자르-마르고-일라리오 다까지 4대를 잇는 주인공들 중 특히 일라리오 다는 작가가 자신의 아버지를 모델로 만들어낸 인물이다. 일라리오 다는 미겔 본푸아의 아버지가 그랬듯이 피노체트 정권에 끌려가서 가혹한 고문을 겪었고, 미겔 본푸아의 아버지는 일라리오 다가 프랑스로 떠나면서 꿈꾸었듯이 망명생활을 마친 뒤 칠레로 돌아갔다. '일라리오 다'라는 이름은 작가의 아버지가 군사 정부의 손아귀를 벗어난 뒤 자신의 경험을 발표할 때 칠레에 남은 친지들을 보호하기 위해 사용한 가명이었다. 작가는 한 인터뷰에서 『네 발 달린 법랑 욕조가 들은 기이하고 슬픈 이야기』의 이야기를 뒤에서부터 앞으로 써나갔다고, 즉 아버지 이야기를 쓰겠다고 결심한 다음 한 세대씩 거슬러올라가면서 인물들을 만들어냈다고 밝힌 바 있다(마르고는 칠레의 여성 비행사 마르고 두알데에서 영감을 얻어 창조한 인물이다). 미겔 본푸아의 재능은 무엇보다 자신이 창조해낸 허구적 인물의 삶을 실제 역사 속에 자리잡게 할 때 가장 잘 드러난다. 파리코뮌, 필록세라, 양차 세계대전, 피노체트 군사정권 등 책 속에 나오는 역사적 사건들은 허구 인물들의 삶에 역동적인 현실성을 부여하고, 역으로 허구 인물들의 삶은 우리에게 지나간 역사의 의미를 돌이켜보게 한다. 하지만 가장 실존인물에 가까운 인물의 출생에 가장 비현실적인 요소를 도입한 것으로 짐작할 수 있듯이(일라리오 다는 유령 헬무트 드리히만의 아들이다!), 아마도 작가는 이 책이 한 가족의 뿌리 찾기라는 역사적 기록을 넘어 소설로 읽히기를, 그럼으로써 모두의 이야기가 되기를 바랐을 것이다.

『네 발 달린 법랑 욕조가 들은 기이하고 슬픈 이야기』는 '롱소니에'라는 이름의 프랑스계 칠레인 가족의 4대에 걸친 이야기로, 프랑스를 떠나 콘도르와 가마우지의 땅, 남양삼나무와 도금양의 땅 칠레에 뿌리내린 이주민들의 역사를 그려낸 일종의 디아스포라 소설이다. 모든 것은 '피의 일주일'과 함께 파리코뮌이 무너진 지 두 해가 지난 1873년에 시작된다. 그해는 또한 10년 전 미국에서 프랑스 남부에 상륙한 야생 진디 필록세라가 북동부 고원 지역에 도달한 때이다. 포도밭을 되살리기 위한 필사의 노력이 물거품으로 돌아가자 롱소니에는 결국 새로운 땅을 찾아 떠나기로 한다. 하지만 저자는 포도나무 한 그루를 챙겨 들고 떠난 그의 여정이 "현실을 회피"한 게 아니라 "마지막 희망까지 다 잃"은 자의 용기라고 말한다. 그래서 그는 이전의 자기 이름이 무엇이었는지 기억조차 못하게 될 정도로 세관 직원의 실수로 우연히 얻은 새 이름과 새 땅에 훌륭하게 적응해낸다. 100년 뒤인 1973년, 칠레 땅에서 피노체트의 쿠데타가 일어나고, 정치적 격랑에 휘말려 용기 있게 온갖 고초를 겪어낸 일라리오 다는 증조할아버지가 떠나온 프랑스 땅으로 다시 떠나간다. "오래전 한쪽 주머니에 30프랑을, 다른 쪽 주머니엔 포도나무 한 그루를 넣고 프랑스를 떠나"온 롱소니에의 이주로 시작한 이야기는 그렇게 가을의 어느 화요일, "한쪽 주머니에 30프랑을, 다른 쪽 주머니엔 포도나무 한 그루를 넣고 프랑스 땅에" 내린 후손의 귀환 혹은 또다른 이주로 끝을 맺는다.

이처럼 시작과 끝이 맞닿는 1세대와 4세대의 이주 사이에, 2세대 라자르와 3세대 마르고의 이주도 있다. 그들은 위기에 빠진 "조상들의 나라"를 구하기 위해 "자신들이 사는 곳이 아닌 다른 나라"에서 벌어진 두 번의 세계대전에 뛰어든다. 하지만 둘 모두 아무에게도 말할 수 없는 깊은 상처를 안은 채 "음울한 후광에 싸인" 몰골이 되어 돌아오고, 그후로 더 이상 이전처럼 살지 못한다. 이 책에는 또한 보르도의 우산 장사, 남프랑스 세트의 트럼펫 연주자, 우크라이나 내륙지방에서 런던으로 옮겨온 아슈케나지 유대인처럼 각기 다른 힘에 떠밀려 신대륙으로 이주하게 되는 다양한 이민자의 삶이 그려진다. 동시에, 그들로 인해 터전을 잃은 칠레 땅의 원주민들도 등장한다. 오래전부터 초석 광산에서 일해온 노동자들(일라리오 다에게 "용기와 존엄성을 지닌 유일한 인간"이었던 엑토르 브라카몬테가 그 후손이다), 안데스의 오랜 주인이었던 마푸체족이 바로 그들이다. 특히 오래전 남진하는 잉카제국의 힘에 맞섰고 스페인 콩키스타도르에게 저항했던 마푸체족은 구대륙에서 온 다양한 이민자들에게 다시 한번 삶의 터전을 빼앗긴 뒤 아우칸이라는 주술사가 상징하는 신비의 세계로 남게 된다.

『네 발 달린 법랑 욕조가 들은 기이하고 슬픈 이야기』는 비교적 짧은 분량의 소설이지만 짜임새 있는 이야기 구성으로 한 가족의 4대에 걸친 사건들을 연대기적 흐름에 따라 배치하고, 그 이야기를 날실로 삼아 역사적 사건들이라는 씨실과 훌륭하게 직조해낸다. 열 개의 장으로 이루어지며, 각 장의 제목은 모두 등장인물의 이름이다. 하지만 열 편의 이야기가 따로 병치된 게 아니라 뒷장의 이야기가 고리에 걸리듯 앞의 장과 겹쳐지고, 그렇게 이어지는 고리는 일라리오 다가 떠나가는 마지막 장에서 첫 롱소니에의 이야기로 돌아가며 원을 이룬다. 첫 장과 마지막 장에 똑같이 반복된 구절("그는〔롱소니에는〕석회질의 땅, 곡식이 자라고 삿갓버섯과 호두가 자라는 그 땅을 떠나, 르아브르를 출발해서 캘리포니아로 향하는, 쇠로 만든 커다란 배에 올랐다. 파나마운하가 개통되기 전이어서 남아메리카 남단을 돌아가야 했다. 혼곶선을 타고 바다를 건너는 40일 동안, 새장과 200명의 사람이 빼곡히 들어앉은 선창이 어찌나 시끄러운지 배가 파타고니아 해안에 이를 때까지 그는 한순간도 제대로 눈을 붙이지 못했다")은 이야기 시작과 끝의 맞물림을 직접적으로 구현한다. 이렇게 개인들의 삶의 기록인 동시에 한 세기의 연대기처럼 보이는 『네 발 달린 법랑 욕조가 들은 기이하고 슬픈 이야기』는 종종 역사소설이라기보다는 피카레스크소설 같은 모험담에 가까워 보인다. 게다가 중남미 작가들이 즐겨 사용하는, 환상과 현실을 결합한 '마술적 리얼리즘'도 가미된다. 헬무트 드리히만이라는, 이미 죽었으면서도 살아 있는 존재로 등장하는 유령에 대해서 등장인물들은 의문을 제기하지 않고, 심지어 마르고는 그와 맺은 단 한 번의 관계로 아들 일라리오 다를 얻는다.

무엇보다 미겔 본푸아는 달변의 이야기꾼처럼 이 모든 이야기를 매끄럽게 이어간다. 일라리오 다를 부추기는 "잉크의 욕망"을 묘사하는 대목을 읽으면서 독자는 그것이 사실상 작가 자신이 펼쳐 보이는 능력과 다르지 않음을 느낄 수 있다. 그는 "필요할 때 요령껏 말을 멈추고 서술적 긴장이 담긴 침묵을 이어가는 법을 알았고, 이야기의 도약을 가로막지 않기 위해 인물의 감정을 눌러둘 줄 알았다. 말하지 않으면서 설명하는 법, 교묘한 방법을 찾아내 이야기가 다시 도약하게 만드는 법을 알았으며, 풍경을 묘사할 때면 듣는 사람이 그 안에 들어가 있다고 느껴질 정도로 사실적이고 진짜 같이 그려낼 줄 알았다". 미겔 본푸아의 문체는 얼핏 상당히 유려해 보이지만, 좀더 자세히 다가가보면 복잡하게 얽힌 가지들이 독자의 길을 가로막는다. 그의 낱말과 문장들은 마치 제자리가 아닌 곳에 접붙여져 가지를 뻗어가는 식물을 닮았다. 우리말로 그대로 옮기기 힘든 복잡한 구문을 가진(그래서 어느 정도 해체하면서 원문의 요소가 번역문에 다른 형태로라도 빠짐없이 담기는 것으로 만족할 수밖에 없게 만드는) 문장들이 많고, 명사와 형용사 사이에 흔히 볼 수 없는 낯선 연결도 자주 등장한다. 그럼에도 불구하고 이야기가 물 흐르듯 이어지는 것은 청산유수 같은 '이야기꾼'의 목소리 덕분이다(때로 독자들은 삼십대 작가가 아니라 늙은 구술사가의 목소리를 듣는 느낌을 받을 것이다). 작가는 때로는 시적인 서정으로, 또 때로는 비통한 울음으로 길을 멈추기도 하지만, 어떻게 흘러가든 한 걸음 물러서서 멀리 바라보려 애쓰는, 유쾌하기까지 한 아이러니의 시선 속에서 이야기는 꿋꿋이 나아간다.

　원제인 '유산Héritage'은 작가가 한 가족의 4대에 걸친 이야기를 통해 무엇을 그려내고자 했는지를 함축적으로 드러내는 제목이다. 유산을 남기기 위해서는 노력이 필요하고, 그렇게 남긴 유산은 부모 세대의 자부심을 이루는 근원이기도 하다. 부모가 물려준 6헥타르의 포도밭을 버리고 떠나온 롱소니에는 새로운 대륙에서 첫아들이 태어났을 때 소중하게 지켜온 프랑스의 포도나무 그루를 정원에 심고, 증손자가 태어났을 때는 칠레 땅에 옮겨온 프랑스의 "포도주를 담은 첫 젖병"을 물리면서 "이 유산은 유언장을 쓸 필요도 없"다고 뿌듯해한다. 롱소니에 가족에게 포도나무는 떠나온 프랑스 땅의 분신이며, 프랑스어는 "이주민의 삶 속에서도 놓치지 않은, 조국을 떠나오면서도 지켜낸" 유산이다. 그래서 칠레 인이면서 프랑스인으로 성장한 라자르는 프랑스 땅에서 두 동생과 폐 한쪽을 잃고 돌아온 뒤에도 유언장을 "더이상 사용되지 않는 고상한 어법의 프랑스어"로 쓴다. 하지만 유산이 다음 세대에게도 늘 똑같은 의미를 갖는 것은 아니다. 어머니 테레즈가 한탄하든 말든, 마르고는 비행기를 만들기 위해 집 앞 레몬나무를 베어낸다. 자식 세대에게 부모가 남긴 유산은 별다른 노력 없이 받은 혜택일 수 있지만, 선택의 여지 없이 떠맡게 된 짐이기도 하다. 롱소니에가의 후손들이 각기 다른 상황에서 본질적으로 유사한 딜레마를 겪을 때, 3대에 걸친 형벌에 가까운 고통은 그리스신화 속 아트레우스 가계의 저주를 떠올리게 한다.

유산의 승계는, 특히 뿌리 뽑힌 이들에게는 더 복잡한 과업이 될 수밖에 없다. 미겔 본푸아는 이 책에서 롱소니에가의 유산은 4대를 이어져온 용기라고 말한다. 패주하듯 포도밭을 떠난 롱소니에의 용기는 "프랑스로 싸우러 떠나게 될 아들 라자르의 용기, 비행기를 몰고 영불해협 상공을 날아다 닐 마르고의 용기, 고문을 당하면서도 입을 열지 않을 일라 리오 다의 용기 못지않은 대단한 용기"로 이어진다. 중요한 것은, 역사는 완결이 아니라 이어지는 것이기에 한 세대가 남긴 유산은 다음 세대를 위한 씨앗 혹은 뿌리일 뿐이며, 다 음 세대는 스스로 원하는 열매를 맺기 위해 노력한다는 사실 이다. 그 열매는 앞 세대의 뿌리에서 시작되지만, 접붙여진 많은 가지들로 새로운 모습을 띠게 된다.

일라리오 다를 운명의 격랑 속에 밀어넣은 칠레의 근현대 사 역시, '칠레의 기적'으로 칭송받던 피노체트 주도하의 경 제개발도 사회정의를 위해 흘린 많은 사람의 피도 여전히 과 거가 아님을 알 수 있다. 고통받은 사람들의 상처가 여전히 살아 있기 때문이고, 또한 그 상처들 위에 세운 화려한 성과 를 여전히 소중하게 여기는 이들이 있기 때문이다(불행히도, 그들만의 이야기는 아니다). 하지만 일라리오 다의 시대에 수많은 사람들이 피 흘리고 때로 목숨까지 바쳐서 얻어낸 사 회적 합의들, 이를테면 "협동조합, 최저임금, 퇴직연금과 유 급휴가" 같은 것들이 사실상 오늘날 많은 사회에서 보편적 권리로 간주되는 것임을 생각해볼 때, 작가가 이 글을 통해 보여주고 싶었던 진정한 유산은 아마도 다음 세대가 그 소중

함을 자주 잊을 정도로 당연한 것이 될 수 있는 가치들일 것이다. 그리고 작가는, 그럼에도 불구하고 그 노력이 잊히지 않도록, 후손들로 하여금 자신들이 누리게 된 모든 것에 대한 '빚'을 자각하게끔 만드는 것이 바로 글쓰기의 힘이라고 말하고 싶었을 것이다.

윤진

네 발 달린 법랑 욕조가 들은 기이하고 슬픈 이야기

초판 인쇄 2025년 1월 9일
초판 발행 2025년 1월 20일

지은이 미겔 본푸아
옮긴이 윤진

펴낸곳 복복서가㈜
출판등록 2019년 11월 12일 제2019-000101호
주소 03720 서울특별시 서대문구 연희로 28길 3
홈페이지 www.bokbokseoga.co.kr
전자우편 edit@bokbokseoga.com
마케팅 문의 031) 955-2689

ISBN 979-11-91114-71-3 03860